HEYNE <

Zum Buch
Auf was hat sie sich da eingelassen? Die Moderatorin Larissa und ihr Partner Pascal werden zu einem erotischen Dinner im Dunkeln eingeladen. Zu ihrer Überraschung wird es ein aufregender Abend, der noch heißer wird, als sich ein Dritter im Dunkeln in das Liebesspiel einmischt. Larissa gesteht ihrem Partner, wie sexy sie das fand. Und schon bald begeben sich die beiden auf eine sinnliche Entdeckungsreise, um sie zu finden: Die Dritte, die die kühnsten Fantasien wahr werden lässt.

Zum Autor
Christine Janson ist Autorin von erotischen Romanen und Ratgebern. Sie arbeitet in Frankfurt als Erotikcoach und zelebriert Liebesrituale mit Paaren. Weitere Infos unter www.christinejanson.de

Christine Janson

Fremde Haut

Erotischer Roman

WILHELM HEYNE VERLAG
MÜNCHEN

FSC
Mix
Produktgruppe aus vorbildlich
bewirtschafteten Wäldern und
anderen kontrollierten Herkünften

Zert.-Nr. SGS-COC-1940
www.fsc.org

Verlagsgruppe Random House FSC-DEU-0100
Das für dieses Buch verwendete
FSC-zertifizierte Papier *Holmen Book Cream*
liefert Holmen Paper, Hallstavik, Schweden.

Originalausgabe 10/2009

Printed in Germany 2009
Umschlagillustration: © Shift Foto / zefa / Corbis
Umschlaggestaltung: Nele Schütz Design, München
Satz: KompetenzCenter, Mönchengladbach
Druck und Bindung: GGP Media GmbH, Pößneck
ISBN: 978-3-453-54528-1

www.heyne.de

1. Kapitel

Die Hand auf meinem Knie wanderte langsam nach oben und ruhte sich für einen Moment auf dem Spitzenbund meiner Nylons aus. Gespannt wartete ich darauf, was als Nächstes passieren würde. Einladend spreizte ich die Schenkel noch etwas mehr und stellte mir vor, wie sich diese intime Berührung gleich auf meiner nackten Haut anfühlen würde. Dabei lehnte ich mich auf dem Autositz zurück und konzentrierte mich auf das sanfte Kribbeln zwischen meinen Beinen.

»Muss ich jetzt nach rechts oder links abbiegen?«, fragte Pascal.

»Ich glaube, du solltest dich einfach noch weiter geradeaus halten«, schlug ich vor.

»Wie du meinst.« Pascals Hand glitt noch ein Stück weiter nach oben und streichelte dabei sanft die Innenseite meines linken Oberschenkels. »Und wie lange geht es noch geradeaus?«

»Bis du am Ziel bist, mein Schatz!«

»Das kann aber noch eine Weile dauern …« Pascal strich jetzt ganz zart mit den Fingerspitzen über meine empfindsame Haut, bis meine Knie leicht zu zittern begannen und mir ein wohliger Schauer über den Rücken lief.

»Lass dir Zeit. Wir haben doch keine Eile. Oder?«

Seine neugierigen Finger machten sich an meinem Slip zu schaffen und zogen ihn vorsichtig zur Seite.

»Stimmt die Richtung noch?«, fragte Pascal und schaute zu mir herüber. Sein Blick wanderte über meinen Körper, und ich konnte sehen, wie sehr ihn das Spiel zwischen meinen Beinen erregte. Hätten wir nicht diesen wichtigen Termin heute Abend gehabt … dann wäre er mit mir wahrscheinlich sofort auf den nächsten Parkplatz gefahren.

»Ich glaube, du solltest dich jetzt in den Kreisverkehr begeben«, wies ich ihn an und drückte ihm mein Becken leicht entgegen. Mein Höschen klebte zwischen meinen nassen Lippen, und ich wollte unbedingt seinen Finger in mir fühlen.

»Vielleicht sollte ich die Geschwindigkeit ein wenig herunterfahren?«, schlug Pascal vor. »Das fühlt sich hier alles ziemlich nass an.«

»Nein, mach weiter!«, bettelte ich. Auf keinen Fall sollte er aufhören, wo ich doch gerade so richtig in Fahrt kam. Langsam spreizte Pascal meine Lippen und ertastete meine Perle, die er mit sanftem Druck stimulierte. Oh! Pascal war nicht nur mein zuverlässiger Freund, sondern auch noch der beste Liebhaber aller Zeiten. Und zum Glück ein guter Autofahrer!

»Wenn du dir wünschst, dass ich das Tempo anziehe, dann will ich wenigstens sehen, wo ich hinfahre«, forderte er und warf einen weiteren Blick zwischen meine Beine. Kurz zögerte ich und schaute mich um. Ein schwerer Lastwagen fuhr an uns vorbei, und ich war mir ziemlich sicher, dass der Fahrer uns feixend angegrinst hatte.

»O. k., aber nur, wenn du dich auch nicht vom Weg ablenken lässt«, gab ich nach und schob mein rotes Leinenkleid noch ein wenig weiter nach oben, so dass Pascal sehen konnte, wie meine Möse seinen Finger gierig in sich aufsaugte.

»Du kleines Luder, du machst mich so an«, stöhnte Pascal und drang noch tiefer in mich ein. Ich war jetzt nass genug für mehrere Finger, so sehr erregte mich diese Situation. Die vorbeifahrenden Autos konnten nur einen kurzen Blick zu uns hineinwerfen. Gerade genug, um zu erahnen, dass wir es miteinander trieben, aber genaue Einzelheiten würden sie zum

Glück nicht erkennen können. Pascal konzentrierte sich auf die Straße und konnte es doch nicht lassen, immer wieder auf meine Möse zu starren, die ihn verführerisch anlächelte.

»Du findest das wohl geil, wenn die Männer dir zusehen, wie ich meinen Finger in dir habe, gib's zu!«, sagte Pascal und befeuchtete dabei mit der Zunge seine Lippen. Ich sah, wie er leicht zu schwitzen begann. Offensichtlich war ihm ziemlich heiß.

»Ich dachte, wir wärmen uns ein wenig auf für heute Abend«, sagte ich unschuldig.

»Wie wäre es, wenn du mir das jetzt mal ein wenig genauer erzählst, was mich heute erwartet, du nimmersattes Luder?«, fragte Pascal nach.

»Oh, ich denke, da solltest du dich überraschen lassen, mein Schatz. Aber so viel verrate ich dir: Wir werden heute Nacht erotische Erlebnisse haben, von denen du noch lange träumen wirst.« Ein Bus fuhr an uns vorbei, und Pascal entging es nicht, dass ich dem Fahrer kurz zuzwinkerte.

»Ich glaube eher, du hast Lust auf einen anderen Mann«, mutmaßte er. »Wahrscheinlich willst du, dass ich dir dabei zusehe, wenn du ihm ...«

»Ach was«, kicherte ich. »Du wirst auf keinen Fall etwas sehen. Das verspreche ich dir.« In dem Punkt war ich sogar ziemlich nah an der Wahrheit geblieben.

Als mich der Produktionsleiter unseres TV-Senders im letzten Monat ins Büro rief, hatte ich noch keine Ahnung, wie sehr sich mein Leben verändern würde. Einen Augenblick lang fürchtete ich, in meiner letzten Talkshow etwas Falsches gesagt zu haben. War ich zu frech gewesen? Schließlich sollten sich die Zuschauer mit den Gästen identifizieren, und wir durften sie nicht vor den Kopf stoßen.

Das Thema der Show hieß provokativ: *Dürfen Single-Frauen*

viele Frösche küssen? War mir mit Evi, der Frisöse aus Niederbayern, ein Fehler unterlaufen, als sie stolz verkündete, mit 4005 Liebhabern einen Rekord im Küssen aufgestellt zu haben? Immerhin hatte es sogar Ron Jeremy, der bekannte Pornostar aus den USA, nur auf schlappe 4000 Frauen gebracht. Stattdessen war mein Chef zuckersüß und schenkte mir sogar eigenhändig eine Tasse Kaffee ein.

Die Sendung hätte ihm ausgezeichnet gefallen, ließ er mich wissen und lächelte mich dabei geheimnisvoll an. Ob ich mir vorstellen könnte, eine brandneue Sendung zu moderieren, die das Zeug hätte zu hohen Einschaltquoten? Und ob ich das wollte! Als ich allerdings hörte, über welches Thema ich berichten sollte, war ich mir dann doch nicht mehr so sicher, ob das eine gute Idee war. Jeden Monat sollte ich ein ausgefallenes erotisches Thema in der Sendung vorstellen und dazu kompetente Gesprächspartner zu einer illustren Runde einladen. *Böse Mädchen kommen überall,* sollte die Sendung heißen. Mir fiel fast die Kaffeetasse aus der Hand, als ich das hörte. Als ob mir *Sexpertin* auf der Stirn geschrieben stünde. Oder hatte es sich intern herumgesprochen, dass ich in meinem Schreibtisch einen Minivibrator aufbewahrte, den ich ab und zu auf der Toilette benutzte? Ein Orgasmus regt nämlich meine Kreativität an, wenn mir mal nichts mehr einfällt! Jedenfalls drückte mir mein Chef dann auch noch gleich zwei Karten in die Hand für ein ungewöhnliches erotisches Event des Veranstalters Eroluna, zu dem ich in Begleitung erscheinen sollte. »So können Sie ein wenig Spaß haben und sich gleich in die Materie einarbeiten, Sarah«, erklärte er mir lächelnd. »Immerhin brauchen Sie sicherlich noch ein wenig erotische Fortbildung für die Sendung.«

Im Internet informierte ich mich natürlich sofort, was es mit diesem Event auf sich hatte, und mir wurde bereits beim Lesen ganz heiß. Pascal erzählte ich nicht alle Einzelheiten, doch er war bisher immer zu allen Schandtaten bereit gewesen.

Er hatte zwar schon ein paar Bedenken, falls er auf dieser frivolen Party von einem seiner IT-Kunden erkannt werden würde – immerhin hatte er eine eigene Firma, für die er lange und hart gekämpft hatte. Aber die Neugierde auf ein ungewöhnliches erotisches Abenteuer war größer als die Angst vor bekannten Gesichtern. Jetzt waren wir gleich im Hotel, und von dort würden wir vom Veranstalter abgeholt werden. Zum *Blind Dinner* im Schloss Milkersdorf!

Pascal parkte gerade auf dem Hotelparkplatz ein, und mein Orgasmus würde noch ein wenig warten müssen …

»Kannst du mir bitte mal helfen, Schatz?« Ich stand im Bad unseres Hotels vor dem Spiegel und versuchte nervös, den Reißverschluss meines Abendkleids zu schließen, ohne mir dabei den Arm zu verrenken. Gar nicht so einfach!

»Frauen! Was würdet ihr nur ohne uns Männer machen?« Pascal war noch mit dem Binden seiner Krawatte beschäftigt, aber er ließ sich dabei gern unterbrechen und stellte sich hinter mich, um mir zu helfen. Ich zog den Bauch ein wenig ein, damit er den Reißverschluss leichter schließen konnte, aber schon bald merkte ich, wie sehr ihn diese intime Geste erregte und dass er anderes im Sinn hatte, als mir beim Anziehen zu helfen. Er hielt mich von hinten in seinen starken Armen gefangen, und da er etwas größer war als ich, genoss ich seine körperliche Überlegenheit, die es mir erlaubte, ganz Frau zu sein und mich sehr weich und feminin zu fühlen. Die Leidenschaft meines Freundes galt nicht nur dem Sex, sondern auch dem Freeclimbing, was sich ziemlich positiv auf seinen muskulösen Körper auswirkte. Ich lehnte mich mit geschlossenen Augen zurück und fühlte seinen warmen Atem an meinem Ohr. Und seinen harten Ständer an meinem Po!

Langsam glitten Pascals Hände über meinen Ausschnitt, und er zog ihn etwas nach unten, so dass meine Brüste im Spiegel zu sehen waren. Sanft rieb er mit den Handflächen über meinen nackten Busen, bis sich meine Brustwarzen neugierig aufrichteten. Jede Zelle meines Körpers schien zu vibrieren, und ich sehnte mich nach zärtlicher Berührung.

»Oh …«, stöhnte ich. »Eigentlich solltest du mir doch beim Anziehen helfen, und stattdessen …«

»… helfe ich dir beim Ausziehen!«

Bevor ich darauf etwas erwidern konnte, hatte er meinen Kopf zur Seite gedreht und strich mit dem Zeigefinger über meine Lippen. Pst! Nichts sagen. Die Berührung fühlte sich so sanft an wie der Flügel eines Schmetterlings, der über nackte Haut streift. Ich drehte mich zu Pascal um, so dass ich in sein Gesicht sehen konnte. In dem weichen Licht des Badezimmers wirkten seine grünen Augen noch geheimnisvoller als sonst, und ich strich ihm sanft über die Wangen. Sein markantes Gesicht und das energische Kinn verrieten, dass dieser Mann ziemlich genau wusste, was er wollte, und es meistens auch bekam. Seine frisch rasierte Haut fühlte sich ganz glatt an und roch nach einem würzigen Aftershave. Dieser intensive Blick, mit dem er mich ansah, zog mich magisch in seinen Bann, und ich spürte, wie ich ihm aufs Neue verfiel. Wie schaffte dieser Mann das nur immer, mich so schnell zu verführen? Sein Verlangen ergriff von mir Besitz, breitete sich in jeder Zelle meines Körpers aus, und ich wollte auf der Stelle mit ihm schlafen. Mich ihm hingeben und in Lust zerfließen!

»Du bist so schön!«, flüsterte Pascal und zog mich näher an sich heran, um mich sanft zu küssen. Ganz vorsichtig berührten sich unsere Lippen, und sie lagen einen endlos langen Augenblick nur aufeinander und schienen sich zu begrüßen. Sein Herz pochte ziemlich schnell und signalisierte mir, dass er ziemlich erregt war. Wie ein elektrischer Stromschlag sprang seine Lust auf mich über und begann in mir zu pulsieren. Ich sehnte mich nach seiner Berührung, wollte ihn in mir spüren und mich wie eine reife Frucht pflücken lassen. Mein Mund öffnete sich ein wenig und lockte ihn, in mich einzudringen und von mir Besitz zu ergreifen. Pascal nahm meinen Kopf in beide Hände und presste seinen Mund jetzt leidenschaftlicher auf meinen. Unsere Zungen berührten sich kurz, nahmen Kontakt auf und zogen sich dann schnell wieder zurück ... ein verlockendes Spiel von Nähe und Distanz. Unsere Körper fühlten sich wie Magnete voneinander angezogen, und ich verfiel in diesen ekstatischen Zustand, in dem mein Verstand sich ausschaltete und pure Lust die Kontrolle übernahm. Unsere Lippen verschmolzen miteinander, und aus diesem innigen Kuss entstand bald ein wildes Gerangel. Gierige Lust überrollte uns wie eine mächtige Welle, und wir gerieten in einen Strudel wilder Leidenschaft. Unsere Zungen umschlangen sich wie zwei kämpfende Raubtiere, die sich gegenseitig beweisen wollten, wie stark sie waren. Der Sieger in diesem ungleichen Kampf war von vornherein klar, aber wir spielten dieses Spiel von Stärke und ohnmächtiger Hingabe, als ob es niemals etwas anderes in unserem Leben gegeben hätte. In diesem Augenblick spürte ich mich so lebendig, mein ganzes SEIN drückte sich in diesem ewig langen Kuss aus. Als Pascal spürte, dass mein Widerstand nachließ, und als ich mich seiner Männlichkeit ganz hingab, wurden seine Berührungen wieder inniger. Behutsam strich er mit den Fingerspitzen über meine Stirn, so als ob er jede Wölbung meines Gesichts neu entdecken wollte. Verspielt zog er mit dem Finger meine Augenbrauen nach und küsste dann meine Lider. Ich hatte die Augen geschlossen, und so fühlte ich jede seiner Berührungen noch intensiver. Langsam glitten seine Hände über meinen Hals. Dieser Teil meines Körpers war überaus empfindsam, und es erforderte besonderes Vertrauen und Hingabe, meine Kehle dem Eroberer zu überlassen. Die Situation hatte etwas Archaisches, und ich fühlte mich wie eine Hündin, die ihren Widerstand aufgibt und darauf hofft, dass diese Hingabe mit Zärtlichkeit belohnt wird. Meine Brüste hingen immer noch nackt und wehrlos über meinem Abendkleid, und Pascal beugte sich vor, um meine Brustwarzen zu küssen. Ich trug selten einen BH, deshalb waren meine Brüste auch so sensibel, und wie eine überreife Frucht reagierten sie auf jede kleinste Berührung und fühlten sich prall und schwer an. Ich wand mich in seinen Armen, sodass er mich von hinten fest umfing und dabei seine Erregung an mich presste. *Oh Schatz! Du machst mich wahnsinnig.*

Sein warmer Atem strich über meinen Nacken, und all meine kleinen Härchen stellten sich auf. Pascal biss mir frech in die Schulter, und dieser sanfte Schmerz erregte mich so sehr, dass ich eine Gänsehaut auf meinen Unterarmen bekam. Und dann lagen seine Hände plötzlich fordernd auf meinem Po. In diesem Augenblick meldete sich vorübergehend wieder mein Verstand zu Wort.

»Liebling, ich ahne schon, was du vorhast«, hauchte ich. »Aber wir haben eigentlich keine Zeit jetzt für so was …«

»Was meinst du denn? Ich massier doch nur ein wenig deinen Rücken«, antwortete er betont unschuldig.

»Ich sollte dir wohl mal ein Anatomiebuch zu Weihnachten schenken. Seit wann ist dort unten mein Rücken?«

»Du musst das ganzheitlich sehen, Liebling: dein Rücken, dein süßer Po, deine Schenkel … das gehört doch alles irgendwie zusammen.« Während er sprach, zog Pascal mein Kleid leicht nach oben und entdeckte, dass ich kein Höschen trug.

»Wie unartig. Wolltest du heute Abend so zu unserem Dinner ins Schloss gehen? Da bin ich wirklich sprachlos.« Er gab mir einen leichten Klaps auf mein Hinterteil.

»Ich dachte, das würde dir gefallen«, erwiderte ich kokett und presste dabei meinen Po in seine Hände. Sanft strich er über meine nackten Backen und ließ eine Hand dann nach unten zwischen meine Schenkel wandern. Ich wurde ganz feucht bei dem Gedanken, dass er gleich einen Finger in mich einführen würde. Aber das geschah nicht, und stattdessen hörte ich, wie er den Reißverschluss seiner Hose öffnete.

»Oh, mach schnell«, stöhnte ich. »Du weißt doch, dass sie gleich kommen.«

»Du wirst gleich kommen, mein Liebling!«, flüsterte er mir ins Ohr und drehte mich wieder um, so dass ich im Spiegel sehen konnte, wie er mich von hinten umarmte. Sein Ständer rieb sich an meinem Po und drängte sich fordernd zwischen meine Schenkel. Ich hielt mich am Waschbecken fest, drückte meine Wirbelsäule durch und ließ es zu, dass die Spitze seines Penis langsam in meine glitschige Möse eindrang und sich immer tiefer in mich hineinschob.

»Du fühlst dich so gut an«, flüsterte er mir ins Ohr. Meine Möse war vor lauter Geilheit ganz nass, so dass Pascal keine Schwierigkeiten hatte, seinen harten Schwanz bis zum Anschlag in mich einzuführen.

»Stoß mich!«, forderte ich ihn auf und presste meinen Po noch stärker an ihn heran. Jetzt war ich so erregt, dass ich hart von ihm genommen werden wollte. Pascal hatte seine Hose anbehalten, und ich spürte die Reibung des weichen Stoffs auf meiner nackten Haut. Es machte mich an, dass er sich noch nicht einmal die Zeit genommen hatte, sich auszuziehen.

»Du verrücktes wildes Tier! Ich will dich mit Haut und Haaren! Grrrr!« Pascal zog meinen Kopf an den Haaren leicht nach hinten und küsste mich noch einmal leidenschaftlich, bevor er mich wieder los ließ und sich auf seinen Rhythmus konzentrierte. Er wurde immer schneller, und ich dachte, dass er gleich auf den Höhepunkt zusteuern würde. Verstohlen schaute ich auf meine Uhr. Gleich halb acht! Aber Pascal dachte gar nicht daran, unser Liebesspiel zu einem Quickie zu machen. Genüsslich streichelte er über meinen Rücken und befühlte dann meine Brüste, während er mich heftig fickte. Mit der rechten Hand rieb ich meine Perle und bewegte mein Becken immer lustvoller. Ich überließ mich meiner leidenschaftlichen Wildheit und warf den Kopf in den Nacken.

»Nicht so schnell, meine Süße«, unterbrach mich Pascal und zwang mir einen langsameren Rhythmus auf. »Die Nacht hat doch erst angefangen, und wir haben noch ungeheuer viel Zeit.«

»Ja, genau fünfzehn Minuten haben wir noch, Schatz. Eine Ewigkeit!«

»Entspann dich!«, forderte Pascal mich auf und entzog sich mir sanft. Langsam streifte er mein Kleid ab und ließ es achtlos auf den Boden fallen. Als ich völlig nackt vor ihm stand, drehte er mich um und setzte mich schwungvoll auf den Rand des Waschbeckens. Der Marmor fühlte sich angenehm kühl an, und ich stützte mich mit beiden Händen darauf ab, um mein Becken etwas nach hinten rollen zu können und meine Beine weiter zu spreizen. Pascal stand genau vor mir, und sein Ständer reckte sich mir entgegen. Meine Möse vermisste ihn bereits schmerzlich, und dabei war er doch eben erst in mir gewesen. Ich schlang die Schenkel um seine schlanken Hüften und knöpfte sein Hemd auf. Wohlwollend betrachtete ich seinen leicht gebräunten Körper; sein Bizeps fühlte sich fast so hart an wie sein Schwanz. Ich schob mich auf ihn und spürte, wie er mühelos in mich hineinglitt.

»Nimm mich!«

»Das mach ich doch schon die ganze Zeit!«, flüsterte er mir zu und stieß mich dabei immer härter.

»Küss mich!«, befahl ich ihm und zog ihn noch näher heran. Ich wollte ihm ganz nah sein und ihn überall spüren. Meine Brüste rieben sich an ihm, ich umarmte ihn und presste mich ganz eng an seinen Körper. Pascal stand kurz vor dem Höhepunkt, und auch ich war ziemlich aufgeheizt. Wir beschleunigten das Tempo. Jetzt würde es gleich passieren. Ich würde mich dem hemmungslosen Zucken meiner Möse hingeben und dem Höhepunkt meines Lebens entgegensteuern. Nass genug war ich ja bereits.

»Komm, Liebling!«, feuerte mich Pascal an, und ich spürte, dass auch er kurz vor der Explosion stand.

»Ich liebe dich!«

»Ich kann nicht genug von dir bekommen. Du bist einfach so scharf!«

»Oh … jetzt ist es gleich so weit.«

»Ich will mir dir zusammen abheben … ich warte auf dich, mein Engel.«

Ich schloss die Augen, und alle Farben des Regenbogens schossen blitzartig durch meinen Kopf. Es kam mir so vor, als ob ich auf einem Trampolin der Lust nach oben geschleudert würde, und ich schien immer höher und höher zu steigen. *Bitte lass mich niemals mehr landen!*

Aber die Schwerkraft brachte mich irgendwann doch wieder zurück in die Arme meines Liebsten, und ein sanfter Kuss begrüßte mich wieder auf der Erde. Perfektes Timing! Genau im Augenblick meiner Landung klopfte jemand laut gegen die Tür.

»Hallo, seid ihr so weit? Hier ist der Shuttle Service zum Schloss.«

»Wir kommen gleich runter in die Hotelhalle«, rief Pascal und strich noch einmal zärtlich über mein zerwühltes Haar, bevor er sich wieder seiner Krawatte widmete.

Unten in der Eingangshalle wurden wir von einem attraktiven Mann mit Glatze begrüßt. Eigentlich stand ich nicht so sehr auf kahlköpfige Männer, aber diesen Menschen umgab eine geheimnisvolle Aura, der ich mich kaum entziehen konnte. Er wirkte sehr kräftig und athletisch, aber das allein war es nicht, was mich einerseits anzog und mir andererseits auch ein wenig Furcht einflößte. Das Auffälligste an ihm waren seine Augen, mit denen er mich zu durchbohren schien, so als ob er zu den dunkelsten Geheimnissen meiner Seele vordringen wollte. Aus welchem Grund trug er eigentlich Lederhandschuhe? Aber bevor ich darauf eine Antwort finden konnte, begrüßte er uns und gab uns Anweisungen für den weiteren Verlauf des Abends.

»Ich bin Gregor«, stellte er sich vor. »Euer Führer durch das Reich der sündigen Gelüste. Für den Rest der Nacht werdet ihr auf visuelle Reize verzichten müssen, aber dafür wird sich euch eine neue Welt der Sinnlichkeit erschließen. Ihr dürft euch heute im Schloss auf ein Fünf-Gänge Menü freuen, das ihr in dieser Form sicherlich noch nie erlebt habt.«

»Wir bekommen die Augen schon jetzt gleich verbunden?«, fragte ich ein wenig überrascht. Da dieses erotische Spiel offenbar sofort beginnen sollte, mussten wir wohl auf eine offizielle Schlossbesichtigung verzichten und würden uns von nun an in völliger Dunkelheit zurechtfinden müssen. Hui, das versprach ja noch aufregender zu werden als erwartet! Ich war schon ziemlich neugierig und bereit für alles, was uns auf dieser frivolen Party begegnen würde.

»Um Mitternacht, beim zwölften Glockenschlag, dürft ihr eure Augenbinden abnehmen und euch umsehen. Falls ihr dann dazu überhaupt noch Lust dazu verspürt. Denn ich werde euch jetzt in eine erotische Welt entführen, die jenseits eurer Vorstellung liegt und die ihr vielleicht gar nicht mehr verlassen wollt.«

»Das hört sich spannend an, aber was ist, wenn ich mich im Dunkeln fürchte? Ich meine, ich bin es nicht gewohnt, ohne meinen Blindenhund auszugehen«, versuchte Pascal seine Nervosität humorvoll zu überspielen.

»Selbstverständlich werdet ihr von unseren aufmerksamen Hostessen betreut werden«, grinste Gregor und warf meinem Freund einen anzüglichen Blick zu, der mir überhaupt nicht gefiel.

»Wie darf ich das verstehen?« Pascal schien auf einmal sehr interessiert zu sein.

»Nun, falls ihr euch wirklich unwohl fühlen solltet, werdet ihr von unserem Personal in einen separaten Raum geführt, und dort dürft ihr die Augenbinden selbstverständlich abnehmen und euch so vergnügen, wie es euch gefällt. Ich habe es jedoch nur sehr selten erlebt, dass sich unsere Gäste nicht wohlgefühlt haben, denn unser Personal ist sehr bemüht darum, dass jeder auf seine Kosten kommt.« Und wieder grinste er Pascal unverschämt zweideutig an.

Wären wir nur zu Hause geblieben! Zum ersten Mal an diesem Abend bekam ich ein wenig Muffensausen und hatte Angst vor meiner eigenen Courage. Vielleicht fand Pascal an anderen Frauen mehr Gefallen als an mir. So genau hatte ich mir das im Vorfeld gar nicht überlegt. Im Fernsehen lief heute die neue Show: *Chef sucht Sekretärin. Spätere Heirat nicht ausgeschlossen* vom Konkurrenzsender, und das hätte mich auch interessiert. Sollte ich nicht lieber alles noch einmal rückgängig machen? Wir könnten uns doch auch in unserem Hotel einen schönen Abend machen.

»Bist du dir sicher, Pascal, das du das wirklich möchtest? Ich meine … wir müssen nicht zu diesem Dinner gehen, und im Hotel gibt es bestimmt einen Zimmerservice …«

»Aber Schatz, was hast du denn auf einmal?« Pascal grinste mich an und gab mir einen aufmunternden Klaps auf den Po. Offensichtlich schien er immer mehr Gefallen an unserem kleinen Abenteuer heute Nacht zu finden. Ich atmete tief durch und entspannte mich wieder. Ich hatte mich sehr auf diese Schlossnacht gefreut, und wie hieß es so schön: »No risk – no fun!« Ich wollte mir den Abend nicht durch unnötige Eifersucht verderben lassen. Das wäre doch lächerlich!

»Gut, dann sollten wir jetzt beginnen. Sarah«, entschied Gregor und trat hinter mich. »Ich werde dir jetzt die Augen verbinden …«

Ich konnte wirklich nichts mehr sehen. Die Augenbinden waren mit einem selbstklebenden Tape gesichert, so dass man sie noch nicht mal ein klein wenig zur Seite schieben konnte. Schon allein die Fahrt im Bus war aufregend. Neben mir saß eine Frau, die mit ihrem Partner darüber diskutierte, was denn heute Abend alles erlaubt sei.

»Also, Herbert, wenn du dich heute Nacht auch mal ohne mich amüsieren willst, dann werde ich aber bestimmt nicht untätig an der Bar herumsitzen.«

»Solange wir anschließend wieder gemeinsam ins Hotel fahren, darfst du machen, was du willst.«

»Aber nur, wenn du's mir noch einmal besorgst, bevor ich einschlafe. Komm her, Bärchen, und gib mir 'nen Kuss.«

Ich konnte mir das Lachen kaum verkneifen, als ich unsere Busnachbarn so reden hörte. Pascal schien es ähnlich zu gehen, und ich flüsterte ihm ins Ohr: »Das verspricht ja ein amüsanter Abend zu werden.«

»Und eine heiße Nacht«, erwiderte Pascal, und ich konnte die Erregung in seiner Stimme spüren. Er versuchte nach meiner Hand zu greifen, was ihm erst nach längerem Suchen gelang.

Es war kühl, und ich zitterte leicht vor Kälte, als wir vor dem Schloss anhielten. Zumindest ging ich davon aus, dass wir uns dort befanden – sehen konnte ich ja nichts. Ein Mann half mir aus dem Bus. Wahrscheinlich Gregor, der attraktive Glatzkopf, denn ich konnte den Lederhandschuh fühlen, mit dem er mich galant eine Treppe hinaufführte. Was für ein seltsames Gefühl, sich blind zu bewegen! Ich stolperte über die erste Stufe und wurde sanft von meinem Begleiter aufgefangen. Plötzlich fühlte ich mich sehr hilflos, aber auch das war ein neues und erregendes Gefühl.

Pascal wurde hinter mir die Treppe hinaufgeführt, und bald durchquerten wir eine Art Eingangsbereich. Klick, klack! Bei jedem Schritt hörte ich die Absätze meiner High Heels auf dem Marmor widerhallen. Irgendwann standen wir vor einem Tresen – das erkannte ich an dem Barhocker, der mir mit verbundenen Augen ungewöhnlich hoch erschien.

»Möchtet ihr was trinken?«, fragte eine weibliche Stimme hinter der Bar. Erstaunlich, wie sehr mir der Klang ihrer Stimme auffiel. Ganz automatisch versuchte ich mir die Frau vorzustellen. Mitte zwanzig, wahrscheinlich attraktiv, blonde Haare? Aber wie kam ich darauf? Sie hätte genauso gut auch einen schwarzen Pagenkopf haben können. Interessant, wie sehr man sich trotzdem gleich ein Bild von jemandem macht, auch wenn einem die Sicht genommen ist.

»Ja, gern. Was gibt es denn?«

»Was immer ihr wollt: Wein, Bier, Sekt oder einen Cocktail …«

»Ein Glas Sekt hört sich gut an!«

Ich suchte instinktiv nach Pascal, den ich gegenüber von mir vermutete. »Pascal, bist du das?«, fragte ich und tastete mit beiden Händen nach meinem Freund.

»Verzeihung, aber ich glaube, Sie verwechseln mich da mit jemandem«, erwiderte eine sonore Stimme. Erschrocken zog ich meine Hände von einem bärtigen Kinn zurück.

»Oh, Verzeihung. Ich habe nur meinen Freund gesucht«, entschuldigte ich mich.

»Aber das macht doch nichts, ich freue mich, dich kennenzulernen. Ich bin der Volker.«

Anscheinend pflegte man hier einen lockeren Umgangston und duzte sich. Das passte zu dem Motto des Abends, denn bald würden wir uns hier in diesem frivolen Schloss in noch intimeren Situationen begegnen. Trotzdem war alles noch ein wenig ungewohnt und neu für mich.

»Hi, ich heiße Sarah. Sind Sie … äh … bist du zum ersten Mal hier?«

»Aber nein, meine Frau und ich sind Stammgäste in diesem Etablissement und leisten uns dieses Vergnügen alle paar Monate.«

»Welches Vergnügen denn? Ein Fünf-Gänge-Menü gibt's doch sicherlich auch billiger.« Ich gab vor, völlig unwissend zu sein, um mein Gegenüber so ein wenig zu provozieren. Schließlich war ich Fernsehjournalistin und wollte mehr darüber erfahren, was andere Menschen hier erlebten.

»Sarah, ein schöner Name!«, lobte mein Gegenüber. »Aber du bist schon ein Scherzkeks. Das Essen ist hier ja nicht die Hauptsache … wie du sicherlich weißt.«

»Ich bin zum ersten Mal hier und habe keine Ahnung, was mich genau erwartet«, gab ich vor.

»Na, dann will ich dir die Überraschung nicht nehmen, Sarah. Und lass dir den Nachtisch auf der Zunge zergehen.« Volker lachte über seinen eigenen Witz; mehr war offenbar nicht aus ihm herauszubekommen.

Aber bevor ich weiter nachfragen konnte, fühlte ich eine Hand auf meinem Rücken.

»Ich bin's, Schatz … bist du es auch?«, flüsterte mir mein Liebster ins Ohr. Ich glaube, ich war noch nie so selig, seine Stimme zu hören. Ich hatte ihn echt vermisst.

»Wo hast du gesteckt?«, fragte ich erleichtert.

»Du weißt doch, diese nette Hostess, die mich hier hereingeführt hat … das war eine ziemlich heiße Braut, und sie bestand darauf, mir das Kaminzimmer zu zeigen, damit ich mich ein wenig aufwärmen könnte.« Obwohl ich ihn nicht sehen konnte, wusste ich genau, dass er mich ein wenig boshaft angrinste.

»Wie schön für dich«, erwiderte ich ganz cool. »Ich hatte in der Zwischenzeit bereits ein nettes Gespräch mit Volker. Ein sehr erfahrener Mann.« Ich wusste ziemlich gut, wie ich Pascal eifersüchtig machen konnte, und dass ich mich offenbar auch ohne ihn prächtig amüsierte, ärgerte ihn ein wenig, aber gleichzeitig machte es ihn auch an. Seine Hände suchten nach meinem Gesicht. Vorsichtig tasteten seine Finger über meine Augenbinde und strichen über meine Lippen, bevor er meinen Kopf zu sich heranzog und mich sanft küsste.

»Ich liebe dich, mein Engel!«, flüsterte er, und ich fand das vor allem an diesem frivolen Ort schrecklich romantisch. Wenn man nichts sehen kann, wird man hochsensibel. Die Bardame drückte uns ein Sektglas in die Hand, und wir versuchten damit anzustoßen. Dabei floss ein wenig Sekt in meinen Ausschnitt, weil Pascal die Entfernung zu mir falsch eingeschätzt hatte. Die Situation war ziemlich absurd.

»Du hast mich nass gespritzt, du Ferkel!«, kicherte ich.

»Das hast du dir selbst zuzuschreiben. Du hast mich an diesen versauten Ort geführt, und jetzt siehst du, was du davon hast.« Pascal tastete nach meinen Brüsten.

»Pass auf, wo wir sind. Wir können zwar nichts sehen, aber diese Barfrau zum Beispiel, die hat sicherlich keine Augenbinde auf.«

»Und der Herr mit der Glatze, der dich so sanft ins Schloss geleitet hat, sicherlich auch nicht«, lachte Pascal. Die Situation schien ihm zu gefallen, und ich war erleichtert darüber. Bevor wir uns noch weitere Gedanken darüber machen konnten, wer uns beim Petting zusehen würde, wurden wir von zwei Hostessen an unseren Platz geführt. An jedem Tisch sollten drei Paare sitzen und den ersten Gang zu sich nehmen. Dabei würden die ursprünglichen Paare noch zusammensitzen; danach mussten sie dann die kulinarischen Köstlichkeiten des Hauses getrennt genießen. An unserem Tisch saß Volker, dem ich vorhin schon aus Versehen an den Bart gegriffen hatte, außerdem noch seine Frau und auch ein anderes Paar aus Berlin, das sich hier bestens auszukennen schien. Marita arbeitete in der Modebranche, und Hermann erzählte uns, dass er mit Versicherungen zu tun habe.

»Hermann und ich waren schon öfters hier«, sagte Marita.

»Ach ja, wie interessant«, mischte sich Pascal in das Gespräch ein. »Meine Freundin Sarah und ich sind, wie ich fürchte, ziemlich neu und unerfahren mit den Gepflogenheiten des Hauses. Wie sieht es denn hier überhaupt aus?«

Marita kicherte. »Oh, ich verstehe, ihr könnt euch hier ja gar nicht umsehen. Da verpasst ihr echt was. Wir sind in einem alten Herrenhaus aus dem sechzehnten Jahrhundert, und alles hier ist total edel und teuer. Überall stehen gusseiserne Kerzenleuchter herum, und die schweren Samtvorhänge lassen noch nicht mal den Mond zuschauen.« Marita kicherte anzüglich und quiekte dann wie ein Teenager. Vermutlich hatte ihr Begleiter ihr unter den Rock gefasst oder etwas in der Art.

»Es scheint hier wohl richtig zur Sache zu gehen?«, fragte Pascal neugierig nach.

»Stellt euch eure wildesten erotischen Fantasien vor, und das, was hier abgeht, wird eure Vorstellung noch bei weitem übertreffen«, lachte Hermann. Ob er seine Hand wohl immer noch zwischen Maritas Schenkeln liegen hatte? Himmel, wieso interessierte mich das überhaupt. Solange es nicht Pascals Hände waren, die sich an ihr zu schaffen machten …

»Wir waren, wie gesagt, schon oft hier, und zum Aufwärmen kann man sich nebenan in das Kaminzimmer zurückziehen. Auf einer Anrichte steht immer ein hervorragender alter Malt Whisky. Damit mache ich es mir dann meistens erst mal in dem Ledersessel bequem und schaue mir die anderen Gäste an.«

»Und wenn Hermann dann ein Paar entdeckt hat, das ihm gefällt, dann gehen wir meistens mit ihnen an die Bar und trinken was. Die Küche ist übrigens auch sehr lecker hier. Es gibt ein warmes Buffet und Salate, außerdem Lachsschnittchen und Garnelen …schwänze …« Marita musste schon wieder kichern, und Hermann sprang ein.

»Richtig spannend wird es dann im ersten Stock, dort sind die Spielräume.«

Mir wurde ganz heiß. Wo waren wir gelandet? Ich wollte zwar mein Repertoire an erotischen Erfahrungen ein wenig erweitern, aber an Paartausch hatte ich erst mal nicht gedacht. Was sonst sollte wohl in solchen Zimmer stattfinden? Pascal würde nie mehr mit mir sprechen, schließlich hatte ich ihm nur beiläufig von einem Abendessen mit verbundenen Augen und von einer frivolen Party erzählt, die ich beruflich besuchen musste.

»Was versteht ihr unter Spielräumen?«, fragte er denn auch. »Gibt es hier eine Kinderbetreuung, während die Erwachsenen in Ruhe speisen?«

Jetzt mischte sich Volkers Frau ins Gespräch, die bisher eher stumm geblieben war.

»Um Gottes willen. Kinder haben hier nichts zu suchen. Hermann spricht von den Himmelbetten, die es oben gibt. Sie sind in mehreren Zimmern verteilt, und dort kann man sich ausruhen, aber auch aktiv werden. Oder einfach nur den anderen Paaren zusehen.«

Hilfe! Pascal würde mich umbringen, wenn wir jemals wieder gemeinsam im Hotel landen sollten, und niemals wäre er mitgekommen, wenn er das gewusst hätte. Dachte ich! Aber er reagierte relativ gelassen.

»Nun, das mit dem Zusehen dürfte heute eher schwierig sein«, lachte er und suchte nach meiner Hand, die er auf meinem Schoß vermutete. Allerdings lag er mit dieser Vermutung falsch, denn ich hatte mir in der Zwischenzeit vorgenommen, mich mit dem Besteck vertraut zu machen. Soeben wurde nämlich der erste Gang serviert, anscheinend eine Suppe, die nach Ingwer und Karotten roch. Die aromatischen Dämpfe stiegen mir in die Nase. Inzwischen hatte ich auch ziemlichen Hunger bekommen. Vorsichtig balancierte ich den Löffel zum

Mund, ohne die Suppe auf meinen Schoß zu gießen. Der Geschmack war viel intensiver als sonst, und der scharfe Ingwer belebte meine Sinne.

»Schmeckt hervorragend!«, lobte ich und versuchte das Gespräch wieder in eine andere Richtung zu bringen. Aber Hermann schien nicht gewillt zu sein, sich vom Thema ablenken zu lassen.

»Macht euch am besten keine Gedanken. Ihr dürft hier so richtig entspannen.«

»Genau«, bestätigte seine Frau. »Alles kann, nix muss … das ist hier so unser Motto.«

Bevor ich noch Gelegenheit hatte, über diesen Satz nachzudenken, berührte ein Lederhandschuh mein Handgelenk, und ich wurde zum zweiten Gang an einen anderen Tisch geführt. Ich konnte mich noch nicht einmal mehr von Pascal verabschieden, so schnell ging alles.

Beim nächsten Gang saß ich neben einem Herrn, der zur Begrüßung gleich zielstrebig nach meinem Busen grabschte. Zum Glück konnte ich ihm gerade noch ausweichen und hätte dabei fast mein Weinglas umgeworfen.

»Oh, entschuldige. Ich wusste nicht, dass du so empfindlich bist«, bemerkte er eingeschnappt. Er wandte sich dann seiner anderen Tischnachbarin zu, die offensichtlich weniger Berührungsängste hatte, und ignorierte mich für den Rest des Gangs. Diesmal gab es einen Salat, und ich brauchte mindestens fünf Minuten, um endlich eine Kirschtomatenhälfte erfolgreich auf meine Gabel aufzuspießen. Eines hatte ich immerhin schon gelernt: Geh niemals zu einem Blind Dinner, wenn du großen Hunger hast!

Beim nächsten Gang war das Tischgespräch ein wenig entspannter, und ein Journalist erzählte mir von seiner Asienreise.

»In Angkor Wat gibt es diese wunderbaren Tempel. Man fühlt sich dort wie in eine andere Zeit versetzt.«

»Du meinst die Ruinen in Kambodscha?«, fragte ich vorsichtig nach.

»Ja, genau. Bist du schon mal dort gewesen?«

»Nein. Aber in Thailand kenne ich mich ganz gut aus. Ich liebe die Strände dort und die leckere Küche.«

»Ach, Thailand ... du sprichst mir aus der Seele. Eines meiner Lieblingsländer. Hast du dir da schon mal eine Massage geben lassen?« Der Klang seiner Stimme veränderte sich kaum merklich und wurde sanfter. Da meine Ohren jetzt umso aufmerksamer waren, entging mir diese leichte Veränderung nicht.

»Oh, ich liebe Massagen«, hörte ich mich sagen. Der Mann an meiner Seite war mir sympathisch, und eine leicht erotische Spannung lag in der Luft.

»Hättest du Lust auf eine sanfte Nackenmassage?«, bot er mir an. Das hatte ich befürchtet. Aber ich muss gestehen, dass mich die Vorstellung auch erregte, von einem wildfremden Mann hier am Tisch berührt zu werden. Es würde außer uns keiner mitbekommen. Und außerdem war es ja auch nur eine kurze Entspannungsmassage. In diesem Augenblick hörte ich Pascal vom anderen Ende des Raumes schallend lachen. Offensichtlich schien er sich auch ohne mich prächtig zu amüsieren, stellte ich leicht irritiert fest.

»Ja, gern. Es wäre toll, wenn du mir ein wenig die Verspannungen aus dem Nacken massieren könntest«, sagte ich, während ich angestrengt mit meiner Gabel in der Pasta herumstocherte und nur hoffen konnte, dass es sich nicht um Tomatensoße handelte, die dabei auf mein Kleid spritzte.

»Ich habe in Thailand sogar einen Massagekurs mitgemacht«, erklärte mein Tischherr stolz und strich sanft über meine Haare. Das fühlte sich besser an als erwartet, und ich verspürte ein leichtes Kribbeln in meiner Bauchgegend. Er rückte ein wenig näher an mich heran und berührte meine

Schultern. Mit einigen geübten Griffen massierte er meine Nackenmuskulatur, und ich entspannte mich immer mehr in diese seltsame Situation. Langsam strich er über meine Oberarme nach unten und tastete nach meiner Hand, die immer noch einen aussichtslosen Kampf mit der Gabel ausfocht. Ich gab es auf, nach den Ravioli auf meinem Teller zu suchen, und ließ es stattdessen zu, dass er meine Hand auf sein Knie legte. Der Stoff seiner Hose fühlte sich weich an, und ich konnte seine muskulösen Beine darunter spüren. Wie es sich wohl anfühlen würde, wenn diese starken Muskeln meine Schenkel auseinanderdrückten? Unwillkürlich presste ich mein Knie vorsichtig gegen ihn. Er reagierte auf diesen leichten Impuls und rutschte unruhig hin und her. In seiner Hose schien sich etwas zu regen, aber so genau wollte ich es nun doch nicht wissen und zog meine Hand vorsichtig wieder fort. Stattdessen tastete ich nach meinem Weinglas.

»Gefällt dir das?«, flüsterte er mir ins Ohr und massierte weiterhin meine Schultern. Allerdings glitt seine Hand immer mehr nach vorn und hatte nun fast mein Dekolleté erreicht.

»Äh … ich bin mir nicht so sicher!«, stammelte ich. Aber meine aufgestellten Brustwarzen sprachen eine viel direktere Sprache. »Mehr! Mehr! Mach weiter!«, schienen sie ihn anzuspornen. Neben mir stöhnte eine Frau laut auf; sie hatte offensichtlich auch einen Tischnachbarn, der sich mit Entspannungsmassage gut auskannte. Bevor der Asienexperte zu meinem Südpol gelangen konnte, legte sich wieder ein schwarzer Lederhandschuh auf meinen Arm, und ich fröstelte leicht. Dieses glatte Material fühlte sich unnahbar und trotzdem erregend an auf meiner Haut. Noch zwei Gänge musste ich überstehen, und dann würde ich wieder auf Pascal treffen. So war es ausgemacht, und ich konnte es kaum erwarten. Beim Lachsfilet hörte ich meinen Liebsten von weit her wieder laut lachen, und eine Frau kicherte hysterisch. Während mir mein Tischnachbar zur Linken, ein Geschäftsmann aus Norddeutschland, von seinen Golfreisen und Handicaps erzählte, malte ich mir in Gedanken aus, wie Pascal gerade eine andere Frau abknutschte und ihr an den Busen fasste. Vielleicht war es sogar umgekehrt, und eine dieser erfahrenen Damen machte sich an meinen unschuldigen Freund heran. Es war nicht besonders schwer, einen Mann scharfzumachen, der so neugierig war wie Pascal. In Gedanken sah ich bereits, wie eine vollbusige Blondine mit ihren French manikürten Fingernägeln über seine Schenkel strich und ihm dabei versaute Sachen ins Ohr flüsterte. Vielleicht lehnte er sich gerade entspannt auf seinem Stuhl zurück und genoss es, dass sie langsam seinen Reißverschluss öffnete, und dann würde sein Schwanz mir untreu werden und sich vor ihr keck aufrichten. Bestimmt war sie richtig scharf auf meinen Süßen und beugte sich gerade vor, um ihre aufgespritzten Botox-Lippen über ihn zu stülpen, während er ihre Silikonbrüste betastete. Mir wurde ganz schwindlig bei dieser Vorstellung.

»Ist dir nicht gut?«, fragte mein Tischherr besorgt, als ich zum dritten Mal nicht auf seine Frage antwortete, ob mir das Essen hier schmecke.

»Doch, doch … alles bestens«, log ich und ärgerte mich am allermeisten über mich selbst, dass ich diese prickelnde Situation nicht mehr auskosten konnte. Ich wünschte mir wieder meinen Asienspezialisten vom Zwischengericht herbei, der mich eben so nett massiert hatte.

»Ich heiße übrigens Alex«, stellte sich jetzt mein Tischnachbar zur Rechten vor. »Ich kann dich zwar nicht sehen, aber du riechst auf alle Fälle schon mal verführerisch gut.«

Die Stimme klang noch recht jung und äußerst charmant. Ich stellte mir Matt Damon in dem Film *The Bourne Ultimatum* vor. Dieser wagemutige Agent auf gefährlicher Mission hatte es mir angetan, und obwohl ich normalerweise keine

Actionfilme mag und mir schon Silvesterkracher auf die Nerven gehen, hatte ich mir diesen Streifen drei Mal angesehen.

»Äh … du hast eine schöne Stimme, Alex«, riss ich mich aus meiner Fantasie.

»Darf ich mal an deiner Haut riechen? Der Duft kommt mir so bekannt vor«, sagte Alex und beugte sich zu mir rüber, so dass ich seine Nase an meinem Hals spürte.

»Mhhh … das riecht verlockend nach Pfirsich. Zum Anbeißen … mmh.«

Vorsichtig begann Alex meinen Hals zu küssen, und mein wohliges Stöhnen ermunterte ihn dazu, etwas wagemutiger zu werden. Mit beiden Händen zerwühlte er spielerisch mein Haar und biss mich sanft neckend in die Schulter. Seine Berührungen fühlten sich umwerfend gut an, und ich überließ mich diesem stürmischen Matt Damon. Seine Hände schienen plötzlich überall auf meinem Körper gleichzeitig zu sein und mich zu streicheln. Ich fühlte sie auf meiner Brust, meinem Hals, auf meinem Knie, meinem Unterschenkel und zwischen meinen Beinen, die ich jetzt leicht gespreizt hatte. Aber hoppla! Wie konnte das sein? War Matt Damon ein Superheld, der sich in Spiderman verwandeln konnte und über mehrere Hände gleichzeitig verfügte?

»Du bist so verführerisch«, flüsterte mein Tischnachbar zur Linken, der Golfer. Die Stimme schien unter dem Tisch hervorzukommen. »Deine Waden fühlen sich so sexy an … dafür habe ich eine geheime Schwäche.« Nicht zu fassen! Ich wurde von zwei Männern gleichzeitig begehrt, und es gefiel mir auch noch außerordentlich gut. Ausnahmsweise war ich überhaupt nicht aktiv und überließ mich voll und ganz dieser Streichelorgie. Ich hatte immer befürchtet, dass Männer in solchen Clubs sich schamlos an Frauen vergehen würden, wenn sie dazu Gelegenheit bekämen – aber das Gegenteil war der Fall. Ich durfte ganz Frau sein und mich nach Strich und Faden verwöhnen lassen.

Alex' Mund hatte sich zu meiner rechten Brustwarze vorgewagt, an der er lustvoll saugte, bis mir fast schwindlig wurde, und gleichzeitig begann mein Golfnachbar förmlich unter meinen Rock zu kriechen und meine Oberschenkel zu lecken. Gleich würde er seine Zunge in meine nasse Möse stecken. Ob das vor Pascal vertretbar war oder nicht, konnte ich in diesem Augenblick nicht entscheiden, denn meinen Verstand hatte ich offenbar an der Garderobe abgegeben. Ich genoss diese sinnliche Zuwendung und diese verschiedenen Hände und Lippen, die mich liebkosten und mich glücklich machen wollten.

»Du machst mich so an«, flüsterte mir Alex mit seiner sexy Stimme ins Ohr.

»Deine Lust ist so unersättlich, und ich würde dich jetzt am liebsten sofort ganz besitzen und in dich eindringen«, stieß der Golfer unter meinem Kleid hervor. Um seinen Worten Nachdruck zu verleihen, führte er einen Finger in meine Spalte ein. Irgendwie unerhört, was ich hier trieb! Aber gerade diese Schamlosigkeit war es auch, die mich über alle Maßen erregte. Alex presste meine Brüste zusammen und begann abwechselnd an der einen und an der anderen Knospe zu saugen. Gleichzeitig spielte mein anderer Tischnachbar unter meinem Kleid mit meiner Perle, und ich fühlte, wie meine Möse anschwoll und ich bereit war, gefickt zu werden. Wie es sich wohl anfühlte, zwei Schwänze in mir zu haben? Das kam mir so verboten vor und gleichzeitig auch unendlich reizvoll. Diesen Männern war ich nie zuvor in meinem Leben begegnet und würde sie auch nie mehr zu Gesicht bekommen. Ich durfte einfach genießen! Während Alex meine Brüste zusammenpresste, streichelte ich über seine Finger. Er hatte kräftige Hände, die aber keineswegs grob waren, sondern ganz genau wussten, wie sie die Saiten meiner Lust zum Klingen bringen konnten. An seinem linken Ringfinger ertastete ich einen auffälligen Siegelring. Ich stellte mir Matt Damon zwischen meinen Brüsten vor und überlegte einen Augenblick, wen ich denn jetzt gern zwischen meinen Beinen hätte. Ich gab meinem anderen Tischnachbarn, der anscheinend nicht nur mit Golfbällen umgehen konnte, sondern auch auf Anhieb meine Klitoris gefunden hatte, das Gesicht von George Clooney, dem ich schon immer mal begegnen wollte. Ob der wohl auch Golf spielte? Doch bevor ich über diese Antwort weiter nachdenken konnte, geschah genau das, was mir schon mehrmals an diesem Abend passiert war: Ich spürte diese bestimmende Hand auf meiner nackten Schulter, und diesmal konnte ich sogar den Lederhandschuh intensiv riechen. Wortlos wurde ich abgeholt und musste meine beiden galanten Liebhaber leider zurücklassen. Aber ich nahm mir vor, solch eine Begegnung zu dritt bei anderer Gelegenheit zu wiederholen und weiter auszureizen. So etwas Aufregendes hatte ich vorher noch nie erlebt! Ich war ganz benommen von diesen vielen Streicheleinheiten, die ich nach wie vor auf meinem Körper spürte. Bye, bye, Matt und George.

Gregor, der Mann mit dem Lederhandschuh, führte mich sanft, aber energisch zur Treppe. Schon von weitem spürte ich Pascals Energiefeld. Ich konnte es fast körperlich fühlen, wie sich mein Schatz mir näherte. Er hatte die Hände nach mir ausgestreckt und umarmte mich fest. In diesem Augenblick wusste ich, wie sehr ich ihn vermisste hatte und dass diese kleine Eskapade beim Dessert nicht weiter von Bedeutung war. Wahrscheinlich hatte er ebenso seinen Spaß gehabt wie ich, und ich gönnte es ihm von Herzen. Alle Eifersucht, die ich vorher noch gespürt hatte, war auf einmal verschwunden, nachdem ich selbst die Erfahrung gemacht hatte, wie leicht man auf einer erotischen Party der Verführung unterliegt. Mit verbundenen Augen fühlte man sich nicht so ganz von dieser Welt, und die Begegnung eben hatte schon fast wieder etwas Unwirkliches, so als ob sie vor allem in meiner Fantasie stattgefunden hätte.

»Du hast mir so gefehlt, Liebling«, flüsterte Pascal mir ins Ohr.

»Du mir auch!« Ich war so gerührt, dass ich den sanften, aber energischen Druck des schwarzen Lederhandschuhs auf meinem Arm erst gar nicht wahrnahm.

»Jetzt beginnt der spannende Teil des Abends«, kündigte Gregor an. »Ich werde euch nach oben in die Spielräume bringen …«

Langsam stiegen wir eine Holztreppe nach oben. Als Erstes fiel mir die schwüle Luft auf, als wir in einem dieser sogenannten Spielzimmer ankamen. Es roch nach Lust! Nackte Körper, die einen moschusähnlichen Duft ausströmten, der sich mit irgendeinem bekannten Parfum vermischte – so kam es mir vor. Den Duft kannte ich, und ich hatte ihn erst kürzlich an einer Kollegin gerochen. Wie hieß das Parfum noch gleich? Opium! Genau, das musste es sein. Leises Stöhnen drang an mein Ohr, und ich hörte ein klatschendes Geräusch. Nahm da jemand seine Frau gerade von hinten? Oder saß sie etwa auf ihm und wagte einen flotten Ritt durch die Nacht? Ich war mir nicht sicher, und die Vorstellung erregte mich. Pascal schien es ähnlich zu gehen, denn er zog mich zu sich auf ein Bett, das mit einem seidigen Laken überzogen war. Meine Hände glitten über das weiche Material, als ich vorsichtig versuchte, mich in der Dunkelheit zurechtzufinden. Pascal hatte sich an die Augenbinde offensichtlich schon besser gewöhnt als ich, denn sein Mund fand mit großer Zielsicherheit meine Lippen. Hatte er beim Essen etwa doch ein wenig Blinde Kuh gespielt und Küssen geübt? Dieser Gedanke erregte mich diesmal sogar. Nach meinem eigenen kleinen Abenteuer fand ich die Vorstellung, dass sich mein Geliebter in einer kleinen Orgie mit einem anderen Paar verlustierte, durchaus reizvoll. Pascal zog mich gierig an sich, und ich fühlte seine Erektion, die er gegen mich drückte.

Ich wurde von seiner Geilheit angesteckt, die mich wie ein Tornado ergriff. Meine Fingernägel bohrten sich in Pascals Rücken, und mein Geliebter begann leise zu stöhnen – ob aus Lust oder aus Angst darüber, dass ich sein teures Seidenhemd zerreißen könnte, wusste ich nicht so genau. Das Gewicht eines Mannes auf mir zu fühlen macht mich total an. Natürlich bin ich voll emanzipiert und fühle mich keinem Mann unterlegen – nur im Bett bin ich es ziemlich gern.

»Versprich mir, dass du immer auf mich scharf sein wirst«, flüsterte ich ihm ins Ohr.

»Niemand macht mich so an wie du, mein Engel«, versprach mir Pascal und küsste meinen Hals. Ich musste bei dieser Berührung an Alex denken, dessen Lippen ich vor kurzem an der gleichen Stelle gefühlt hatte. Noch nie zuvor hatte ich diese Sehnsucht verspürt, von zwei Menschen gleichzeitig berührt und begehrt zu werden, aber jetzt ließ mich diese Fantasie nicht mehr los. Wenn Alex jetzt neben uns läge, würde ich ihn nicht von der Bettkante stoßen. Ob Pascal daran auch Gefallen hätte?

Ich horchte auf. Es kam mir so vor, als ob ich ein lustvolles Stöhnen neben uns auf dem Bett gehört hätte. War da jemand? Sicherlich war es Pascal gewesen. So erregt hatte ich ihn selten erlebt. Ungestüm suchte er nach dem Verschluss meines Kleids, aber da das in der Schwärze der Nacht nicht so einfach war, zog er mir einfach das Dekolleté nach unten. Gott sei Dank hatte dieses Cocktailkleid außer einem Reißverschluss auch noch einen Gummizug und würde diese wilde Nacht hoffentlich unbeschadet überstehen. Gierig griff er nach meinen Brüsten, und das gelang ihm mit erstaunlicher Zielsicherheit. Ich war mir nicht sicher, ob er noch das Aftershave von Alex riechen konnte, aber wenn das der Fall sein sollte, dann schien es ihn erst recht anzumachen. Meine Knospen wuchsen zwischen seinen Fingern zu ihrer vollen Pracht, und ein zarter

Schmerz durchzuckte mich, wenn er ein wenig zu fest zudrückte. Pascal kannte meinen Körper so gut wie ein Musiker, der sein Instrument im Schlaf beherrscht. Er wusste genau, dass ich zuweilen an die Grenze zwischen Lust und Schmerz gebracht werden wollte. Ich empfand dabei ein lustvolles Sehnen, und gleichzeitig lief mir ein Schauer über den Rücken. Dieser Mann machte mich wahnsinnig, ich konnte nicht genug von ihm bekommen! Ungeduldig schob ich seinen Kopf etwas nach unten, denn ich wollte seine Zunge überall auf meinem Körper fühlen. Oder noch besser: zwei oder drei Zungen an mehreren Stellen gleichzeitig. Schleck! *Sarah, jetzt wirst du aber gierig,* ermahnte ich mich innerlich. Ein kleiner Schweißfleck hatte sich zwischen meinen Brüsten gebildet.

»Leck meine Brüste trocken!«, flüsterte ich Pascal ins Ohr und presste seinen Kopf auf meinen entblößten Busen. Gleichzeitig begann ich sein Hemd aufzuknöpfen, was mir trotz der Dunkelheit erstaunlich gut gelang. Während ich über seinen spärlich behaarten Brustkorb strich, genoss ich es, wie Zuckerwatte von meinem Geliebten vernascht zu werden. Für kurze Augenblicke hatte ich das Gefühl, mit Pascal ganz allein in einem verdunkelten Raum zu liegen. Nichts auf der Welt könnte unsere Lust stören! Aber dieser Zustand hielt nicht lange an. Wir waren nämlich nicht allein!

»Komm, gib's mir, du Hengst!«, rief eine atemlose Frauenstimme in das verhaltene Stöhnen, das uns in diesem Raum umgab. Die Antwort ließ nicht lange auf sich warten.

»Und ob ich's dir besorge«, dröhnte eine tiefe Männerstimme.

»Oh … komm bis zum Anschlag in mich rein.«

»Bin ich zu groß für dich?« Oh Gott, dachte ich und musste grinsen. Typisch Mann! Aber die Vorstellung, von Paaren umgeben zu sein, die es gerade heftig miteinander trieben, machte mich gleichzeitig auch tierisch an, und ich konnte nicht umhin, diesen intimen Dialog weiter zu verfolgen, während Pascal sanft mit dem Zeigefinger die Unterseite meiner Brüste streichelte und sie dabei ein wenig nach oben hob. Mit der Zunge umkreiste er gleichzeitig meine angeschwollenen Brustwarzen, die sich ihm prall entgegenreckten.

»Oh, ja. Ich fürchte, so einen großen Schwanz hatte ich noch nie in mir drin«, säuselte die Dame mit gespielter Unschuld, und ich stellte mir vor, in welcher Position die beiden wohl soeben verkehrten. Schade, dass ich nichts sehen konnte. Zum ersten Mal an diesem Abend bereute ich diesen Umstand. Ich fühlte, dass auch Pascal ein klein wenig von dieser nicht zu überhörenden Unterhaltung abgelenkt wurde und neugierig auf die Fortsetzung des schlüpfrigen Dialogs wartete. Wann bekommt man denn schon mal die Gelegenheit, andere beim Sex zu belauschen? Und mal ganz ehrlich, wer wäre nicht neugierig zu erfahren, wie es zum Beispiel die Nachbarn treiben, wenn das Bett in der Mietwohnung über einem mal wieder so richtig knarrt und schier zusammenzubrechen droht.

»Deine Möse scheint da aber anderer Meinung zu sein«, erwiderte der Partner dieser furchtsamen Dame. »Die kann nicht genug bekommen von meinem harten Ständer.«

Die Geräusche im Raum schienen leiser geworden zu sein. Alle Anwesenden hörten diesem Paar offensichtlich zu und warteten auf die Antwort der Frau. Es dauerte allerdings eine Weile, bis sie sich zu der Größe seines Ständers weiter äußerte; stattdessen hörten wir ein sattes Klatschen, das sich immer mehr in der Geschwindigkeit steigerte.

»Meinst du, der vögelt sie von hinten?«, flüsterte ich Pascal ins Ohr.

»Ich wette, du würdest da jetzt gerne zusehen. Hab ich recht?«, raunte er zurück.

»Ach was, das wäre doch peinlich … natürlich möchte ich das nicht!« Ich war rot geworden bei dieser Vorstellung, aber zum Glück konnte Pascal das nicht sehen. Ich fühlte, dass er selbst ziemlich erregt wurde von dem Gedanken, und sein Penis drückte hart gegen meinen Oberschenkel.

»Sag mal, trägst du keine Unterwäsche?«, kicherte ich, und meine Hand glitt nach unten zwischen seine Beine und suchte nach dem Reißverschluss.

»Ich wollte dich überraschen, mein Schatz. Damit du leichteren Zugang zu meinem besten Stück hast.«

Den Reißverschluss seiner Hose konnte ich sogar blind öffnen, und ich wurde von dem Inhalt dieses leckeren Pakets auch nicht enttäuscht. Sein harter Penis sprang mir freudig entgegen, und ich streichelte die samtige Haut. Ein Sehnsuchtstropfen hatte sich bereits an der Eichel gebildet. Anscheinend konnte er es ebenso wenig erwarten, in mich einzudringen, wie ich. Vorsichtig strich ich mit dem Finger über die Spitze seines Speers und verteilte die leicht klebrige Flüssigkeit über seinem Schaft, bis er sich so richtig glitschig anfühlte. Ich wollte jetzt ganz ausgefüllt und von ihm gevögelt werden. In meiner Gier vergaß ich, wo wir uns befanden, und konzentrierte mich völlig auf unsere Körper, die zueinander wollten. Pascal zog sich ein wenig nach hinten zurück, und sein Schwanz entglitt mir. Stattdessen fühlte ich jetzt seinen Kopf zwischen meinen Schenkeln, und ich spreizte die Beine ein wenig mehr, damit ich meinen Geliebten noch näher an mich heranziehen konnte. Zuerst tauchte er nur einen Finger in meine nasse Möse, um mir den Saft anschließend über der Klitoris zu verreiben. Das machte mich tierisch an, und am liebsten hätte ich laut gestöhnt vor Lust. Aber ich war noch ein wenig gehemmt und traute mich hier nicht so recht. Stattdessen drückte ich ihm mein Becken entgegen und rieb meine Perle an Pascals Zunge, die er mir entgegenstreckte. Wenn er so weitermachte, würde ich sofort kommen, ging es mir durch den Kopf. Aber Pascal schien das zu spüren und hielt einen Augenblick inne, um meine Lust hinauszuzögern. Dann drückte er meine Schenkel noch weiter auseinander, stützte seine Unterarme darauf ab und leckte einige Male über meine Lustlippen. Anschließend konzentrierte er sich auf meine Perle und saugte mit weichen Lippen genüsslich an der samtigen Haut. Diese Verzögerung meines Höhepunkts war einerseits reizvoll, andererseits war ich inzwischen sehr gierig. Zumindest das erste Mal wollte ich schnell kommen … den Orgasmus wie eine Monsterwelle fühlen, die meinen Körper aufwühlte und ihn hemmungslos herumschleuderte, bis sich die Wogen wieder geglättet hatten. Aber Pustekuchen! Pascal ließ es nicht zu. Er wollte, dass ich meine Lust aufsparte, um dann später umso intensiver abzuheben und wie eine Rakete über den Gipfel hinauszuschießen. Doch wenn ich schon nicht sofort kommen durfte, dann wollte ich ihn wenigstens jetzt in mir spüren.

»Komm zu mir!«, flüsterte ich und zog Pascal nach oben. Ich hielt sein Gesicht in beiden Händen und näherte mich seinem Mund. Er roch nach meinem Mösensaft. Ich leckte ihm die letzten Tropfen meiner Lust von den Lippen. Sie schmeckten salzig und auch ein wenig animalisch. Wie es sich wohl anfühlte, zwischen den Beinen einer Frau zu liegen und ihren Saft zu schlürfen? Ich stellte mir den Geschmack so vor wie ein salziges Mango Lassi. Zärtlich strich ich über seine Wangen und zog ihn nach oben, so dass er wieder auf mir lag. Unsere Lippen fanden sich diesmal sofort, und seine Zunge drang kurz in meinen Mund ein, um sich schnell wieder zurückzuziehen. Sehnsüchtige Leere blieb zurück! Er wollte mich ärgern, mich scharfmachen, und dabei war ich sowieso schon wahnsinnig vor Lust. Ich wollte mehr von ihm. Ich wollte alles! Ich wollte von ihm gevögelt, gefickt und gestoßen werden … Jetzt war ich rattenscharf!

»Nimm mich! Jetzt!«, bettelte ich.

»Na, meine Schöne, willst du mich wirklich?«, neckte er mich, und sein Schwanz strich verführerisch gegen meine nackten Schenkel. Gut, dass ich Strapse angezogen hatt sparte ich mir ein lästiges Ausziehen, und in der Dı hätte ich eine Strumpfhose sowieso nie wiedergefunden. – abgesehen davon, wie erregend Pascal es jetzt fand, seinen Schwanz an meiner nackten Haut zu reiben.

»Und ob ich dich will! Ich sterbe bereits vor Lust!«, hauchte ich.

»Zeig es mir!«

»Oh … füll all meine Öffnungen aus.«

»Alle?«

Ich zögerte einen Augenblick, bevor ich ihm antwortete, denn nur zu gut kannte ich seinen größten Wunsch, mich endlich durch die Hinterpforte beglücken zu dürfen. Ich hatte es ihm bisher noch nie erlaubt, denn irgendwie hatte ich ein wenig Angst davor.

»Ich würde dich in den Mund nehmen, ganz tief«, flüsterte ich verführerisch, in der Hoffnung, nun endlich seinen Schwanz in mir fühlen zu dürfen.

»Das ist schon mal ein guter Anfang«, lobte er mich. »Und was sonst noch?«

»Ich würde auch alles schlucken, wenn du kommst«, versicherte ich ihm. Na, jetzt aber. War das etwa nicht ein faires Angebot? *Bitte, bitte, lass mich nicht länger warten. Ich bin schon ganz nass und kann es kaum erwarten, deinen harten Ständer in mir zu spüren.*

»Und sonst? Mir fehlt da noch ein Rest Hingabe!« Es reichte ihm anscheinend noch immer nicht, und ich war in diesem Moment bereit, alles für ihn zu tun.

»Du darfst mich sogar von hinten ficken, du Mistkerl. Aber jetzt komm endlich, ich kann es kaum erwarten, dich in mir zu fühlen.«

Endlich hatte Pascal Erbarmen mit mir und schob seinen Schwanz langsam in meine Spalte. Oh, wie gut sich das anfühlte. Millimeter für Millimeter drang er in mich ein. Es schien eine Ewigkeit zu dauern, und ich zerfloss fast vor Sehnsucht nach ihm. Mein Becken presste sich ihm ungeduldig entgegen, und ich konnte es kaum erwarten, seinen harten Schwanz ganz tief in mir zu fühlen. Ich wollte mit meinem Geliebten verschmelzen und von ihm ganz durchdrungen werden. Meine Beine verschränkten sich hinter seinem Rücken, und eine Weile lagen wir eng umschlungen aufeinander und spürten nur die rhythmischen Stöße, die sich wie eine endlose Welle in unseren Körpern fortsetzte. Ich hätte ewig so unter ihm liegen können. Aber mein Becken wollte sich stärker bewegen und endlich auch mal die Führung übernehmen. Ich rollte mich langsam zur Seite. Beinahe wäre mir Pascals Schwanz entglitten, doch ich konnte das Schlimmste gerade noch verhindern, indem ich mich wie eine geübte Reiterin schwungvoll auf sein Becken hievte. Jetzt würde ich das Kommando angeben. Ich war so geil!

»Lass es locker angehen, meine Amazone. Sonst komm ich gleich«, warnte mich Pascal.

»Mein Hengst, ich will jetzt endlich mit dir über die Wiese galoppieren und mich an deiner wilden Mähne festhalten. Yeah!« Wie ein professionelles Cowgirl legte ich mich etwas zurück und presste die Schenkel zusammen. Pascal stöhnte vor Lust, und ich fühlte, wie sein Penis noch stärker in mir anschwoll. Ich hob und senkte einige Male mein Becken und brachte ihn damit fast an den *Point of no return*. Aber da ich meinen Liebsten nur zu gut kannte, wusste ich genau, wie weit ich gehen konnte, ohne dass er mir unkontrolliert davongaloppierte. Jetzt beugte ich den Oberkörper nach vorn, so dass sich mein Po dabei keck nach oben reckte. Eine Hand liebkoste sanft meine prallen Backen, und ich dachte an das Hintertürchen, das ich Pascal versprochen hatte. Er ließ aber auch nichts anbrennen und versäumte keine Gelegenheit, um mich beim Wort zu nehmen, dachte ich leicht amüsiert. Mein Becken fand seinen eigenen Rhythmus der Lust, und meine Brüste hingen in Pascals Gesicht. Die Hand auf meinem Po wurde ein wenig fordernder und spreizte meine Backen. Es machte mich an, Pascals Hände auf meinem Hintern zu wissen und gleichzeitig mit meinen Brustwarzen über seine Lippen zu streichen. Innerlich war ich ein wenig angespannt und wartete, wie weit er gehen würde. Ein neugieriger Finger umrundete meinen Anus, tauchte dann in meine nasse Möse und wand sich wieder meiner gut behüteten Rosette zu.

»Mensch, bin ich scharf«, flüsterte ich Pascal ins Ohr.

»Und ich erst!«

Ich fühlte, wie prall sein Schwanz in meiner Möse pochte, und ihn so kurz vor seinem Höhepunkt zu wissen, stachelte meine Lust noch mehr an. Der neugierige Finger drang nun ein wenig in meine Rosette ein, und ich hätte nicht gedacht, dass es so einfach gehen würde. Ein kurzer Moment des Widerstands – aber kaum war der durchbrochen, rutschte er mühelos in meinen Po. Ich stöhnte. Der Finger fickte mich immer tiefer, und ein völlig neues Lustgefühl durchströmte mich. Es war anders als alles, was ich je zuvor erlebt hatte. Neue Punkte der Lust schienen in meinem Inneren zum Leben zu erwachen, als ich wollüstig meinen Po dem Eindringling entgegenreckte. Unsere Erregung schien sich im Raum zu verdichten und andere Paare anzustecken. Überall war auf einmal lustvolles Stöhnen zu hören. Aber ich konnte keine einzelnen Stimmen mehr vernehmen, zu sehr war ich auf meine eigene Lust konzentriert. Fast hatte ich das Gefühl, ein Bein oder einen Arm neben mir auf dem Bett zu streifen. Aber dieser Moment dauerte kaum länger als eine Sekunde, und dann fühlte ich wieder Pascal, der sich lustvoll unter mir aufbäumte. Seine Eichel war so prall, dass sie jeden Augenblick zu zerplatzen drohte.

»Ohhhhhh …« Mit einem lauten Schrei gab Pascal die Kontrolle auf über seine Lust, und ich fühlte, wie er sich in mir ergoss. Gleichzeitig bohrte sich der Finger noch tiefer in meinen Po und löste ein Feuerwerk der Sinnesreize in mir aus. So ausgefüllt hatte ich mich noch nie gefühlt. Meine Möse und mein Anus zogen sich gleichzeitig zusammen und explodierten wie eine Silvesterrakete. Dieser Orgasmus war hart und geil. Er schleuderte mich geradewegs in die Milchstraße, und vor meinen Augen rieselten leuchtende Sternschnuppen auf die Erde. Völlig erschöpft sank ich auf Pascals Brust nieder und fühlte mich wie eine schnurrende Katze, die sich satt und träge zusammenrollt.

»Mensch, das war irre!« Pascal strich mir liebevoll über das zerzauste Haar.

»Ich weiß! Und ich hätte nie gedacht, dass mich das so anmachen würde.«

»Du meinst, so mit verbunden Augen zu vögeln?«

»Ja, das auch. Aber auch das, was du mit deinem Finger gemacht hast.«

»Mit meinem Finger?«

»Ja. Ich meine, du warst ganz schön frech.«

»Ich fürchte, du hast wohl doch ein wenig zu viel Sekt getrunken, mein Schatz. Meine Hände lagen ganz brav auf dem Bett, haben mit deinen Brüsten gespielt, mit deinen Haaren. Ich weiß nicht, was du meinst.«

Ich tastete vorsichtig nach hinten, und da fühlte ich sie wieder, diese kräftige Hand, die mich eben so frech beglückt hatte. Sie drückte mich leicht zum Abschied. Da steckte ein großer Siegelring am Finger, der mir irgendwie bekannt vorkam. Wieso eigentlich? Pascal trug doch gar keinen Ring …

2. Kapitel

Ziemlich beschwingt stand ich zwei Tage später in der Kantine unseres Senders zum Mittagessen an. Die Intensität unseres erotischen Wochenendes war noch sehr präsent, und die unterschiedlichsten Eindrücke des Abends kamen mir immer wieder in Erinnerung. Allein schon mit verbundenen Augen zu essen, war ein absolutes Highlight gewesen. Noch nie hatte der Geschmack einer *Mousse au Chocolat* so lange in meinem Mund nachgewirkt wie bei diesem Blind Dinner. Von unseren frivolen Spielen auf den seidigen Laken des Himmelbetts ganz zu schweigen. Wir hatten die ganze Nacht die Augenbinden anbehalten, obwohl es erlaubt war, sie nach Mitternacht abzulegen. Aber dieser Sinnesentzug hatte uns so sensibel gemacht, dass wir es vorgezogen hatten, in dieser inneren Stille zu bleiben, die unsere Fantasie zum Leuchten brachte und uns die Möglichkeit gab, unsere Körper noch einfühlsamer miteinander sprechen zu lassen. Auch der Gedanke an Alex mit seinem auffallenden Siegelring, der sich unbeobachtet in unser Liebesspiel eingemischt hatte, erregte mich noch im Nachhinein. Ich hatte mich eigentlich immer für völlig monogam gehalten, aber anscheinend hatte ich einen Hang zu orgiastischen Spielen. Die Vorstellung von mehreren Händen auf meinem Körper hatte mir auf der Heimreise die Zeit vertrieben, und selbst die überfüllte Autobahn hatte mich nicht aus der Ruhe bringen können. Immer wieder hatte ich an die kurze Szene beim Dinner denken müssen, als Alex an meinen Brüsten gesaugt hatte, während ich zwischen den Beinen von George Clooney geleckt worden war. Allein bei dieser Vorstellung war ich ganz feucht geworden. Pascal schien es ebenso ergangen zu sein wie mir, und auch er hatte seinen ganz privaten Fantasien hinterhergehangen. Immer wieder hatte er beim Fahren nach meiner Hand gegriffen, und wir hatten keine Worte gebraucht, um innig miteinander verbunden zu sein.

»Hast du heute keinen Hunger? Oder wieso starrst du Löcher in die Luft, anstatt dir am Salatbuffet ein paar Vitamine zu genehmigen?« Die Stimme meiner Freundin und Kollegin Melanie brachte mich unsanft wieder in die Realität zurück.

»Ach was! Ich kann mich einfach nicht entscheiden, ob ich heute Salat esse oder lieber ein saftiges Wiener Schnitzel mit Pommes«, versuchte ich meine Träumereien zu vertuschen. Ich hatte wahrscheinlich schon eine ganze Weile vor dem Karottensalat gestanden, ohne mich zu bewegen. Hinter mir wurde die Schlange meiner ungeduldigen Kollegen immer länger. Ich beeilte mich, griff nach einem großen Teller, gab einige Salatblätter darauf und verteilte dekorativ ein paar Tomatenscheiben. Das Auge isst schließlich mit.

»Vergiss die Karotten nicht!«, ermahnte mich Melanie. »Die sind gut für die Augen. Vitamin A braucht dein Körper bestimmt dringend, nach deinem anstrengenden Wochenende.«

Melanie hatte offensichtlich nicht vergessen, dass ich mit Pascal auf einem Schlossevent gewesen war, und wollte bestimmt jetzt gleich jede Einzelheit von mir erzählt bekommen. Und dann würde sie mir sicherlich wieder einige Akupunkturnadeln setzen wollen, um meine Lebensenergie zu stärken. Melanie kannte sich gut mit Akupunktur und chinesischer Medizin aus, denn sie war Redakteurin der Gesundheitssendung *Nie mehr krank*. Ihren gut gemeinten Ratschlägen entkam beim Sender niemand. Wie sie es schaffte, nebenher auch noch eine eigene TCM-Praxis zu führen, war mir ein Rätsel. Wahrscheinlich kannte sie geheime Akupunkturpunkte, um ihrer Lebenskraft immer wieder eine kleine Energiespritze zu verpassen. Vielleicht lag es einfach aber auch daran, dass Melanie Single war und deshalb mehr Zeit hatte als die meisten anderen Frauen.

»Ja, ja … ist schon gut. Ich denke an die Vitamine.« Brav schaufelte ich mir zwei Esslöffel geraspelte Karotten auf den Teller und beugte mich dann zum Kartoffelsalat vor, den ich mit einem hartgekochten Ei nett dekorierte. Ich liebte Kartoffelsalat!

Während wir mit unseren Tabletts nach einem freien Tisch Ausschau hielten, winkte uns von weitem bereits Anja zu. Sie sah immer so perfekt aus, wie frisch vom Friseur. Jede ihrer blonden Haarsträhnchen war akkurat glatt geföhnt, so wie sie es am liebsten hatte. Auch sonst wirkte sie immer wie aus dem Ei gepellt. Heute sah sie in ihrem silbergrauen Kaschmirpulli besonders edel aus. Sie arbeitete als Stylistin und Make-up Artist bei unserem Sender, und da musste sie natürlich immer vorbildlich gekleidet sein.

»Habt ihr Tomaten vor den Augen? Mir fällt schon die Hand ab vor lauter Winken«, beschwerte sie sich, als wir uns dem Tisch in der hintersten Ecke der Kantine näherten.

»Vor wem versteckst du dich denn?«, wollte Melanie neugierig wissen. »Wir haben dich fast nicht gesehen. Wieso sitzt du denn so weit ab vom Schuss? Da werde ich ganz bestimmt nicht von Torsten entdeckt werden.«

»Torsten? Dem Typen von der Sportschau?« Anja rümpfte angewidert ihr hübsches Näschen. »Der flirtet doch mit jeder, die ihm über den Weg läuft. Der tut dir bestimmt nicht gut.«

Ich musste Anja in dieser Hinsicht leider Recht geben. Torsten war der Casanova vom Dienst, und Melanie suchte ja eigentlich einen Mann fürs Leben.

»Vielleicht solltest du mal dein Beuteschema überdenken, Melanie.«

»Ihr seid so gemein!«, beschwerte sie sich und setzte sich neben Anja, die an einer Apfelspalte knabberte.

»Sag mal, machst du wieder eine Diät?« Melanie schaute skeptisch auf unsere überschlanke Freundin, die so etwas sicherlich nicht nötig hatte.

»Ach, ich habe heute nur wenig Hunger. Außerdem sind Äpfel gesund.«

Anja hatte ständig das Gefühl, zu dick zu sein, und wahrscheinlich hatte das damit zu tun, dass sie ein wenig frustriert war in ihrer Ehe. Sie war seit sieben Jahren mit einem Optiker verheiratet, der ein eigenes Brillengeschäft in der besten Citylage führte. Aber leider hatte er auf erotischem Gebiet keinen klaren Durchblick, und sie langweilte sich im Bett zu Tode mit ihm. Das hatte sie uns nach einem Glas Rotwein einmal gestanden.

»Wie läuft es denn so mit Matthias?«, fragte ich mitfühlend.

»Eigentlich ganz gut, bis auf die Tatsache, dass wir seit drei Monaten nicht mehr miteinander geschlafen haben.« Anja seufzte und biss dabei ein winziges Stück von ihrem geschälten Apfel ab, den sie anschließend mindestens fünfundzwanzig Mal kaute, bevor sie ihn endlich hinunterschluckte. Melanie warf mir einen bedeutungsvollen Blick zu. *Siehst du, deshalb mag sie nichts essen,* schien sie zu sagen. *Sie braucht mal wieder ein wenig Abwechslung in ihrem Leben.* Und damit hatte Melanie sicherlich Recht.

»Ich finde, ein erotisches Schlossevent wäre für eine Auffrischung eures Liebeslebens sicher nicht schlecht«, regte ich an. Damit war natürlich Themenwechsel angesagt, und ich musste ausführlich über mein abenteuerliches Wochenende berichten.

»Schließt mal alle die Augen«, befahl ich meinen Freundinnen sanft. »So, und jetzt versucht mal eure Gabel oder in deinem Fall den Apfel blind in den Mund zu schieben.« Ich beobachtete amüsiert, wie Melanie sich ihre Reispfanne nach Peking Art über die Bluse verteilte und es gerade mal schaffte, drei Erbsen in den Mund zu befördern. Sie kaute genüsslich darauf herum und schien ein völlig neues kulinarisches Erlebnis zu haben. Anja hatte es mit ihrem Apfel ein wenig leichter und schaffte es ohne große Umwege, ein kleines Stück davon abzubeißen.

»Das ist ja großartig!«, rief Melanie begeistert. »Das schmeckt ja alles viel intensiver!«

»Ich mag keine Äpfel. Weder mit geschlossenen noch mit offenen Augen«, beschwerte sich Anja.

»Wieso isst du sie denn dann?«, fragte ich, obwohl ich mir die Antwort bereits hätte denken können.

»Sie haben einfach wenig Kalorien. Das ist das einzig Gute an Äpfeln«, erwiderte Anja und zog dabei die Mundwinkel nach unten.

»Ihr dürft die Augen wieder aufmachen«, erlaubte ich den beiden. »Könnt Ihr euch jetzt in etwa vorstellen, wie sich Sex mit verbundenen Augen anfühlt? Ein unvergessliches Erlebnis!« In allen Einzelheiten schilderte ich unser Blind Dinner und wie meine Tischnachbarn mich vom Essen abgehalten hatten. Natürlich ließ ich auch den erotischen Höhepunkt des Abends nicht aus. »Ihr könnt euch das nicht vorstellen: überall liegen Paare herum, die es miteinander treiben. Du siehst zwar nichts, aber du hörst das Stöhnen und all die anderen Geräusche der Lust.«

»Ich glaube, ich wäre da viel zu neugierig und hätte gemogelt. Die Augenbinde hätte ich sicherlich nicht die ganze Nacht aufbehalten. Anderen beim Sex zusehen? Das hätte mich schon interessiert.« Anja war auf einmal neugierig geworden.

»Wie mutig du bist, Sarah«, meinte Melanie anerkennend.

»Ich weiß nicht, ob ich mir so was zugetraut hätte. Stell dir vor, dein Freund hätte sich in eine andere Frau verliebt. Das wäre doch schrecklich, oder? Ich wollte, ich hätte einen Freund, so wie Pascal. Da hätte ich es mir sicherlich drei Mal überlegt, ob ich ihn diesen Versuchungen aussetze.« In diesem Augenblick kam Kollege Torsten von der Sportschau mit einem schweren Tablett suchend um die Ecke gelaufen. An seiner Seite stakste eine platinblonde Schönheit auf hohen Peeptoes und konnte kaum mit ihm Schritt halten. Als er Melanie entdeckte, grinste er sie zweideutig an. Das hatte zur Folge, dass meine Freundin sofort errötete wie ein Teenager, der soeben seinen angebeteten Rockstar zum ersten Mal life auf der Bühne erleben darf. Jetzt kam er geradewegs auf unseren Tisch zugesteuert, an dem zum Glück kein Platz mehr war für zwei Leute.

»Grüß dich, Melanie. Ich glaub, ich brauch unbedingt mal wieder deine einfühlsamen Hände auf meinem Körper«, flirtete er ungeniert vor seiner Begleiterin. »Beim Fußballspielen habe ich mir anscheinend einen Wirbel verrenkt, und du kennst dich doch auf diesem Gebiet so gut aus. Deine letzte Massage hat Wunder gewirkt. Ich melde mich bei dir, o.k.?« Bevor Melanie etwas sagen konnte, zwinkerte er ihr zu und zog auch schon weiter.

Das war doch unerhört! Wie konnte dieser Casanova es wagen, so frech meine Freundin anzubaggern. Anja zog nur gelangweilt die linke Augenbraue hoch und taxierte ihn von oben bis unten. Es bedurfte keiner großen Worte, um ihm klarzumachen, was sie von ihm hielt. Unsere Melanie allerdings schien mit unübertrefflicher Zielstrebigkeit wieder mal auf den schlimmsten Verführer aller Zeiten hereinzufallen. Sie hatte ein riesiges Talent, sich Männer auszusuchen, die sie unglücklich machten. Einmal hatte sie ganze drei Monate lang einen Freund gehabt, und wir hatten bereits aufgeatmet. Melanie schrieb damals in Gedanken bereits die Gästeliste für ihre

Hochzeit und hatte beim Juwelier auch schon nach passenden Ringen gesucht, als sie eines Nachmittags ganz spontan bei ihrem Freund vorbeischaute. Sie wollte ihm eine Freude machen und hatte eine selbst gebackene Erdbeersahnetorte mitgebracht. Verschlafen öffnete Tobias die Tür, was nicht weiter verwunderlich war, da er seit drei Jahren an einem Roman arbeitete und deshalb lange Erholungsphasen benötigte. Als dann aber aus dem Schlafzimmer eine weibliche Stimme fragte: »Schatz, wer ist es denn?«, begann Melanie das Ausmaß der sich anbahnenden Katastrophe zu erahnen. Immerhin besaß sie die Geistesgegenwart, ins Schlafzimmer zu eilen und der nackten Konkurrentin die Erdbeersahne ins Gesicht zu klatschen, woraufhin diese erst mal verstummte.

So ganz hatte Melanie sich nie von diesem Schock erholt, und wenn sie in Männergesellschaft war, verhielt sie sich eher wie ein guter Kumpel, anstatt mit einem netten Mann herumzuflirten. Vielleicht war das auch klüger so. Irgendwann würde sie bestimmt auf einen Prinzen treffen, da war ich mir hundertprozentig sicher. Mit ihren roten Haaren, die akkurat auf Kinnlänge zu einem Bob geschnitten waren, und der strengen Lehrerinnenbrille wirkte sie zwar ein klein wenig unnahbar – aber auf viele Männer übte gerade diese Strenge einen großen Reiz aus. Gepaart mit ihrer fürsorglichen Art, sollte Melanie eigentlich große Chancen auf dem Heiratsmarkt haben. Aber irgendwie schien sie sich selbst im Weg zu stehen und immer an die falschen Typen zu geraten.

»Mädels, ich brauche dringend euren Rat!«, lenkte ich unser Kantinengespräch in eine andere Richtung.

»Funktioniert dein Dildo nicht mehr?«, lachte Melanie. »Dann solltest du eventuell mal über neue Batterien nachdenken.«

»Ha, ha … sehr witzig!« Woran die Mädels immer gleich dachten. Dabei lag mein Vibrator-Maulwurf Fipsi schon seit längerem unbenutzt in meinem Schreibtisch. Wahrscheinlich hatte er bereits große Sehnsucht nach mir, und ich sollte ihn unbedingt mal wieder zum Einsatz bringen. Er würde sicherlich zu Hochtouren auffahren, wenn er wieder schnurrend in meiner Hand liegen durfte. Ich hatte unterdessen ganz andere Sorgen. In wenigen Wochen sollte unsere Erotikshow auf Sendung gehen, und ich hatte immer noch keine Idee, welches Thema ich wählen sollte. Die erste Sendung musste natürlich ein Knaller sein. Mein Chef setzte offenbar großes Vertrauen in mich, so dass er die gesamte Organisation mir überließ. Ich sollte die Studiogäste einladen und mir vor allem ein prickelndes Thema für die Zuschauer ausdenken.

»Mädels, wenn ihr euch eine Erotiksendung ansehen würdet, welche Fantasien hättet ihr da?«

Ich war richtig gespannt, was ich zu hören bekommen würde. Wir kannten uns schon so lange, aber so genau wusste ich trotzdem nicht, was sich meine Freundinnen unter aufregendem Sex vorstellten. Gab es irgendetwas, was sie schon immer mal ausprobieren wollten, aber sich bisher nicht getraut hatten?

»Wie finde ich meinen Traumpartner. Das würde mich auf alle Fälle interessieren«, antwortete Melanie spontan.

Wie langweilig, dachte ich. Laut sagte ich: »Was soll daran erotisch sein, Melanie? Wenn du einen Traumpartner suchst, dann bewirb dich doch mal bei *Adel auf Brautschau*, oder bei *Tarzan sucht Jane*.« Ich war schon ein wenig betroffen, dass Melanie anscheinend nichts anderes im Kopf hatte, als endlich unter die Haube zu kommen. Es stand ihr auf der Stirn geschrieben, und jeder Mann wurde von dieser Bedürftigkeit so abgeschreckt, dass er fluchtartig den Rückzug antrat. Dabei gab es doch so viele schöne Sachen, die man auch allein erleben konnte.

»Denk doch mal nach, Melanie. Man kann schließlich auch

ohne festen Partner ein erotisches Leben führen. Was würde dich denn anmachen? Irgendetwas Verbotenes zum Beispiel, was du noch keinem Menschen erzählt hast?« Ich schaute meine Freundin eindringlich an und hoffte darauf, ihr doch noch ein erotisches Geheimnis entlocken zu können.

»Mmh, da muss ich mal nachdenken.« Melanie machte eine lange Pause. Offensichtlich war meine Freundin nicht Tag und Nacht davon besessen, den scharfen Nachbarn von gegenüber beim Duschen zu beobachten oder sich mit einer Salatgurke im Supermarkt zu befriedigen. Was hatte ich eigentlich erwartet? Meine Mädels waren stinknormale Frauen, und die dachten eben nicht permanent an Sex. So wie ich! Aber dann hatte Melanie offenbar lange genug überlegt und erstaunte uns alle mit dem, was sie sagte.

»Nun, wenn ihr ein kleines Geheimnis für euch behalten könnt …«, flüsterte sie und bekam gleich wieder einen hochroten Kopf. Jetzt war ich also doch auf etwas Interessantes gestoßen. Verschwörerisch beugte sie sich über den Tisch und schaute sich vorsichtshalber noch mal um, ob Kollege Torsten auch nichts mitbekommen konnte. »Ich habe vor drei Wochen noch ziemlich spät gearbeitet. Ihr wisst schon … als ich die Sendung über Männer und Gesundheit vorbereiten musste.« Melanie räusperte sich einige Male, bevor sie mit ihrer Erzählung fortfuhr. »Ich sollte damals einen jungen Sportlehrer interviewen, der zu uns als Experte ins Studio eingeladen war. Wir mussten noch einige Details besprechen, und deshalb rief ich ihn abends zu Hause an. Ich kann mich noch genau an unser Telefonat erinnern. Also, das lief folgendermaßen ab:

›Hallo, spreche ich mit Olaf? Der Sportlehrer, der als Studiogast am Mittwoch hier bei uns auf Sendung ist?‹ Wir hatten davor schon einige Male per Mail miteinander kommuniziert, und er schien ein ganz lockerer Typ zu sein, so dass ich mich spontan dazu entschlossen hatte, ihn mit seinem Vornamen anzusprechen. Normalerweise bin ich da natürlich vorsichtiger. Aber bei ihm passte das irgendwie.

›Ja klar, bin ich am Apparat. Moment mal, ich muss eben noch das Gas ein wenig kleiner drehen, sonst verbrennen mir am Ende noch die Bratkartoffeln.‹ Olaf hatte eine sehr anziehende männliche Stimme, und ich lauschte gebannt, wie er im Hintergrund mit einer Pfanne hantierte und sich dann wieder mir zuwandte. ›So, das Abendessen wäre vor den Flammen gerettet.‹

›Offensichtlich spielen Sie gerne mit dem Feuer, Olaf‹, flirtete ich ein wenig zu kokett. Melanie, jetzt reiß dich zusammen, dachte ich mir noch. Aber da waren die Worte schon aus meinem Mund gekommen, und ich konnte nichts mehr daran ändern.

›Oh, Sie scheinen sich ja ganz gut mit solchen Themen auszukennen‹, erwiderte Olaf, und ich konnte ihn dabei förmlich grinsen sehen. Verzweifelt versuchte ich einen Weg zu finden, um wieder auf eine sachliche Ebene zurückzukommen. Immerhin sollte ich ihn über Fitnessthemen befragen.

›Wir sollten uns vielleicht doch besser auf die Sendung am Mittwoch konzentrieren‹, schlug ich vor und versuchte betont sachlich zu klingen. Obwohl mir das schwerfiel und ich mir in Gedanken vorzustellen versuchte, wie Olaf wohl aussah. Der Stimme nach zu schließen war er wahrscheinlich Mitte dreißig. Ob er wohl dunkle Haare hatte? Irgendwie stellte ich ihn mir ein wenig wie Oliver Martinez vor, den Ex von Kylie Minogue. Den hatte ich mal in einem Film mit Richard Gere gesehen, er hieß, glaube ich, ›Eine tödliche Affäre‹ oder so ähnlich. An den Film kann ich mich nicht mehr so genau erinnern, dafür aber umso mehr an Oliver Martinez' Waschbrettbauch, als er mit der Frau von Richard Gere – also zumindest im Film war es seine Frau – im Bett lag. Am liebsten hätte ich mich dazugelegt, seinen muskulösen Körper gestreichelt und den Kopf auf seinem harten Bauch ausgeruht.

›Haben Sie auch einen Waschbrettbauch?‹, fragte ich Olaf.

›Wie soll ich das verstehen?‹, erwiderte mein Gegenüber am anderen Ende der Leitung ein wenig verwirrt. Offensichtlich war ihm der Übergang von den Bratkartoffeln zum Waschbrettbauch doch etwas schnell gegangen, und ich beeilte mich, mein rein berufliches Interesse an seiner Person in den Vordergrund zu stellen.

›Nun, Sie beschäftigen sich ja mit Fitness und Gesundheit bei Männern. Und da bin ich davon ausgegangen, dass Sie ein tägliches Krafttraining empfehlen, das sich positiv auf die Bauchmuskulatur auswirkt.‹

›Ach so meinen Sie das?‹ Olaf lachte, und ich stellte mir vor, wie seine Bauchmuskeln dabei leicht bebten. ›Natürlich trainiere ich jeden Morgen gleich nach dem Aufstehen. Erst mal dreißig Liegestütze und dann ein wenig Gymnastik und anschließend Lauftraining.‹

Ich stellte mir vor, wie Olaf, der in meinen Gedanken wie Oliver Martinez aussah, in weißen Boxershorts vor mir auf dem Boden lag und seinen muskulösen Körper auf und ab bewegte. Ein kleiner Schweißfilm lag über seinem harten Bizeps, und am liebsten würde ich den jetzt ablecken. Der salzige Geschmack auf meiner Zunge erinnerte mich noch an ganz andere Dinge …

›Wie sieht denn Ihr morgendliches Programm genau aus, Olaf? Ich denke, es würde unsere männlichen Zuschauer sehr interessieren, wie auch sie attraktiv und jugendlich aussehen können.‹ Ich hatte meine Erregung prima wieder in den Griff bekommen und war stolz auf mich.

›Wie mein tägliches Programm aussieht? Nun, das kommt ganz darauf an …‹ Olaf machte eine kleine Pause, um meine Neugierde anzustacheln.

›Worauf kommt es denn an?‹, versuchte ich ihm auf die Sprünge zu helfen. ›Ob Sie am Vorabend zu viel gegessen haben?

Machen Sie dann ein paar Liegestütze weniger?‹ Ich versuchte ein wenig lockerer zu wirken, aber meine Scherze kamen selbst mir nicht besonders gelungen vor.

›Nein, es hängt eher davon ab, ob ich allein bin. Oder mit einer hübschen Frau zusammen aufwache …‹

Mir blieb die Luft weg, als ich mir vorstellte, wie Oliver Martinez alias Olaf nackt neben einer Frau im Bett lag.

›Sie haben übrigens eine sehr erotische Stimme, wissen Sie das? Ich wette, Sie sind eine ziemlich hübsche Frau … Wenn ich zum Beispiel neben Ihnen aufwachen würde, dann müsste mein Übungsprogramm ein wenig warten. Und wissen Sie, was ich stattdessen tun würde?‹

›Nein‹, hauchte ich in den Hörer. ›Sag es mir.‹ Unwillkürlich war ich in einen vertraulichen Ton verfallen. Und er hatte offensichtlich nichts dagegen, mich zu duzen.

›Ich würde dir sanft über die Haare streicheln und dann an deinem Ohrläppchen knabbern. Hmm … deine Haut duftet so gut. Und ich würde meine Nase in deinem Haar vergraben und dich dabei ganz fest an mich drücken …‹

Bei dem Gedanken an seine starken Arme, die mich festhielten, während er sich von hinten an mich kuschelte und an meinem Ohr knabberte, lief mir ein wohliger Schauer über den Rücken. Und nicht nur dort spürte ich auf einmal eine eindeutige Reaktion auf meinen Gesprächspartner. Ich hatte das Bedürfnis, die Hände zwischen meine Schenkel gleiten zu lassen. Es war einer dieser warmen Sommerabende, und ich hatte ein luftiges Leinenkleid an, das an meinen Oberschenkeln klebte, so sehr schwitzte ich auf einmal. Trotz Klimaanlage!

›Weißt du, was ich mich schon die ganze Zeit frage?‹ Olaf riss mich mit seiner samtweichen Stimme aus den Träumen.

›Oh … nein, keine Ahnung. Was willst du denn wissen?‹ Hoffentlich wollte er jetzt nicht den Sendetermin von mir hören oder die wöchentliche Einschaltquote, dachte ich.

›Was hast du gerade an?‹

Mit dieser Frage hatte ich nicht gerechnet, und ich spürte, dass ich rot wurde.

›Etwas, das dir sicherlich gefallen könnte‹, erwiderte ich kokett.

›Ich verstehe. Du sitzt nur mit einen String bekleidet am Bürotisch und hast die Beine auf den Tisch gelegt. Stimmt's?‹

›Du hast offensichtlich hellseherische Fähigkeiten‹, spielte ich sein Spiel mit.

›Ich stell mir gerade vor, wie ich vor dir knie und deine Schenkel etwas weiter öffne …‹

Hoppla, das ging jetzt aber ein wenig schnell. Trotzdem erregte mich diese Vorstellung, und ich öffnete die untersten Knöpfe meines Leinenkleids.

›… meine Hände streichen über deine nackten Oberschenkel und gleiten langsam nach oben. Deine Haut fühlt sich so wunderbar zart an. Wie ein frischer Pfirsich! Langsam schiebe ich deinen String zur Seite, um mehr von dir sehen zu können. Wie schön du bist! Du lehnst dich entspannt zurück und schließt die Augen. Du genießt es, wie meine Zunge deine Kniekehlen leckt, wie ein junges Kätzchen. Du schmeckst ein wenig salzig, und ich bekomme eine Ahnung davon, wie süß dein Saft an anderen Stellen schmecken wird. Komm … fass dich an und zeig mir, was du gerne magst.‹

Bei dieser Vorstellung wurde ich ziemlich feucht, und da mir das mit dem Aufknöpfen des Kleides zu langsam ging, schob ich es einfach nach oben. Mit gespreizten Beinen saß ich auf meinem Stuhl und hoffte, dass die Putzfrau nicht in mein Zimmer kommen würde, ohne vorher anzuklopfen. Ich tauchte einen Finger in meine Möse und streichelte damit sanft über meinen Kitzler …

›Du beginnst leise zu stöhnen, und ich schaue dir zu, wie du dich selbst streichelst. Es macht mich tierisch an, wie sich deine lustvollen Lippen leicht öffnen und mich anzulächeln scheinen. Am liebsten würde ich jetzt deine Muschi küssen und meine Zunge darin vergraben. Mein Schwanz pocht und drückt gegen meine Hose. Ich mach sie jetzt auf.‹

Ich stellte mir seinen harten Schwanz vor. Ob er sich inzwischen wohl auch an seinem besten Stück zu schaffen machte, während wir miteinander telefonierten? Ich hörte die Lust aus seiner Stimme, und ich stellte mir vor, wie er seinen steifen Schwanz leicht massierte, während er weitersprach …

›Jetzt taucht dein Finger tief in deine Möse ein. Ein feiner Faden deiner Lust hängt noch dran, als du ihn wieder herausziehst. Du steckst mir deinen Finger in den Mund, und ich darf von deinem köstlichen Nektar naschen. Hmm … schmeckt das gut. Ich will mehr von dir. Langsam beuge ich mich über deinen Schoß und lecke zärtlich um deine Perle herum. Sie ist angeschwollen und fühlt sich ganz prall an. Du willst, dass ich daran sauge? Das macht mich an. Du bist so gierig! Ich will, dass du in mein Gesicht kommst. Jetzt lege ich deine Unterschenkel auf meine Schultern und vergrabe das Gesicht noch tiefer zwischen deinen Beinen. Gierig schlecke ich über deine Möse, und sie öffnet sich mir. Fick mich, scheint sie mir ins Ohr zu flüstern. Aber da musst du noch warten. Ich will, dass du es kaum mehr aushältst vor Lust.‹

Ich stellte mir vor, wie Oliver Martinez vor mir kniete und mit seinem harten Ständer in meine hungrige Vagina eindrang. Ich würde jetzt am liebsten nach seinen knackigen Pobacken greifen und ihn näher an mich heranziehen. Ich gebe es zu: Ich hatte nur noch einen einzigen Gedanken …

›Fick mich!‹, hauchte ich in den Hörer. ›Ich halte es kaum noch aus und will dich in mir spüren.‹

›Du geiles Luder! Du willst mich wirklich. Das höre ich aus deiner Stimme. Ich bin jetzt ganz nackt und ficke dich erst mal mit der Zunge. Ich stoße sie fest in dich hinein, und deine Lippen ziehen sich zusammen, als ob sie mich liebkosen wollten. Ich will dich ausschlürfen wie eine Auster und deinen Saft trinken. Du drückst dich mir entgegen, und ich weiß, dass du jetzt mehr in dir spüren willst. Ich stecke einen Finger in deine Möse, aber du bist jetzt weit geöffnet und da passen mindestens zwei Finger hinein. Jetzt sind mein Zeige- und Mittefinger in dir verschwunden. Leicht gekrümmt suchen sie nach deinem G-Punkt, und gleichzeitig verwöhne ich deine Klit mit meiner Zunge.‹

›Mach weiter …‹, stöhnte ich in den Hörer und rieb inzwischen bereits die ganze Handfläche über meinen nassen Schoß. Ich war so heiß, dass wahrscheinlich vier Finger in mir Platz gefunden hätten.

›Oh, bist du geil! Du würdest am liebsten in mein Gesicht spritzen. Deine Perle ist schon ganz hart. Aber eigentlich will ich nicht, dass du schon kommst. Ich will deine Gier noch länger auskosten und dich noch ein wenig auf die Folter spannen. Mein Schwanz tropft bereits auf den Boden, so geil bin ich auf dich, du kleine versaute Schlampe! Ich setz dich jetzt mit einem Ruck auf den Schreibtisch. Lass ja die Beine offen! So, dein String liegt jetzt auf dem Boden, und du sitzt nackt und hilflos vor mir. Stütz dich auf, mach es dir dort bequem! Fass meinen Schwanz an und zeig mir, was du magst! Willst du ihn jetzt in dir spüren? Er ist so hart für dich, und ich muss aufpassen, dass ich nicht schon vorzeitig in deiner Hand abspritze. Du machst mich einfach so an!‹

Ich wollte diesen Mann küssen und seinen harten Körper fühlen. Seine sexy Stimme klang so schmeichelnd in meinen Ohren. Und gleichzeitig hatte sie einen fordernden Unterton, dem sich wahrscheinlich jede Frau gern hingegeben hätte. Ja, ich würde ihn auf der Stelle hier im Büro vögeln, wenn er da wäre. Mir ist es noch nie vorher passiert, dass ich so sehr die Kontrolle über mich verloren habe. Das machte mir auch ein wenig Angst.

›Ich halte es nicht länger aus und will dich jetzt ficken. Erst schieb ich nur ein wenig meine Eichel in dich rein. Deine Haut fühlt sich ganz weich und cremig an. Stundenlang könnte ich dabei in dein verzücktes Gesicht schauen, deine Lust in deinen Augen lesen und mich immer weiter in dich hineinschieben. Mein Schwanz gleitet ohne Widerstand in dich hinein, und es kommt mir so vertraut vor, in dir zu sein. Dein Becken drückt sich mir entgegen. Du willst noch mehr von mir. Ja, komm, zieh mich näher an dich ran. Jetzt stoße ich dich einige Male ganz fest. Du geiles Stück!‹

›Fick mich, du Hengst!‹ Noch nie hatte ich einen Mann als Hengst bezeichnet, aber in diesem Augenblick fiel mir nichts Besseres ein, und diese vulgäre Ausdrucksweise erregte mich auf seltsame Weise.

›Miststück! Dir gefällt es also, wenn ich dich stoße! Dreh dich um, ich will dich jetzt von hinten nehmen.‹

Ich überlegte einen Augenblick, in welcher Position wir uns beide befanden und wie es technisch möglich wäre, mich auf dem Schreibtisch von hinten zu nehmen. Knien konnte ich nicht, das wäre dann für ihn zu hoch gewesen. Es sei denn, er würde auch auf den Schreibtisch steigen, und das wäre dann eine wacklige Angelegenheit. Er schien sich gerade auch ähnliche Gedanken zu machen.

›Dreh dich um und leg dich mit dem Bauch auf den Schreibtisch. Deine Beine schlingst du um meine Hüften, und ich komm jetzt von hinten in dich rein. Du hast so einen süßen runden Apfelpopo, und da würde ich am liebsten auch mal dran knabbern.«

Ich hatte noch nie in einer solchen Kamasutraposition gevögelt, und es machte mich an, von meinem sportlichen Geliebten herumkommandiert zu werden. Auch wenn mein Po eher einer Birne glich.

›Ich will, dass du jetzt kommst!‹, befahl er mir. ›Ich will spüren, wie deine Muschi meinen Schwanz zusammenpresst. Am liebsten würde ich auch auf deinen niedlichen Po klatschen, während du zuckend vor mir liegst, und dann in dir kommen. Ich bin jetzt ganz tief in dir und packe deinen Arsch mit beiden Händen und zieh dich noch näher an mich heran. Oh ... du machst mich wahnsinnig ... ich halte es nicht mehr viel länger aus ...‹

›Ich auch nicht. Ich komme gleich!‹, stöhnte ich in den Hörer. In diesem Augenblick zog sich mein Unterleib ganz tief innen zusammen und explodierte heftig zuckend. Meine Beine zitterten, und ich ließ beinahe den Hörer fallen. Schweißtropfen liefen mir über das Gesicht, und mein Herz raste wie verrückt. Am anderen Ende der Leitung hörte ich nur ein lautes Stöhnen. Auch meinem Gesprächspartner schienen die Worte ausgegangen zu sein. Erschöpfte Stille, wie nach einem Vulkanausbruch, lag zwischen uns in der Luft. Olaf fasste sich als Erster wieder.

›Das war ... richtig gut eben. Unser Gespräch!‹

›Finde ich auch!‹ Mehr fiel mir im Augenblick nicht ein; ich war immer noch ganz benommen und musste erst wieder zu mir kommen.

›Ich denke, das sollten wir demnächst unbedingt mal wiederholen!‹ Ich konnte Olaf am anderen Ende der Leitung lächeln hören.

›Wegen der Sendung ...‹, versuchte ich das Gespräch wieder auf eine andere Ebene zu leiten.

›Das bekommen wir hin, keine Sorge! Schließlich sind wir inzwischen ziemlich geübt darin, miteinander zu improvisieren.‹ Er lachte leise.

›Auch wieder wahr. Also, dann wünsch ich dir erst mal eine gute Nacht!‹

›Ebenfalls. Und arbeite nicht mehr so lang heute ...‹«

Damit war Melanies Geschichte zu Ende. Ein wenig verlegen sah sie uns nacheinander an. Anja und ich waren ziemlich sprachlos. Wir hätten unserer Freundin Melanie so einiges zugetraut, aber Telefonsex mit einem Fremden? Wow! Das war schon eine harte Nummer, und es zeigte mal wieder, dass man das Innere eines anderen Menschen niemals wirklich kennt. Stille Wasser ... die sind am geheimnisvollsten. Torsten von der Sportschau kam gerade mit seinem leeren Tablett wieder an uns vorbei und versuchte einen Blick in Melanies Ausschnitt zu erhaschen. Seiner Flamme war das nicht entgangen, und sie warf unserem Tisch einen giftigen Blick zu. Das löste ein wenig die Spannung, in die wir verfallen waren, als wir atemlos Melanies Bericht über ihre Überstunden gelauscht hatten.

»Wirst du ihn wiedertreffen?«, fragte Anja endlich in die Stille hinein.

»Keine Ahnung. Auf alle Fälle werden wir uns natürlich bei der Sendung nächste Woche begegnen.«

»Ich hoffe, du erkennst ihn wieder. Vielleicht hat sich Oliver Martinez ein wenig verändert bis dahin«, lachte ich. Meine Freundin hatte mit einem wildfremden Mann Telefonsex gehabt und dabei an einen bekannten Schauspieler gedacht. Das hatte ich bisher noch nicht einmal mit Pascal hinbekommen. Alle Achtung, Melanie!

»Sagt bloß, ihr habt so was noch nie getan, Mädels!« Melanie blickte verunsichert in die Runde. War sie wirklich davon ausgegangen, dass wir alle so abenteuerlustig waren? Ich dachte nach. Nein, beim besten Willen hatte ich so etwas noch nicht erlebt. Von Anja sicherlich ganz zu schweigen. Oder täuschte ich mich da schon wieder? Anja schaute plötzlich ganz versunken auf die letzten Apfelreste auf ihrem Teller. Hatte sie uns bisher etwas verschwiegen? Es sah ganz danach aus.

»Nun, Anja. Hattest du schon mal Telefonsex mit einem fremden Mann?«

»Nein, nicht mit einem Mann.«

»Aber …?« Ich wurde ungeduldig, denn ich wusste nicht, worauf Anja hinauswollte. Oder wollte sie uns damit andeuten, dass sie … Nein, das konnte ich mir nun überhaupt nicht vorstellen bei unserer biederen Freundin.

»Ich hatte mal ein sehr erotisches Telefonat mit einer Frau. Das ist schon eine Weile her. Damals habe ich während meiner Ausbildung häufig in einem Call Center gejobbt und versuchte Frauen eine neue Kosmetikserie anzudrehen. Angeblich sollte diese Creme, die wir verkauften, sich positiv auf das Wachstum der Brüste auswirken. Die Firma warb mit dem Vorher-nachher-Foto einer fünfundvierzigjährigen Hausfrau, die mithilfe der Creme angeblich von Körbchengröße A zu C aufgestiegen war.« Anja machte eine kurze Pause und schien es bereits zu bereuen, dass sie uns von ihrem Erlebnis etwas erzählt hatte. Was sexuelle Dinge betraf, war sie meistens sehr zurückhaltend. Fast könnte man meinen, dass sie kein besonderes Interesse daran hatte, mit ihrem Mann zu schlafen. Aber offensichtlich hatte sie ganz andere Neigungen, wie sich soeben herausstellte. Anja mit einer Frau? Also, das hätten wir uns in unseren kühnsten Träumen nicht ausmalen können.

»Und was war das für eine Frau, mit der du Sex am Telefon hattest?«, wollte Melanie ungeduldig wissen.

»Ich habe ja nicht gesagt, dass ich wirklich Sex hatte mit einer Frau«, versuchte Anja sich zu verteidigen. Anscheinend fühlte sie sich von uns ein wenig in die Ecke gedrängt. »Ich habe nur gesagt, dass ich ein sehr erotisches Telefonat mit einer Frau hatte.«

»Aha!« Ich war neugierig, wollte jedoch nicht weiter in sie dringen. Wenn Anja uns etwas erzählen wollte, dann musste sie das schon von alleine tun. Oft ist es ja so, dass man vor Neugierde fast platzt, und der andere spürt das und hat dann erst recht keine Lust, irgendetwas von sich preiszugeben. Aber heute hatten wir offensichtlich einen guten Tag bei ihr erwischt, und sie war redseliger als sonst.

»Ihr könnt euch vorstellen, wie schwierig das oft war, aus dem Telefonbuch neue Kunden herauszusuchen und ihnen dann diese Creme anzubieten. Aber mit der Zeit wurde ich ein wenig routinierter und schaffte es sogar, mir dabei die Fingernägel zu lackieren. Und rot wurde ich auch nicht mehr, wenn ich den potenziellen Kundinnen erklärte, dass sie durch unser Produkt in nur drei Wochen eine größere Brust bekämen und sich ihre Ehemänner darüber sicherlich freuen würden.«

»Hat das denn tatsächlich gestimmt?«, unterbrach sie Melanie. »Ich meine, wenn es diese Creme immer noch gibt und sie keinen Brustkrebs verursacht … also, ich hätte nichts dagegen, ein paar Körbchengrößen zuzulegen. Oder was meint ihr, Mädels? Meine Chancen, jemals einen Ehemann zu finden, würden sich sicherlich proportional zum Wachstum meines Busens steigern!«

Ich stöhnte und hätte viel lieber Anjas Geschichte gehört, als schon wieder über Melanies Minderwertigkeitskomplexe zu diskutieren. Anstatt sich einen größeren Busen zu wünschen, sollte sie sich lieber mit ihrem Körper anfreunden. Was man nicht hat, sollte man auch nicht vermissen. Das ist schon seit langem meine Devise, und ich fahre damit eigentlich immer recht gut.

»Jetzt erzähl doch mal weiter, Anja. Du hattest also eines Tages eine willige Kundin am Apparat, die sich nicht nur für deine Creme interessiert hat?«, versuchte ich das Gespräch in eine andere Richtung zu lenken.

»Ja, so könnte man das wohl sagen.« Anja lächelte versunken vor sich hin, und ich hatte das Gefühl, dass sie sich an dieses Telefonat noch ziemlich gut erinnern konnte …

»Ich hatte eines Tages die Nummer einer Jasmin H. gewählt. Der Name war abgekürzt, und das fiel mir auf. Sie nahm bereits nach dem ersten Klingeln den Hörer ab, als ob sie auf einen Anruf gewartet hätte, und antwortete mit einer sehr sexy Stimme: ›Hallo, hier ist Jasmin. Was kann ich für Sie tun?‹ Ich war ein wenig verunsichert, denn es hörte sich so an, als ob sie jemanden erwarte. Dabei wollte ich *ihr* doch was verkaufen. Sie war jedoch sofort sehr interessiert an meinem Produkt und wollte alle Einzelheiten wissen.

›Wie oft muss man denn diese Creme anwenden, damit einem die Brust wächst?‹, fragte sie.

›Das kommt darauf an, wie groß sie von Natur aus ist. Außerdem ist das Wachstum von Frau zu Frau unterschiedlich‹, erzählte ich ihr.

›Meine Brüste sind bereits recht groß, aber ein wenig mehr kann nie schaden. Oder was meinen Sie?‹

›Och …‹, stotterte ich ein wenig verlegen. ›Ich bin sicher, sie sehen großartig aus. Wahrscheinlich brauchen Sie unsere Creme gar nicht mehr.‹ Wenn das jetzt mein Chef hört!, dachte ich mir. Aber Jasmin hatte Feuer gefangen und war nicht mehr aufzuhalten.

›Wie oft sollte man denn diese Creme benutzen?‹, fragte sie interessiert. ›Und könnten Sie mir vielleicht eine kleine Probebehandlung geben und mir zeigen, wie man die Brüste am besten damit einreibt?‹

Ich war ziemlich verwirrt, wie ihr euch denken könnt, denn bisher hatte noch keine Kundin von mir verlangt, dass ich unsere ›Wundercreme‹ persönlich in die Brüste einrieb. Aber ich muss zugeben, dass ich diese Vorstellung auf einmal ziemlich reizvoll fand. Ich hatte noch nie eine andere Frau nackt gesehen, außer vielleicht in der Sauna. Und da starrte ich natürlich auch nicht auf die Brüste meiner Nachbarin, sondern senkte stattdessen verlegen meinen Blick.

›Nun, für besondere Kunden machen wir natürlich auch Hausbesuche‹, sagte ich und versuchte dabei meine Stimme ziemlich sachlich klingen zu lassen, obwohl ich innerlich ganz schön aufgewühlt war. Zum Glück wurden die Gespräche zu dieser Zeit noch nicht aufgezeichnet, sonst hätte ich sicherlich Schwierigkeiten mit meinem Auftraggeber bekommen. Die Frau am anderen Ende der Leitung schien schon ein paar Jahre älter zu sein als ich, aber nicht viel ... höchstens fünf oder sechs Jahre. Sie wickelte mich mit dieser sanften Stimme um den Finger, und ich konnte mich ihrem Bann kaum entziehen.

›Hilft diese Creme auch bei Männern, die sich eine längere Erektion wünschen?‹, fragte mich Jasmin. Keine Ahnung, woher sollte ich das wissen? Schließlich bekam ich damals sieben Mark Stundenlohn für meinen Call-Center-Job, und ich wusste zwar, wie man die Telefonanlage bediente, aber nicht, ob meine Creme Viagra ersetzte. Aber da ich noch nie auf den Mund gefallen war, fiel mir natürlich gleich eine passende Antwort ein.

›Wenn Ihr Busen noch ein wenig größer ist, wird das Ihren Mann sicherlich so scharfmachen, dass er überhaupt nicht mehr aufhören will, mit Ihnen Sex zu haben. Von daher wirkt diese Creme natürlich auch auf die männliche Standfestigkeit‹, erzählte ich mutig und war richtig stolz auf meine gelungene Antwort.

›Meinen Sie?‹ Jasmin war jetzt doch ein wenig skeptisch. ›Ich glaube eher, dass mein Freund sich dann noch weniger beherrschen kann. Er liebt es nämlich spanisch, müssen Sie wissen.« Ich überlegte, was sie damit wohl meinte, denn ich war damals noch recht naiv, und mit Spanien verband ich vor allem Paella und Sangria.

›Äh ... spanisch?‹, fragte ich nach.

›Ach so, Sie wissen nicht genau, was das ist?‹ Jasmin kicherte anzüglich. ›Das bedeutet, dass er seinen harten Penis zwischen meine Brüste schiebt und dann kommt.‹

›Ach so ... ja, natürlich‹, stotterte ich und wurde ganz rot dabei. Ich fühlte mich seltsam erregt bei dieser Vorstellung und stellte mir in Gedanken die unbekannte Frau mit nackten Monsterbrüsten vor, zwischen denen sich ein riesiger Penis vergnügte. Ich hatte noch nie eine Frau sexuell berührt, aber diese Vorstellung machte mich an.

Jasmin erzählte mir auch, dass sie Körperschmuck an ihrer Brust trage, und fragte, ob das was ausmachen würde bei der Behandlung. Ich hatte damals noch nie etwas von Körperschmuck gehört und stellte mir im Kopf alles Mögliche vor. Ein besonderer BH vielleicht, der aus Silber gefertigt war? So absurde Gedanken gingen mir durch den Kopf. Dann wollte sie genau wissen, wie ich aussah.

›Hast du zarte Hände? Deiner sanften Stimme nach zu schließen fühlt es sich bestimmt ziemlich gut an, wenn du die Creme auf meinen Brüsten verteilen würdest. Wo beginnt man denn beim Einreiben am besten?‹ Jasmins Stimme klang sehr sexy, und ich begann zu schwitzen. Beinah wäre mir der Telefonhörer entglitten, so feucht waren meine Hände. Ich war damals gerade achtzehn! Trotzdem gab ich mich sehr welterfahren und tat so, als ob das eine ganz selbstverständliche Dienstleistung unserer Firma sei. Dabei hatte ich diese Creme noch nie wirklich in der Hand gehalten und geschweige denn an einer Kundin ausprobiert. Aber irgendetwas erregte mich an der Vorstellung, Jasmins Brüste zu sehen und vielleicht sogar berühren zu dürfen.

›Man beginnt mit der rechten Brust und hebt sie leicht an‹, erzählte ich ihr. ›Dann verteilt man ein wenig Creme auf der Brustwarze und reibt sie sanft ein.‹

›Oh … ich spüre förmlich, wie die Creme zu wirken beginnt. Meine Brüste schwellen bereits an‹, stöhnte Jasmin.

›Dann verteilt man den Rest der Creme über die gesamte Brust und kreist dabei im Uhrzeigersinn‹, erfand ich.

›Du machst das großartig. Deine Hände fühlen sich toll an

auf meiner Brust«, schnurrte Jasmin, so als ob ich leibhaftig neben ihr stünde.

›Man nimmt anschließend die Brustwarten zwischen Zeigefinger und Mittelfinger und zieht sie einige Male in die Länge, damit sie besser wachsen‹, erzählte ich weiter und spürte dabei, wie meine eigenen Nippel sich aufstellten und sich nach eben dieser Behandlung sehnten.

›Und dann kommt die andere Brust dran?‹, fragte Jasmin.

›Ja, unbedingt. Und anschließend nimmt man noch mal beide Brüste in die Hand und reibt sie aneinander.‹ Wo ich das herhatte, wusste ich selbst nicht, aber es fiel mir in diesem Augenblick nichts Besseres ein, und die Vorstellung erregte mich, diesen nackten Busen in meinen Händen zu halten.

Jasmin überredete mich schließlich dazu, dass ich ihr diese Creme am kommenden Dienstagabend persönlich vorbeibringen sollte. Schließlich würde es sich doch um einen besonderen Kundenservice handeln, und ich könnte damit meine Provision erhöhen.«

Anja nahm einen Schluck Mineralwasser, und wir warteten gespannt auf die Fortsetzung dieser seltsamen Geschichte.

»Und?« Melanie hielt es kaum noch aus vor Spannung. »Bist du zu ihr gegangen? Ich wette, du hast vorher so 'ne Panik bekommen, dass du den Termin abgesagt hast.«

Anja spannte uns wirklich auf die Folter und sagte, dass sie erst mal auf die Toilette gehen müsse, bevor sie uns das Ende der Geschichte erzählen könne. Wir waren nicht gerade begeistert von dieser Unterbrechung, aber was sollten wir tun? Als Anja auf der Toilette war, schlossen Melanie und ich eine Wette ab, wie die Geschichte weitergehen würde.

»Also, ich glaube, unsere Anja, hat noch mal drüber geschlafen und dann die Telefonnummer einfach weggeworfen«, prophezeite Melanie.

»Ach was! Dann würde sie uns diese Geschichte doch nicht

so ausführlich erzählen. Ich glaube, sie hat Jasmin doch getroffen. Das habe ich so im Gefühl.«

»Du mit deiner Intuition!«, lachte Melanie. »Wollen wir wetten? Ich werde dir eine Hot-Stone-Massage im Kur Royale spendieren, wenn du Recht hast.«

Das war ein faires Angebot, und ich wollte da nicht nachstehen. »Wenn du gewinnst, dann bekommst du eine Karte für La Traviata in der Alten Oper geschenkt! Das wäre doch ein angemessener Gegenwert, oder?«

»Pst! Da kommt Anja«, flüsterte Melanie verschwörerisch. Sie musste ja nicht unbedingt mitbekommen, dass wir auf sie eine Wette abgeschlossen hatten.

Anja setzte sich wieder an unseren Tisch und sah auf die Uhr. »Mädels, jetzt muss ich aber dringend wieder zum Set. Heute findet doch diese neue Castingshow für Tiere statt, *Mops sucht Möpsin.* Und da soll ich den Hündinnen ein paar Schleifchen ins Fell knoten.« Anja lachte und war schon auf dem Sprung, als ob nichts geschehen wäre. Aber so hatten wir nicht gewettet!

»Anja, du schuldest uns noch den Rest der Geschichte«, beschwerte sich Melanie.

»Genau!«, unterstützte ich meine Freundin. »Wir wollen wenigstens wissen, ob du Jasmin wirklich begegnet bist.«

Anja zwinkerte uns zu, war aber bereits aufgestanden und zupfte sich den schwarzen Lederrock zurecht. »Na gut, ich verrate euch nun ein kleines Geheimnis. Ich habe Jasmin wirklich an diesem Dienstag getroffen. Und wisst ihr was? Sie hatte ganz sicherlich keinen Bedarf an einer Brustvergrößerung …« Mit diesen geheimnisvollen Worten verschwand sie in Richtung Aufzug.

3. Kapitel

An diesem Tag ging ich ein wenig früher als sonst nach Hause und schaute vorher noch beim Delikatessengeschäft in der Fußgängerzone vorbei. Heute wolle ich Pascal ein besonderes Abendessen bieten, denn immerhin hatte es ihn schon Überwindung gekostet, mich zu dieser Schlossparty zu begleiten. Eigentlich hätte man meinen sollen, dass die meisten Männer sich die Finger abschlecken würden nach so einer Frau wie mir, die immer etwas Neues erleben will. Aber in Wahrheit sieht es ganz anders aus. Große Klappe haben sie alle, aber dann kommt doch Panik auf bei dem Gedanken, mal von der Missionarsstellung abzulassen und sich einer ungewohnten Situation zu stellen. Da fühlen sich viele Männer einfach überfordert. Von Anja wusste ich zum Beispiel, dass ihr Mann am liebsten vor dem Fernseher abhängt. So ein Schlaffi wäre nichts für mich. Beim Fußball werden die Fähnchen auf das Auto montiert, mit Kumpels ziehen sie grölend durch die Straßen, aber zu Hause bleibt ihnen die Puste weg. Da war ich doch glücklich, dass ich Pascal hatte. Heute wollte ich ihn nach allen Regeln der Liebeskunst verwöhnen! Und Liebe geht bekanntlich durch den Magen …

Ein junges Ding mit wippendem Pferdeschwanz bediente mich in meinem Lieblingsfeinkostgeschäft. Offensichtlich hatte sie heute Morgen vergessen, einen BH anzuziehen, denn ihre Brustwarzen zeichneten sich unter ihrem weißen Arbeitskittel ab. Normalerweise wäre mir das gar nicht aufgefallen, aber nach Anjas Erzählung heute in der Kantine musste ich einfach daran denken, wie sich so eine harte Brustwarzen anfühlen würde. Und wie sie wohl schmeckte?

»Ich hätte gern von den Garnelenschwänzen«, sagte ich und versuchte mich auf mein Anliegen zu konzentrieren.

»Welche hätten Sie denn gern? Die in cremiger Currysoße? Oder die besonders langen mit Dillspitzen? Oder mit anderen Meeresfrüchten gemischt?« Die Verkäuferin lächelte mir aufmunternd zu; sie schien sich gut auszukennen mit all den kulinarischen Köstlichkeiten.

»Äh … ich bin noch ein wenig unentschlossen«, stotterte ich verlegen herum und konnte den Blick nicht von ihren schamlos unverhüllten Brustwarzen abwenden, die im Takt mit dem Pferdeschwanz wippten, wann immer sich das Mädchen bewegte. »Welche Schwänze … ich meine, welche Garnelen schmecken Ihnen denn am besten?« Meine Güte, ich hatte sie wohl nicht mehr alle. Sicherlich war ich puterrot geworden. Aber die Verkäuferin war anscheinend nicht so aufmerksam, oder sie hatte schon Schlimmeres erlebt. Jedenfalls tat sie so, als ob alles ganz normal wäre.

»Also, wenn Sie mich so direkt fragen … eigentlich mag ich gar keine Garnelen. Ich stehe eher auf Austern. Mit ein paar Spritzern Zitrone. Einem Schlückchen Champagner. Köstlich!« Miss Pferdeschwanz verdrehte lüstern die Augen nach oben und leckte sich über die ungeschminkten Lippen. Sie hatte eine sehr natürliche Ausstrahlung und gefiel mir immer besser.

»Austern! Wieso habe ich da nicht eher dran gedacht. Davon hätte ich gern ein halbes Duzend.«

»Wir haben auch frische Jakobsmuscheln heute Morgen reinbekommen. Die kann ich Ihnen sehr empfehlen.«

»Wenn Sie meinen …«

»Oder wie wäre es mit einem saftigen Hummerschwanz? Die sind größer, da haben Sie mehr davon!« Die Verkäuferin geriet sichtlich ins Schwärmen und hielt mir einen pinkfarbenen Hummerschwanz vors Gesicht.

»Ich würde Sie ja gern mal davon probieren lassen«, flüsterte sie mir verschwörerisch zu. »Aber das geht hier natürlich nicht. Sie werden es aber bestimmt nicht bereuen. Und dazu eine leckere Feigensoße ...« Sie hob ein dunkelgrünes Gläschen hoch, das mit dem stolzen Preis von neun Euro fünfzig ausgezeichnet war, und nickte mir aufmunternd zu. Mir war inzwischen alles recht, denn ich fühlte mich ihrem Charme hilflos ausgeliefert. Mit Bergen von Einkaufstüten und einer saftigen Rechnung von hundertzwanzig Euro verließ ich das Feinschmeckergeschäft. Für dieses Geld hätte ich Pascal auch zu einem teuren Italiener einladen können, schimpfte ich mit mir. Und wenn schon. Immerhin hatte ich sogar noch eine Flasche Veuve Cliquot für heute Abend erstanden, und was nützte mir schon das Geld auf der Bank? Von einem romantischen Abend hatte ich auf alle Fälle mehr.

Ich schleppte die schweren Einkaufstüten in den dritten Stock meiner gemütlichen Altbauwohnung. Ich hatte ziemlich lange suchen müssen, um so ein Schmuckstück zu finden. Die hohen Türen waren oben mit Jugendstilornamenten aus Glas verziert, und die Stuckleisten an der Decke erinnerten an vergangene Zeiten. Das absolute Highlight meiner Wohnung war allerdings der offene Kamin im Wohnzimmer. Wenn es ein besonders romantischer Abend sein sollte, so wie heute, dann zauberte das flackernde Licht der Holzscheite eine sinnliche Atmosphäre, schon bevor einem der erste Kuss über die Lippen gekommen war. Ich verstaute die köstlichen Leckereien im Kühlschrank und hörte dann den Anrufbeantworter ab, der hektisch blinkte. Vier Anrufe warteten auf mich. Der erste war von Beate, einer Freundin, der ich mein schulterfreies Abendkleid für einen Konzertbesuch ausgeliehen hatte. Sie wollte heute vorbeikommen, um es mir zurückzugeben. Das passte mir auf keinen Fall! Danach kam ein anonymer Anrufer und dann Pascal, der sich auf einen netten Abend mit mir freute. Der letzte Anruf war eher unangenehm. Es war mein Chef, der mich am Nachmittag hatte sprechen wollen. Wenn ich *einmal* früher nach Hause ging! Er klang aber nicht verärgert, sondern eher väterlich besorgt. Er erinnerte mich daran, dass wir morgen Vormittag eine Besprechung mit dem Team für meine neue Sendung hätten, und sagte, dass er schon sehr gespannt sei, worum es bei der ersten Folge von *Böse Mädchen kommen überall* gehen sollte.

Himmel, das hatte ich ja fast vergessen! Morgen sollte die erste Teambesprechung stattfinden, und ich war nicht vorbereitet. Ich hatte gedacht, dass der Termin erst am Montag in einer Woche sein sollte. Zum Glück fiel mir immer irgendetwas ein, und ich hatte noch einige Stunden Zeit, um mir das Konzept zu überlegen. Immerhin war es nur eine Vorbesprechung und ein gemeinsamer Austausch. Allerdings rief es mir schmerzlich in Erinnerung, dass ich immer noch völlig planlos war, was die erste Sendung betraf. Vielleicht sollte ich mir als Erstes ein heißes Bad genehmigen und mich ein wenig entspannen, ging es mir durch den Kopf. Vor einigen Jahren hatte ich mein Bad sanieren lassen und mir eine wunderschöne runde Wanne geleistet, die gleichzeitig auch ein Whirlpool war. Das sanft sprudelnde Wasser hatte meistens eine sehr belebende Wirkung auf mich, egal wie müde ich war oder wie sehr der Tag mich angestrengt hatte. Ich goss ein wenig Schaumbad in das fließende Wasser, und der sinnliche Duft von wilder Rose umnebelte meine Sinne. Während das Wasser einlief, legte ich eine CD von Ray Charles auf und schenkte mir ein Glas Prosecco ein. Jetzt trennte mich nur noch eine Winzigkeit von meinem großen Glück. Ohne meinen treuen Freund wäre das Bad nur halb so schön. Ich hatte schon seit einigen Jahren ein inniges Verhältnis mit ihm, und er war immer zur Stelle, wenn ich ihn brauchte. Das Tollste an meinem erotischen Lebensbegleiter war seine Standfestigkeit. Egal wie müde ich war – er war es nie. Im Gegenteil, je länger es bei mir dauerte, bis ich zum Höhepunkt kam, desto erregter wurde er. Stufenlos ließ er sich bis zur Turbogeschwindigkeit hinaufschrauben, und dort blieb er unverändert in Aktion – bis ich genug von ihm hatte und ihn erschöpft zwischen meinen Schenkeln ablegte. Ich holte *Sinflut* von seiner Ladestation und ließ die Hände liebevoll über seinen glatten roten Körper gleiten. *Sinflut* war mein Lieblingsvibrator, und er war so unverwüstlich, dass er mich sogar unter Wasser erfreuen konnte.

Vorsichtig steckte ich einen Finger in das Badewasser, um die Temperatur zu prüfen. Perfekt! Ich stieg in mein warmes Bad und ließ mich wohlig in den Schaum zurücksinken. Hinter mir lagen ein anstrengender Arbeitstag und ein intensives Wochenende. So viele Eindrücke gingen mir immer noch durch den Kopf. Pascal hatte sich so anders angefühlt. Noch nie war mir sein Körper so vertraut und gleichzeitig fremd vorgekommen wie bei diesem Blind Dinner im Schloss. Jede seiner Berührungen hatte ich viel intensiver wahrgenommen als sonst. Vielleicht sollten wir uns öfter mal mit verbundenen Augen begegnen.

Ray Charles sang das leicht kitschige Liebeslied *Georgia,* und ich schloss die Augen und gab mich der romantischen Stimmung hin. Ich bin eine Wasserratte. Schon immer liebte ich das Gefühl der Schwerelosigkeit, wenn die Arme so von ganz allein im Wasser schwimmen und sich der Körper mühelos bewegen kann. Wie ein Seepferdchen dahinzugleiten, das war ein besonderer Traum von mir. Ich liebte das Meer und konnte mich stundenlang darin vergnügen. Schade, dass Pascal nicht mit mir in der Wanne lag. Ich hatte auf einmal große Sehnsucht nach ihm. Wir hatten schon so viele aufregende Dinge miteinander erlebt, und wie ich so im warmen Wasser ausgestreckt lag, kamen mir Bilder von unserem letzten Urlaub in den Sinn, den wir in Thailand verbracht hatten. Fernab vom Alltag wollten wir uns wieder neu entdecken, Abenteuer erleben und uns gleichzeitig auch verwöhnen lassen. In einer Frauenzeitschrift hatte ich von Koh Phangan gelesen, einer Insel im Süden Thailands, auf der früher Piraten ihr Unwesen getrieben hatten. Dichter Urwald bedeckte auch heute noch den größten Teil dieser wilden Insel, und wenn man Glück hatte, traf man auf Affen oder exotische Vögel mit langen bunten Schwänzen. Wenn man Pech hatte, dann wurde einem der Weg von einer dicken Schlange versperrt, oder eine Kakerlake begrüßte einen zum Frühstück. Gerade richtig für einen romantischen Abenteuerurlaub, dachten wir uns. Auf Koh Phangan gab es keinen Flughafen, und deshalb war die Anreise ein wenig umständlich, aber diese Unnahbarkeit machte die Insel natürlich umso reizvoller. Je nach Geldbeutel konnte man in stundenlanger Nachtfahrt mit einem Bus von Bangkok aus anreisen oder auf die Nachbarinsel Koh Samui fliegen und von dort mit dem Boot übersetzen.

Wir hatten uns für die Überfahrt von Koh Samui einen windigen Tag ausgesucht, und das kleine Boot schaukelte ziemlich ungemütlich auf den Wellen. Gut, dass wir an diesem Morgen noch nicht gefrühstückt hatten! Doch der Skipper schien nicht sonderlich beunruhigt zu sein und zog gelangweilt an seiner Zigarette, die ihm lässig aus dem Mundwinkel hing.

Langsam kamen wir unserem Ziel immer näher. Riesige Felsen schienen wie unförmige Pilze aus dem Meer zu wachsen und gaben der Insel ein vorsintflutliches Aussehen. Bis auf einige Buchten war sie noch wild und kaum erschlossen. Unser Abenteuergeist war geweckt! Wir hatten uns die kleine Bucht Had Tian ausgesucht, denn hier sollte es ein ungewöhnliches Resort geben: *The Sanctuary*. Yoga unter Palmen,

Wellness, Fasten und superleckeres vegetarisches Essen versprach der Reiseführer, und wir warteten gespannt, wo uns der Skipper absetzen würde …

Ich räkelte mich wohlig in meinem Schaumbad und sah genau den Strand vor mir, den das Boot damals ansteuerte. Zunächst dachten wir, er wäre völlig einsam, bis wir einige kleine Hütten unter Palmen entdeckten, fast so wie in dem Film *Der Strand* mit Leonardo DiCaprio. Einen Landungssteg gab es nicht, und wir sprangen ins seichte Wasser. Unsere Rucksäcke warf der Skipper ans Ufer und tuckerte weiter zur nächsten Bucht. *The Sanctuary* war ein verschlafenes kleines Hippie-Resort, in dem die Zeit stehengeblieben war. Alles bewegte sich hier ein wenig langsamer als an anderen Orten der Welt – auch die Bedienung. Immerhin trug mir einer der Thaiboys das Gepäck die kleine Anhöhe hinauf zu unserem Bungalow mitten im Urwald. Wow, was für eine Aussicht! Unter unserem Balkon breitete sich eine Bucht mit türkisblauem Wasser aus, umgeben von weißem Sand und Palmen, die sich sanft im Wind wiegten. Willkommen im Paradies!

Als ich allerdings unseren Bambusschrank öffnete, starrten mich zwei funkelnde Augen neugierig an. Es war zwar nur ein harmloser Gecko, aber trotzdem beschloss ich, zumindest für die erste Nacht meine Klamotten lieber im Rucksack zu lassen.

»Gibt's hier wilde Tiere … äh, zum Beispiel Schlangen?«, fragte ich später etwas naiv den Manager des Resorts.

»Normalerweise nicht«, grinste mich Mike frech an. »Aber du solltest dir angewöhnen, alle Kleider erst mal auszuschütteln, bevor du sie anziehst.«

Am Abend war Family Dinner angesagt. An einer langen Tafel speisten alle Gäste gemeinsam – zumindest die, die Lust auf Unterhaltung hatten. Damals an unserem ersten Abend im Paradies gab es indisches Essen, Ganesha Curry mit exotischen Früchten! Lecker! Neben mir saß Pat aus Australien.

»Wisst ihr, was mir gestern passiert ist?«, fragte sie uns. Dem Tonfall nach zu schließen konnte es nichts Gutes gewesen sein. »Stellt euch vor, ich saß auf der Toilette, und auf einmal sah ich diese riesige Kobra vor mir. Ich hatte totalen Schiss und wusste nicht, was ich machen sollte.« Ich hatte es geahnt: Ich hätte nicht zuhören sollen! »Zum Glück kam da gerade mein Freund rein, und da ist sie abgehauen!«

Pascal musste in dieser Nacht mit der Taschenlampe in alle Ritzen und Ecken leuchten, während ich ängstlich vor dem Bungalow wartete. Aber außer einer Kakerlake, die bereits das Bett vorgewärmt hatte, entdeckte er zum Glück nichts Ungewöhnliches. Trotzdem schmiegte ich mich unter dem Moskitonetz ängstlich an ihn, legte den Kopf auf seine Brust, und irgendwann beruhigte mich sein gleichmäßiger Herzschlag, und ich fiel in einen tiefen Schlaf.

Wir hatten eine traumhaft schöne Zeit auf der Insel, und besonders gut erinnerte ich mich an eine einsame Bucht, die wir eines Morgens erkundeten. Der Anfang dieses Erlebnisses war allerdings weniger angenehm. Pascal war auf die glorreiche Idee gekommen, ein Paddelboot zu mieten und ein wenig am Ufer entlangzurudern. Meine Stärken liegen nicht unbedingt auf dem Gebiet des Wassersports, und wir hätten uns beinahe fürchterlich gestritten. Ich stellte mich ziemlich ungeschickt an mit dem Paddel, und Pascal konnte gerade noch verhindern, dass wir kenterten. Als mir die erste Welle entgegenspritzte, sah ich uns bereits hilflos im Meer herumtreiben, umgeben von Haien, die nur darauf warteten, von uns abzubeißen. Ganz zu schweigen von anderen Fischsorten wie Piranhas zum Beispiel, die ich mir im Zoo schon als Kind immer mit ehrfürchtigem Staunen angesehen hatte.

»Hilfe, ich glaube, wir gehen unter!«, schrie ich Pascal hysterisch zu und wedelte mit dem Paddel in der Luft herum.

»Dann werde ich dich retten und dich wie Robinson auf

einer einsamen Bucht wieder zum Leben erwecken«, scherzte mein Freund gut gelaunt. Mit Booten kannte er sich aus, und der Wellengang machte ihm Spaß.

»Ich habe Angst! Lass uns umkehren.« Mir war nicht nach Spaßen zumute, und allmählich wurde Pascal sauer.

»Jetzt reiß dich zusammen, wir sind ja gleich da. Nur noch um den nächsten Felsen herum und dann kommt der Strand. Da bin ich mir ganz sicher!«

Noch nie hatte ich so energisch gepaddelt wie an diesem Tag, denn ich wollte diese lästige Überfahrt endlich hinter mich bringen. Pascal aber hatte Recht gehabt. Kurze Zeit später lag vor uns eine türkisblaue Lagune, wie ich sie bisher nur aus Urlaubsprospekten kannte. Einige Schatten spendende Palmen bogen sich uns entgegen, als ob sie uns willkommen heißen wollten. Wir ruderten in die Bucht, und Pascal sprang ins seichte Wasser, um mich im Kanu ans Ufer zu ziehen. Noch nie hatte ich so feinen weißen Sand unter den Füßen gespürt. Ich ging wie auf Watte, und der nasse Sand drückte sich zwischen meine Zehen hindurch. Niemand schien hier zu wohnen, und wir bemerkten auch keine anderen Urlauber. Nur seltsam geformte Felsen ragten aus dem Wasser und erinnerten mich an einen James-Bond-Film, den ich vor Jahren mal gesehen hatte. Hoffentlich waren hier keine modernen Piraten versteckt, die auf so naive Touristen wie uns warteten. Aber die Landschaft war einfach zu schön, um sich Sorgen zu machen.

»Hier, trink was!« Pascal reichte mir unsere Wasserflasche und warf mir eine Banane zu, die er in seinem kleinen Rucksack verstaut hatte. Auf einem Tuch saßen wir im Sand, verspeisten unsere Bananen und schauten auf das weite Meer. Am Horizont fuhren einige Boote vorbei, und ab und zu ließ sich ein wilder Papagei auf der Palme nieder und schaute uns neugierig zu, wie wir uns langsam nackt auszogen, um schwimmen zu gehen. Nacktbaden war zwar auf der Insel nicht erlaubt, aber wir waren ganz allein, und wer sollte uns hier schon überraschen? Wir hätten jedes Boot von weitem kommen sehen, und der Strand war menschenleer …

Inzwischen wurde mein Badewasser immer kälter, und ich zog den Stöpsel raus, um ein wenig von dem Wasser ablaufen zu lassen. Dann drehte ich den Hahn wieder auf und ließ heißes Wasser dazulaufen. Wo war eigentlich mein Spielgefährte für gewisse Stunden abgeblieben? Ich tastete nach *Sinflut*, der am Wannenrand auf seinen Einsatz wartete. Mit der anderen Hand griff ich nach meinem Glas Prosecco. Ich schaltete *Sinflut* ein, und ein zufriedenes Summen begrüßte mich. Mit dem roten Silikonschaft meines Freundes rieb ich über meine Brüste. Die sanfte Vibration erregte mich, und meine Nippel stellten sich auf. Ich hob mit der anderen Hand meine Brüste etwas an und verstärkte den Druck meines Vibrators. Es schmerzte ein klein wenig, wenn ich ihn auf meine Brustwarzen drückte. Aber ein klein wenig Lustschmerz machte mich nur noch mehr an. Während *Sinflut* noch mit meinen Brüsten spielte, wanderte meine rechte Hand über meinen Bauch nach unten. Ich zupfte ein wenig an meinen Schamhaaren, die ich zu einem schmalen Steg rasiert hatte. Es fühlte sich angenehm für mich an, und das sanfte Ziehen stimulierte meine Klitoris. Meine Lustlippen waren bereits leicht geöffnet, und das bedeutete Erregungsstufe eins bei mir. Ich legte die Hand zwischen meine Schenkel und massierte mit der Innenfläche meine hungrige Auster, die es kaum erwarten konnte, sich im Wasser ein wenig zu öffnen. In diesem Augenblick war ich wieder einmal so dankbar dafür, eine Frau sein zu dürfen und damit über ein unerschöpfliches Potenzial an Orgasmen zu verfügen. Ich musste mir keine Gedanken darüber machen, dass ich meine sexuelle Gier verausgaben könnte und dann auf meinen Liebsten keine Lust mehr hätte. Im Gegenteil! Je mehr ich mit meinem eigenen Körper spielte, desto geiler wurde ich auf meinen Freund. Ich konnte es kaum erwarten, ihn heute Abend zu lieben, mich seinen Küssen und seiner leidenschaftlichen Wildheit hinzugeben. Aber im Augenblick war er sicherlich noch in seinem geliebten Büro und würde keine Sekunde zu früh seinen PC ausschalten. Also würde ich mich erst mal mit mir und meinen Fantasien vergnügen.

Meine Muschi zuckte unter meiner Handfläche zusammen, und ich steckte einen Finger in mich hinein, um zu sehen, ob ich feucht war. Hier im Wasser war das schwieriger festzustellen und deshalb ölte ich *Sinflut* mit etwas Gleitgel ein, damit er sich glitschiger anfühlte. Ich hielt ihn an meine Perle, und die sanften Vibrationen ließen mich wohlig zusammenzucken. Ich verstärkte den Druck ein wenig, und mit kreisenden Bewegungen versuchte ich, meine Lust zu intensivieren und hinauszuzögern. Je näher ich der Perle kam, desto mehr schnellte meine Erregungskurve nach oben. Deshalb strich ich zwischendurch immer wieder über meine geöffneten Lippen, um den Höhepunkt noch ein wenig hinauszuzögern. Ich legte das linke Bein über den Beckenrad und öffnete meine Schenkel. Meine Muschi wollte gefickt werden! In Gedanken war ich mit Pascal in Thailand und an diesem wunderschönen Strand …

Nachdem wir uns nackt ausgezogen hatten, rannten wir ins Wasser wie zwei ungestüme Kinder. Pascal spritzte mir eine Ladung Salzwasser ins Gesicht, und ich tauchte prustend unter, um ihm ein Bein wegzuziehen und ihn unter Wasser zu ziehen. Das hätte ich mal lieber sein lassen, denn natürlich war er stärker als ich und rächte sich, indem er mich mit sich zog. Wir kämpften eine Weile spielerisch unter Wasser, bis uns die Puste ausging und wir lachend wieder auftauchten und nach Luft schnappten.

»He, Meerjungfrau, du bist ganz schön stark!«

»Na klar. Nimm dich vor mir in Acht, und sei schön nett zu mir! Sonst werfe ich dich den Piranhas zum Fraß vor. Die freuen sich sicherlich schon auf so saftiges Fleisch«, rief ich lachend und strich mir die nassen Haare aus dem Gesicht.

»He, du gibst mir da ja eine super Steilvorlage. Mir kam da nämlich eben so ein Gedanke …« Pascal lachte schelmisch und küsste mich auf meinen salzigen Mund.

»Willst du mich mit einem Delfin verkuppeln?«, lachte ich. »Oder mich auf einer Meeresschildkröte reiten lassen?«

»Deine Fantasien sind leider ein wenig ausgefallener als meine. Ich hatte da eine viel praktischere Idee.«

»Ich weiß, du willst, dass ich dir ein paar Algen zum Frühstück pflücke«, alberte ich herum und biss ihm dabei spielerisch in den Nacken.

»Ui … das fühlt sich klasse an. Du könntest allerdings mit deinem Mund etwas mehr meine unteren Zonen erforschen.«

Pascal zog mich wieder zu sich heran, und sein harter Ständer drückte sich gegen meinen Schoß. Wir knutschten hemmungslos, und ich schlang die Beine um seine Hüfte. Sein Ständer versuchte in mich einzudringen. Er war nicht nur hart, sondern auch ziemlich hartnäckig in seinen Bemühungen, und schließlich hatte die Eichel den Eingang zu meiner Spalte gefunden. Ich stöhnte leise und drückte mein Becken noch näher an ihn. Durch das Wasser fiel es ihm nicht so leicht wie sonst, in mich hineinzugleiten, aber dafür war es umso erregender, es inmitten all der gelben und rot-weiß gestreiften Fische zu treiben, die neugierig um uns herumschwammen. Pascal stand mit beiden Füßen auf dem Grund und hielt mich eng umschlungen. Er wippte mich im Takt der Wellen sanft nach oben, und ich schloss die Augen. Ich fühlte mich in diesem exotischen Paradies so unschuldig, und gleichzeitig trieben wir es schamlos in aller Öffentlichkeit. Auch wenn keiner zuschaute. Aber konnten wir uns da so sicher sein? Vielleicht lauerte hinter einem dieser Felsen ein einsamer Strandpirat, der schon lange keinen Sex mehr hatte und sich jetzt einen runterholte?

»Ich stell mir grad vor, wir werden von irgendjemandem beobachtet«, flüsterte ich Pascal ins Ohr.

»Der Gedanke kam mir auch schon. Vielleicht ein Fischer mit seiner Frau. Aber weißt du was? Diese Vorstellung macht mich umso mehr an.«

Sanft zog Pascal meine Backen auseinander, und ich drückte mich ein wenig mehr ins Hohlkreuz, um ihm den Zugang zu meiner intimsten Stelle zu erleichtern. Pascals Schwanz pochte in meiner Möse. Es war ungewohnt, sich im Wasser zu vereinigen. Wir waren wie zwei schwerelose Körper, die mit den Wellen tanzten und ineinander verschlungen waren wie zwei Seesterne. Jetzt drehte Pascal mich auf den Bauch, spreizte meine Beine und nahm mich von hinten. Ich fühlte mich wie einer dieser platten Mantas, die sich träge im Wasser treiben lassen. Pascal hatte eine Hand unter meinen Bauch gelegt, damit ich nicht unter Wasser geriet, und schob sich von hinten sanft zwischen meine Beine. Bei jedem Stoß schwappte eine kleine Welle über meinen Rücken, und ich ließ all meine Anspannung los. Vertrauensvoll gab ich mich meinem Geliebten hin, und das Meer umfing uns mit starken Armen.

Ich streichelte mit *Sinflut* das obere Ende meiner Spalte, so dass mein Kitzler sanft stimuliert wurde. Mit der anderen Hand zog ich meine Lippen noch ein wenig weiter auseinander und stellte mir vor, wie erregend es wäre, jetzt Pascal in mir spüren. Aber da er sicherlich noch lange Zahlenkolonnen auf seinem Bildschirm anstarrte, anstatt sich am Anblick meiner weit geöffneten Muschi zu erfreuen, musste ich mit *Sinflut* vorliebnehmen. Am Wannenrand hatte ich eine bläuliche Flasche mit hawaiianischem Gleitgel stehen; ich drückte das durchsichtige Gel auf *Sinflut* und verrieb es gleichmäßig auf seinem erigierten Schaft.

Nun konnte er mühelos in mich hineingleiten, und ich rollte mein Becken rhythmisch nach oben, um meinen treuen Freund tiefer in mich aufnehmen zu können …

Pascal drehte mich damals in der Lagune wieder auf den Rücken. Jetzt lag ich vor ihm auf dem Wasser, die Beine um seine Hüfte geschlungen, und mit den Armen ruderte ich ein wenig, um das Gleichgewicht zu halten und nicht unterzugehen. Pascal stand vor mir, denn einer von uns musste ja schließlich noch mit beiden Beinen auf dem Boden bleiben. Mit einer Hand massierte er meine Brüste, die wie kleine Felsen aus dem Wasser ragten. Dann beugte er sich über mich und saugte an meinen salzigen Nippeln.

»Mmh … du schmeckst köstlich, meine kleine Meerjungfrau«, grinste er.

»Das mit der Jungfrau kannst du streichen …«, stöhnte ich. »So oft, wie du dich schon an mir vergangen hast, ist von meiner Unschuld nicht mehr viel übrig geblieben.«

»Du wirst immer mein unschuldiger Engel bleiben. Ganz egal, wie oft ich dich gefickt habe.« Sein kalter Mund presste sich auf meine Lippen, und er schmeckte nach Meer. Mit einer Hand hielt er meinen Kopf über Wasser, damit mich seine Leidenschaft nicht überwältigte und ich unterging. Ich liebte es, wie fürsorglich er zu mir war.

»Weißt du, an was ich gerade denke?«, holte er mich aus dem tranceartigen Zustand zurück, in den mich die Wellen gewiegt hatten.

»Sag es mir!« Wollte er mir einen Heiratsantrag machen? Oder mir zumindest sagen, dass er mit mir zusammenziehen wollte?

»Könntest du mir vielleicht ein einziges Mal unter Wasser meinen Schwanz blasen? Das ist so eine irre Fantasie von mir, das stelle ich mir super intensiv vor.«

Ich war sprachlos, und Männer würde ich sicherlich niemals wirklich verstehen können.

»Nur mal ganz kurz. Ein paar Sekunden lang.«

»Länger würde ich es auch kaum aushalten. Es sei denn, du willst eine Leiche im Boot zurückpaddeln.«

»Meine Güte, bist du pragmatisch. Versuch's doch einfach mal.«

Ich liebte Pascal so sehr. Seine fordernde und freche Art. Seinen trockenen Humor. Und seine fürsorgliche Liebenswürdigkeit. Ich würde alles für ihn tun, damit er glücklich war. Also löste ich mich aus seiner Umarmung und suchte mit den Füßen nach festem Grund. Etwas Glitschiges huschte unter meinem Fuß davon, so dass ich erschrocken zusammenzuckte. Jetzt spürte ich wieder den feinen Sand unter den Füßen und war erleichtert. Allerdings nur für einen kurzen Augenblick, denn ich wollte ja eine Möglichkeit finden, meinen Liebsten unter Wasser oral zu befriedigen. Wie machte man das am besten?

»Vielleicht gehst du dabei ein wenig in die Knie, und ich dirigiere deinen Kopf!«, schlug Pascal vor. In praktischen Dingen war er mir immer ein wenig überlegen. »Du kannst natürlich auch einen Handstand im Wasser machen, und dann kann ich gleichzeitig an deiner Möse saugen«, überlegte er laut.

»Das meinst du ja wohl nicht im Ernst?« Ich bekam noch nicht mal einen Handstand auf trockenem Boden hin, geschweige denn unter Wasser.

Ohne ein weiteres Wort griff ich nach seinem Schwanz, der immer noch senkrecht nach oben stand. Sein Speer erregte mich ungemein, und ich war neugierig, wie er sich unter Wasser in meinem Mund anfühlen würde. Langsam ging ich in die Knie und fühlte, wie das Wasser erst bis zu meinem Mund ging, dann meine Augen bedeckte, und schließlich war mein ganzer Körper untergetaucht. Ich hielt die Augen geschlossen, und Pascal drückte meinen Kopf in Richtung seines Schwanzes. Ich liebte ihn so sehr, dass ich sogar bereit war, für ihn Salzwasser zu schlucken, wenn es sich nicht vermeiden ließ. Aber es war einfacher als ich dachte. Ich öffnete den Mund, und meine Lippen umschlossen seinen Schaft. Einige Male bewegte ich den Kopf vorsichtig nach vorne und wieder zurück und musste mich dabei sehr konzentrieren, dass ich kein Wasser schluckte. Es war zunächst ungewohnt, aber es funktionierte! Ich fühlte, wie sehr es ihn antörnte, dass ich mich auf dem Meeresgrund um nichts anderes kümmerte als um seine Lust. Nach kurzer Zeit hoben seine starken Arme mich wieder nach oben, und er belohnte meine aufopfernden Bemühungen mit einem leidenschaftlichen Kuss.

»Du bist genial. So was hat noch keine Frau für mich gemacht.«

Ich stöhnte in der Wanne bei der Vorstellung, wie Pascal mich anschließend im Stehen richtig heftig stieß. Mit einer Hand rieb er über meine Perle, und mit der anderen drückte er meinen Po fest an sich heran, damit das Meer sich nicht zwischen uns drängen konnte. Seine Eichel fühlte sich so prall an, als ob sie jeden Augenblick explodieren wollte.

»Komm, meine Meerjungfrau, ich will auf dich warten.« Nur mit Müh und Not brachte er diese Worte hervor, und ich fühlte, wie schwer es ihm fiel, sich noch länger zurückzuhalten. Ich war noch nicht bereit, das Wasser war zu ungewohnt für mich. Aber ich genoss seinen Höhepunkt fast genauso wie meinen eigenen. Im Gegenteil, wenn ich mich auf ihn konzentrierte, war es, als ob seine Lust sich auf mich übertrug, und dann kam ich meistens kurz nach ihm. Oder auch nicht. Ich mochte keinen Druck und genoss alles, was wir miteinander trieben.

»Komm, mein Schatz. Ich will fühlen, wie dein Sperma aus dir herausfließt«, stöhnte ich. Dieser Satz raubte ihm die letzte

Kontrolle über seinen Körper. Pascal drückte mich ganz fest an sich, vergrub sein Gesicht in meinen nassen Haaren und schrie laut auf vor Lust. Gut, dass uns keine Piraten auflauerten. Sie hätten ein leichtes Spiel mit uns gehabt!

Ich schaltete *Sinflut* einen Gang nach oben und beschleunigte das Tempo. Immer schneller glitt er über meine feuchte Muschel, und dabei drückte ich ihn jedes Mal an meine Perle, die weiter anschwoll. Schweißtropfen hatten sich auf meiner Stirn gebildet, vom Dampf des heißen Wassers und meiner eigenen Erregung. Den Nacken hatte ich nach hinten gelegt und konzentrierte mich auf die Lust zwischen meinen Schenkeln. Die Erregung breitete sich wie eine heiße Welle in meinem Körper aus. Ich bewegte mich schwerelos im Wasser, und meine Wirbelsäule bog sich wie eine Schlingpflanze in alle Richtungen. Mein Brustkorb zitterte, und meine Möse hob sich lustvoll aus dem Wasser, wie ein Goldfisch, der nach Luft schnappt. In meiner Fantasie sah ich noch ein letztes Mal die Szene mit Pascal im Meer: Während wir noch ineinander verschlungen im seichten Wasser lagen und uns treiben ließen, schweifte mein Blick zum Ufer,. Auf dem feinen Sandstrand lag eine nackte Frau, die uns die ganze Zeit beobachtet hatte. Einerseits war ich erschrocken bei dem Gedanken, dass wir bei unserem Liebesspiel eine Zuschauerin gehabt hatten. Andererseits erregte mich diese Vorstellung ungemein. Ich konnte dieser Frau genau zwischen die Beine sehen, auf ihre rasierte Möse, die sich im Sitzen leicht öffnete. Sie hatte sich auf die Unterarme gestützt, und dabei hoben sich ihre Brüste, und die Brustwarzen ragten senkrecht in die Höhe. In meiner Fantasie hatte auch Pascal nun diese sexy Strandnymphe ins Visier genommen, und sein Schwanz brauchte nur wenig Zeit, um sich zu regenerieren. Er starrte auf den nackten Körper dieser Frau und begann gleichzeitig meine Brüste zu streicheln. Zwischen uns dreien fand nun ein energetischer Austausch statt, den ich bisher noch nie erlebt hatte. Pascals Körper begehrte diese hübsche Frau, aber trotzdem wollte er sich mit mir vereinigen. Ich stellte mir vor, wie er mich fickte und der anderen Frau über die Brüste streichelte.

Sinflut raste nun auf höchster Stufe, und meine Knie begannen zu zittern, als ich ihn immer heftiger in mich hineinstieß und dabei mit der linken Hand an meinen Brustwarzen zog. Ich stellte mir vor, wie diese Unbekannte mich jetzt bei meinem Höhepunkt beobachtete. Sie spielte mit meinen Knospen und leckte dabei mit der Zungenspitze über ihre Lippen. Von dieser unbekannten Schönen geküsst zu werden und gleichzeitig auch Pascal hinter mir zu spüren, seinen Schwanz in mir zu haben … welch schamloses Vergnügen. Dieses Bild erregte mich so sehr, dass ich meinen Orgasmus nicht mehr länger zurückhalten konnte. Ich zuckte heftig, und meine Ringmuskeln zogen sich mindestens zehn Mal fest zusammen. Mein Kopf war leer und schwerelos. Als ich kam, sah ich zum ersten Mal das Gesicht dieser unbekannten Strandnymphe genau vor mir. Es war die Frau aus dem Delikatessenladen.

4. Kapitel

Ich verbrachte mehr Zeit im Bad, als ich ursprünglich eingeplant hatte, und musste mich danach beeilen. Zum Glück waren alle Meerestiere bereits vorgegart, und ich dekorierte sie einfach nur noch nett auf einer Platte. Da ich keine gute Köchin war und auch Putzen nicht zu meinen Talenten zählte, leistete ich mir einmal in der Woche einen jungen Putzmann. Nein, es war kein »Nacktputzer«, den man der besten Freundin mieten und zum Geburtstag schenken kann. Mata war ein süßer Kroate, der sich mit Jobs wie diesem sein Betriebswirtschaftsstudium finanzierte. Wenn er kam, verließ ich fluchtartig das Haus, um kein schlechtes Gewissen zu bekommen, dass er für mich auf den Knien robbte und meinen Boden wienerte. Pascal fand es unmöglich von mir, dass ich das nicht selbst tat. Immer wenn es um dieses Thema ging, wurde er ungehalten und fand mich verzogen. Pah! Ich begang eine gute Tat und ermöglichte einem jungen Mann sein Studium. Irgendwann würde er eine Reinigungsfirma aufmachen, und dann würde er einen anderen jungen Mann schicken, der Frauen wie mir zu Füßen lag. Ich glaube, es war gut, dass Pascal und ich nicht zusammenwohnten. Das hielt unsere Liebe frisch, und wir mussten nicht über so alltägliche Dinge miteinander diskutieren. Viele Beziehungen zerbrechen an Kleinigkeiten wie Barthaaren im Waschbecken, ungeleerten Mülleimern oder der Frage, wer öfters die Klorollen auswechselt. Darauf hatte ich keine Lust. Wenn ich meinen Freund sah, dann war das immer ein besonderes Vergnügen für mich, und ich freute mich jedes Mal, wenn ich ihm die Tür öffnete und in sein grinsendes Jungengesicht schaute. Er war zwar gar nicht mehr so jung mit seinen sechsunddreißig Jahren, aber seinen jugendlichen Charme hatte er sich behalten.

Hektisch lief ich in der Wohnung umher, um die letzten Vorbereitungen zu treffen. Leider war Mata vor drei Tagen hier gewesen, denn er kam jeden Freitagnachmittag. Das hieß im Klartext, dass das Waschbecken schon wieder geputzt werden musste und sich auf dem Badspiegel einige Zahnpastaspritzer angesammelt hatten. Schnell noch mal mit dem Sprühreiniger die Badewanne bearbeiten, Tampons, Zahnseide, Vaginalcreme und andere Intimartikel im Schrank verstecken und den Müll runterbringen. Und umziehen musste ich mich auch noch. Es war schon halb acht, und mir blieb bloß eine halbe Stunde, um mich fertig zu machen. Zum Glück kam Pascal niemals pünktlich. Am Anfang unserer Beziehung war mir das ziemlich auf die Nerven gegangen, aber inzwischen hatte ich mich daran gewöhnt und kalkulierte das immer in unsere Verabredung mit ein. Mir blieben also eigentlich mindestens vierzig Minuten Zeit, und das würde ich locker schaffen. Als ich das letzte Mal geschäftlich in Berlin zu tun hatte, war ich in der Mittagspause durch die Galerie Lafayette geschlendert und hatte einen Laden von Agent Provocateur entdeckt. Eigentlich gab es die Artikel nur in Hollywood und in einigen wenigen ausgesuchten Geschäften in Deutschland. Die Verkäuferin war ein wenig hochnäsig und beachtete mich zunächst nicht. Erst als ich mich für ein sündhaft teures Mieder interessierte, wurde sie freundlicher. Jede der drei Verkäuferinnen trug den gleichen platinblonden kinnlangen Bob und einen rosa Kittel, auf dem das Logo der Firma aufgestickt war. Es war schon beeindruckend, wie diese blonden Barbiepuppen auf erschreckend hohen High Heels durch den Laden tänzelten, ohne umzuknicken und sich den Fuß zu brechen. An diesem Tag war ich großzügig zu mir und verwöhnte mich statt mit Pralinen lieber mit diesem extravaganten Mieder, das meine Brüste vorteilhaft nach oben drückte. Es war aus einem seidig glänzenden Material, und ich kam mir darin so sündig schön vor wie Dita von Teese. Dazu leistete ich mir noch die passenden schwarzen Stilettos, auf denen ich es nur mit Müh und Not schaffte, mich von der Küche zum Schlafzimmer zu bewegen. Aber damit hatten diese Schuhe mit ihrem mörderisch hohen Absatz ihre Aufgabe auch schon voll und ganz erfüllt. Mit einer weichen Puderquaste verteilte ich ein wenig Reispuder auf meiner hellen Haut, und dann zog ich mir als Erstes ein paar schwarze Nylons an und befestigte sie an meinem neuen Mieder, in dem ich mich wie eine Sexgöttin fühlte. Im Stehen fühlte sich das Korsett sogar relativ bequem an, allerdings nur, solange ich nicht atmete. Hinsetzen war ziemlich schwierig und an Essen war im Augenblick überhaupt nicht zu denken. Aber sicherlich würde das Teil ein wenig nachgeben, und ein paar leckere Garnelenschwänze hatten sicherlich noch in meinem Magen Platz. Ich würde Pascal in einem edlen schwarzen Spitzenkleid empfangen; damit würde er sicherlich nicht gleich merken, welch überraschende Ausblicke sich darunter verbargen. Jetzt noch schnell ein paar Kajalstriche um meine grünen Augen malen, die Wimpern kräftig tuschen und die Lippen mit einem bräunlichen Konturenstift nachziehen. Dann ein wenig roten Lipgloss auftragen, und schon war die Verwandlung in eine Femme Fatale perfekt. Ich begutachtete mein Kunstwerk im Spiegel und war zufrieden. Schnell tupfte ich noch einige Spritzer L'Eau d'Issey zwischen meine Schenkel und auf den Brustansatz. Ich liebte diesen Duft; die Mischung aus Veilchen und Rose erinnerte mich immer an einen sonnigen Frühlingstag im Garten der Villa, in der ich eines Tages wohnen würde.

Es war nun kurz nach acht, und Pascal würde sicherlich bald

hier eintreffen. Obwohl wir uns nun schon seit fast zwei Jahren kannten, war ich immer noch ein klein wenig aufgeregt, wenn er zu Besuch kam. So eilig, wie es mir meine High Heels erlaubten, stöckelte ich in die Küche, um die Sektflöten für den eisgekühlten Champagner bereitzustellen. Den Hummer hatte ich zusammen mit den Garnelen und den Muscheln auf einer silbernen Platte angerichtet. Jetzt musste ich nur noch die Kerzen anzünden. Romantik pur! Bei dem Gedanken uns unser leckeres Essen lief mir das Wasser im Mund zusammen. Um Viertel nach acht schellte es endlich an der Tür.

»Hey, du siehst ja klasse aus«, strahlte Pascal mich an, als er mir einen Kuss gab und wohlwollend mein enges Kleid betrachtete, in dem mein Po ziemlich vorteilhaft zur Geltung kam. Die Korsage verschaffte mir eine perfekte Eieruhr-Figur, und ich fühlte mich dadurch ziemlich sexy.

»Komm herein, Schatz«, sagte ich und nahm ihm seine schwere Lederjacke ab.

»Wow, gibt es hier was zu feiern? Hab ich unseren Kennenlerntag vergessen? Oder wieso sieht es so festlich bei dir aus? Und ich Trottel hab noch nicht mal an Blumen gedacht.« Pascal fühlte sich bereits schuldig, obwohl er überhaupt nichts Schlimmes getan hatte.

»Jetzt komm erst mal rein und stoß mit mir an. Es gibt immer was zu feiern, wenn du hier bist.« Ich reichte ihm die Flasche Schampus. Korkenknallen war Männersache, fand ich. Ich hielt ihm die beiden Gläser hin, und er goss uns ein.

»Prost, meine Meerjungfrau! Jetzt verrate mir aber, was es zu feiern gibt«, drängte Pascal.

»Eigentlich nichts Besonderes. Einfach nur, dass ich dich über alle Maßen liebe.« Ich küsste ihn auf seine sinnlich geschwungenen Lippen, die ihn so weich und verletzlich wirken ließen. Sie waren ein sehr reizvoller Kontrast zu seiner manchmal etwas dominanten männlichen Art, mit Menschen umzugehen. »Ich bin einfach glücklich mit dir und immer noch schrecklich scharf auf dich. Ich habe es vorhin im Bad kaum ausgehalten.«

»Du meinst, du bist mit *Sinflut* fremdgegangen?« Pascal zog mich an sich heran und starrte frech in mein tiefes Dekolleté.

»Aber er ist mein bester Freund, das musst du doch verstehen«, erwiderte ich betont unschuldig.

»Was hast du denn unter deinem Kleid an?« Pascal hatte die Hände auf meine Taille gelegt, und jetzt fühlte er natürlich mein neues Mieder.

»Lass das!« Ich schlug ihm mit gespielter Strenge auf die Finger. »Das ist für später.« Ich wollte diese Überraschung noch ein wenig hinauszögern und seine Fantasie anregen.

»So, jetzt wird gegessen!«

»Alles, was auf den Tisch kommt?« Pascal drängte mich an den Tisch und setzte mich auf die frisch gestärkte Tischdecke. Dann kniete er vor mir und vergrub den Kopf unter meinem Kleid. Ich stöhnte, als seine Zunge über die Innenseite meiner Schenkel nach oben leckte. Mit den Händen stützte ich mich zwischen den Garnelenschwänzen und der Hummersoße ab und legte den Kopf leicht in den Nacken. Mit beiden Händen faltete Pascal die zarte Haut meiner Muschel auseinander und leckte mich wie ein hungriger Wolf. Übermütig versenkte er die Zunge ganz tief in mich und erkundete damit das Innere meiner Auster. Leider war seine Zunge nicht lang genug, um meinen G-Punkt zu berühren, dafür würde er seinen Finger nehmen müssen. Und als ob er Gedanken lesen könnte, fühlte ich Pascals Mittelfinger in mich eintauchen. Tastend bewegte er sich von innen in Richtung Bauchnabel, bis er auf eine raue Stelle stieß und dort einen Augenblick genüsslich verweilte. Seine Zunge wanderte indessen zu meiner Perle, die sicherlich inzwischen um das Fünffache ihrer normalen Größe angeschwollen war. Ich hatte solche Lust auf Pascal. Wie schaffte er das bloß, dass ich immer noch so verrückt nach ihm war? Seine Lippen umspannten meine Perle, und er saugte daran, bis ich fürchtete, sofort in seinem Mund zu explodieren. Aber er kannte mich zu gut, und kurz darauf hörte er wieder auf und leckte etwas sanfter über meinen Venushügel. Gleichzeitig verstärkte sich der Druck in meiner Vagina, und mein Lustpunkt wurde durch seinen Finger sanft gereizt. Alle Nervenenden in meinem Unterleib fühlten sich zum Zerreißen gespannt an, und die verschiedensten sinnlichen Eindrücke pulsierten durch meinen Körper. Es war, als ob ich zwischen dem Inneren meiner Muschel und dem äußeren Reiz auf meiner angeschwollenen Perle keinen Unterschied mehr verspürte. Der lustvolle Druck war kaum mehr auszuhalten. So als ob der Vesuv sich entschlossen hätte, erneut zu explodieren und seinen heißen Saft hinauszuschleudern. Meine Oberschenkel spannten sich an; Pascal hatte sie auf seinen Schultern abgestützt. Meine hauchdünnen Nylons rieben an seinem Hals, und ich presste die Schenkel etwas zusammen, so dass mein Liebster unter dem Druck leicht erzitterte. Dann zog ihn noch ein klein wenig näher an mich heran. Er sollte mich verschlingen und sich das zarte Fleisch meiner Auster genüsslich auf der Zunge zergehen lassen. Und wie eine sprudelnde Quelle wollte ich mich in ihm ergießen. Gleich würde ich mich nicht mehr länger zurückhalten können. Mein Liebessaft drängte bereits danach, sich über seinem Gesicht zu verströmen. Mit der rechten Hand suchte ich nach seinen Haaren. Zog daran. *Komm noch näher. Enger. Ich will von dir verschlungen werden …*

Keuchend lag ich in seinen Armen. Er war sachte unter meinem Rock hervorgekrochen und wiegte meinen Kopf an seiner Brust. Sanft strich er eine feuchte Haarsträhne aus meinem Gesicht und küsste meine heiße Stirn, die sich nach den explosionsartigen Zuckungen meiner Möse erst wieder abkühlen musste. Sein Herzschlag ging ganz schnell, wie ein Marathonläufer, der zum Endspurt ansetzte. Dabei war mein Schatz noch nicht einmal in die Zielgerade eingelaufen. Zumindest nicht, was seinen eigenen Höhepunkt anbelangte.

»Wie geht es dir, meine kleine Meerjungfrau?«, flüsterte er mir ins Ohr.

»Du bist wie ein unerschrockener Pirat auf hoher See«, lachte ich leise und rieb die Nase an seinen Hals.

»Du weißt, wie mutig ich sein kann. Kein Sturm kann mich davon abhalten, in die Südsee abzutauchen und nach deiner kostbaren Perle zu suchen.«

»Wie süß du bist. Und dabei hab ich dich ganz nass gemacht.« Ich schnüffelte an seinem Gesicht und roch meinen Liebessaft an seiner Haut. Eine Mischung aus Moschus … und auch ein wenig salzig. Wie ich wohl schmeckte? Es war ungewohnt, über seine Lippen zu lecken und den Geschmack meiner Auster im Mund zu haben. Aber gleichzeitig war es auch ein Ausdruck großer Intimität. Nichts störte uns aneinander. Er schien meine Gedanken zu erraten.

»Ich mag den Geschmack deiner Möse. Du riechst so animalisch nach Raubkatze.«

»Puma, Tiger oder Panther?« Ich wollte es genau wissen.

»Hmm … ich hatte an einen Leoparden gedacht. Diese grazilen, geschmeidigen Katzen.« Pascal biss spielerisch in meine Lippen, wie ein junges Raubtier, das sich balgen wollte.

»Mit diesem Vergleich kann ich leben.« Ich fühlte mich geschmeichelt. So lange er mich nicht mit einer Giraffe verglich … Dieses seltsame Kompliment musste meine Freundin Melanie von ihrem letzten Freund Peter über sich ergehen lassen. Melanie hatte zugegebenermaßen einen ziemlich langen schlanken Hals. Trotzdem war dieses Kompliment unpassend, genauso wie Peter, den sie kurze Zeit später abserviert hatte.

»Du hast sicherlich jetzt Hunger.« Pascal griff nach einem

dieser köstlichen Garnelenschwänze, tunkte ihn in die senffarbene Currysoße und bestrich damit meine Lippen.

»Nach dieser köstlichen Vorspeise habe ich Appetit bekommen.« Ich öffnete den Mund und leckte über den saftigen Schwanz, der über meinem Gesicht baumelte.

»Schmeckt es dir?«, fragte Pascal anzüglich und küsste ein wenig Senfsoße von meinen Lippen.

»Richtig scharf, so wie ich es mag«, gurrte ich. Meine Zähne griffen nach dem pinkfarbenen Fleisch; widerstandslos ergab sich dieses leckere Krustentier meiner Gier. Der Geschmack von salziger Tiefsee und süßem Curry verschmolz in meinem Mund, und ich leckte anschließend meine Lippen, um keinen Tropfen dieser cremigen Soße zu verschwenden.

»Möchtest du nicht auch mal kosten?«, bot ich Pascal an und fischte eine Auster von dem silbernen Tablett, auf dem ich sie mit Zitronenscheiben dekoriert hatte. Ich träufelte einige Tropfen Zitronensaft auf das Muschelfleisch und hielt es Pascal vor den Mund. Er spitzte die Lippen und schloss genießerisch die Augen, als er den kostbaren Inhalt der Auster aufsog.

»Du verwöhnst mich so. Wie habe ich das bloß verdient?«, scherzte er.

»Du bist unbezahlbar, das weißt du doch.« Ich drückte ihm einen zärtlichen Kuss auf die Nasenspitze. »Wenn ich einen Callboy angeheuert hätte für so einen Höhepunkt, wie du ihn mir eben verschafft hast … das würde mich einiges mehr kosten und wäre lange nicht so gut.« Ich nickte bestätigend und lächelte ihn dabei an. Natürlich ärgerte ihn die Vorstellung, dass ich auch nur einen Gedanken an einen anderen Mann verschwenden könnte. Aber er wusste ja, dass ich ihm absolut treu war. Zumindest vermutete er es. So ganz sicher kann man sich der Treue eines anderen Menschen nie sein. Ein gewisses Restrisiko bleibt immer, und das gibt einer Beziehung auch die Würze, ohne die sie schal und langweilig werden würde. Zu sicher darf man sich nie fühlen. Sonst vergeht der Reiz der Eroberung.

»So sieht das also aus? Du hast Lust auf einen Callboy?« Pascal kräuselte die Nasenwurzel ein wenig, wie immer, wenn er eifersüchtig war.

»Natürlich nicht, das war doch bloß ein Scherz. Ich würde niemals so einen knackigen Mann finden wie dich.«

»Und wenn doch? Würdest du ihn dann mal ausprobieren wollen? Immerhin kennen wir uns ja nun schon seit einiger Zeit, und vielleicht wird es dir mit mir langweilig?«

»Ich bekomme doch niemals genug von dir, mein Tiger«, scherzte ich. »Du machst mich einfach mehr an als irgendein anderer Mann vor dir. Oder auch danach. Ich kann mir einfach niemanden außer dir vorstellen.«

»Echt?«

»Ich schwöre es, beim Schwanz dieser Garnele!« Feierlich hielt ich das leckere Tierchen an seinem krustigen Schwanz nach oben und fütterte meinen Liebsten damit. Diesmal hatte ich eine Garnele in Dillsoße erwischt, aber sie schmeckte anscheinend ebenso gut.

»Köstlich!« Pascal geriet ins Schwärmen. »Aber du sollst auch nicht verhungern. Komm her, meine Meerjungfrau.«

Pascal griff zu dem halbierten Hummer, zerteilte etwas von dem weißen Fleisch und stopfte mir die leckere Delikatesse in den Mund. Den Finger tauchte er in das Feigendressing und steckte ihn mir anschließend in den Mund. Das Hummerfleisch schmeckte anders als die Garnelen. Viel weicher. Ich saß immer noch auf dem Tisch, allerdings fand ich es inzwischen ein wenig anstrengend und wollte mich lieber auf einem Stuhl anlehnen. Außerdem hatte ich einen Bärenhunger, und diese kleinen Häppchen waren zwar sehr sinnlich, aber es würde Stunden dauern, um davon satt zu werden. Ich stellte beide Füße auf den Boden und zupfte mein Kleid glatt.

»Sind wir schon fertig mit unserem Pas de deux?«, fragte Pascal.

»Keinesfalls. Wir haben erst die Vorspeise zu uns genommen, mein Schatz. Lass uns für den Hauptgang einfach die Stellung wechseln, dann wird die Nachspeise dafür umso süßer und aufregender werden.« Für das Dessert hatte ich mir etwas Besonderes ausgedacht, aber das verriet ich ihm natürlich noch nicht. Wir setzten uns gegenüber an den Tisch und bedienten uns an all den Köstlichkeiten, die ich für uns erstanden hatte.

»Schenkst du uns Champagner nach?« Ich drückte Pascal die teure Flasche in die Hand, und er schaffte es, ihn in unsere Gläser zu gießen, ohne einen Tropfen zu verschwenden. Mir imponierte es, wenn ein Mann sich wie ein Gentleman zu benehmen wusste.

»Worauf stoßen wir jetzt an?«, fragte ich Pascal, als er das Glas auf uns hob und mir dabei in die Augen sah.

»Was schlägst du vor?«

»Hmm …« Pascal dachte einen Augenblick nach und lächelte dann. »Ich finde, wir sollten darauf anstoßen, dass wir uns niemals miteinander langweilen. Ich finde, das ist durchaus bemerkenswert.« Die Gläser klirrten, und ich trank einen kleinen Schluck. Dann zog ich meinen Freund nah an mich heran und küsste ihn auf den Mund, so dass mein Champagner in ihn hineinfloss und ich im Gegenzug von seinem Schluck trinken konnte. Alles vermischte sich in unseren Mündern. Unser Speichel, der Champagner, und dieser ganz besondere Liebessaft, der im Mund entsteht, wenn man erregt ist. Das alles verschmolz zu einer Mischung von sinnlicher Lust. Wenn einem an dem Partner alles gefällt und man alle Körpersäfte von ihm aufnehmen möchte, dann ist das ein Zeichen tiefer Liebe. Es gab nur wenige Männer im Leben, bei denen ich mich so hemmungslos gefühlt hatte. Pascal war einer von ihnen, und ich wollte mir nicht vorstellen, dass es jemals anders werden könnte zwischen uns.

Ich belegte ein Blini mit etwas russischem Kaviar und schob diesen Leckerbissen meinem Liebsten in den Mund.

»Wie lecker. Diese Fischeier zergehen einem auf der Zunge, und der Kaviar schmeckt nicht mal besonders intensiv nach Fisch, sondern hat eher ein weiches Aroma. Das prickelt auf der Zunge. Kleine Blasen, die zwischen den Zähnen zerplatzen. Plopp! Und schon breitet sich ein zart salziger Geschmack im Mund aus.«

»Wie war eigentlich dein Tag heute, mein Schatz? Hattest du Stress?«

»Ach, geht so. Ich brauche wohl eine neue Sekretärin. Frau Jänisch ist schwanger; wahrscheinlich wird sie eine längere Pause machen wollen, wenn das Kind erst mal auf der Welt ist. Sie hat einen reichen Mann geheiratet, er hat ein Suppenimperium gegründet, und in allen größeren Städten gibt es inzwischen kleine Imbissstuben mit hausgemachten Kürbis-Currysuppen, Linseneintöpfen mit Tofu und Bio-Kohlsuppen zum Entgiften.«

»Dann weiß ich ja, wohin du mich demnächst zum Essen einladen wirst«, lachte ich. »Du musst wohl bald eine Anzeige aufgeben. Wonach suchst du denn?«

Pascal grinste und spießte ein Apfelstückchen aus dem Waldorfsalat auf seine Gabel. »Oh, ich hab da durchaus konkrete Vorstellungen. Blond sollte sie sein, BH-Größe 80 C wäre nicht schlecht und auf dem Bewerbungsfoto am besten im Bikini. Das wär's doch.«

»Du bist ja ein ganz schöner Macho!« Ich wusste natürlich, dass Pascal Frauen immer respektvoll behandelte, auch wenn er ab und zu seine Scherze machte, aber insgeheim wünschte er sich vielleicht wirklich so eine Sexbombe. »Weißt du was? Wenn du wirklich so einen Vamp in deinem Vorzimmer sitzen hättest, dann wärst du viel zu abgelenkt, um konzentriert arbeiten zu können.«

»Weißt du was? Du bist wirklich sehr klug, mein Engel.« Pascal hatte sichtlich seinen Spaß an meiner Eifersüchtelei. »Ich würde innerhalb kürzester Zeit wahrscheinlich bankrottgehen, und das wäre nicht gut für mich. Wie recht du hast! Ich sollte dich vielleicht als Personalchefin einstellen. Was meinst du?«

In Gedanken suchte ich bereits die passende Sekretärin für Pascal aus. Am besten eine etwas reifere Dame Mitte fünfzig, die bereits mehrfach verheiratet war und sich nach etlichen Fehlschlägen in Sache Liebe auf Frauen spezialisiert hatte. Außerdem müsste sie noch ein wenig männlich wirken – darauf stand Pascal nämlich überhaupt nicht –, und auf keinen Fall sollte sie sportlich sein. Ein Paar Dellen in den Oberschenkeln, einige Kilos zu viel auf der Waage – das wäre genau die Frau, die ich für ihn aussuchen würde. Sarah, wie bist du gemein!, schalt ich mich. Manchmal war ich wirklich kein sehr netter Mensch, und ich wusste, dass meine größte Schwäche in meiner Eifersucht lag.

»Und du? Was war bei dir heute los? Hast du all deinen Kollegen von unserem Wochenende erzählt?« Pascal nahm meine Hand und küsste sie wie ein galanter Schlossherr.

»Ach, nur ein klein wenig. Was wir erlebt haben, kann man sowieso niemandem erzählen. Dazu war das alles zu intim und seltsam.«

»Jetzt sag schon, wie war es heute für dich? Hattest du Stress?« Pascal und ich redeten immer viel. Wie es ihm ging, was ich so erlebt hatte und was uns gerade an diesem Tag beschäftigte. Das war etwas ganz Besonderes zwischen uns, und uns wurde niemals langweilig, dem anderen zuzuhören.

»Ja, du hast Recht. Ich hatte ein wenig Stress heute.«

»Siehst du, das habe ich mir gedacht.« Pascal nahm meine Hand und hielt sie einfach nur eine Weile ganz fest. Ich fühlte seine Wärme und wie sich meine Finger entspannten und in seinem Händedruck weich wurden wie Kuchenteig.

»Weißt du, als ich vorhin nach Hause kam, hatte ich einen Anruf von meinem Chef auf dem Anrufbantworter. Er wollte unbedingt, dass ich morgen zur Konferenz das Thema für die erste Erotiksendung vorstelle. Ich war die ganze Zeit davon ausgegangen, dass wir das gemeinsam entwickeln würden, und deshalb hatte ich mir nicht so viel Gedanken darüber gemacht. Aber jetzt bin ich schon ein wenig nervös.« Meine Hände begannen bei diesem Gedanken leicht zu schwitzen; am liebsten hätte ich sie Pascal wieder entzogen. Aber ihm schien das nichts auszumachen.

»Ganz ruhig, Kleines. Ich bin sicher, dass deine Idee grandios sein wird. Seit ich dich kenne, hast du immer kreative Einfälle gehabt.«

»Aber darin genau liegt das Problem«, flüsterte ich kleinlaut.

»Wie meinst du das?« Pascal sah mich argwöhnisch an. »Du hast deine Idee doch sicherlich haargenau und in allen Einzelheiten aufgeschrieben, um sie morgen bei der Konferenz präsentieren zu können.«

»Das genau ist das Problem!« Ich hatte keine Lust, länger um den heißen Brei herumzureden. »Ich habe keine Idee für die erste Sendung. Niente. Nada. Zero!«

Jetzt war Pascal in der Tat sprachlos. So etwas kannte er nicht von mir, denn meine Präsentationen standen normalerweise immer schon Wochen vor meinem Termin. Ich gehörte zu den Frauen, die drei Stunden zu früh am Flughafen erscheinen, weil sie ständig Angst haben, den Flieger zu verpassen. Dass ich auf den letzten Drücker mit einer Aufgabe noch zu Gange war, kam eher selten vor. Und dass ich für eine Konferenz nicht vorbereitet war, war bisher noch nie vorgekommen. Vielleicht war es wirklich ein Missverständnis gewesen, und ich hatte mich auf meinen Chef und meine Kollegen verlassen. Aber tief in meinem Innern wusste ich, dass ich einfach schreckliche Angst vor dieser Sendung hatte, mit der ich mich komplett überfordert fühlte. Was hatte ich sexuell denn schon großartig zu bieten? Ja, ich hatte ein aufregendes erotisches Leben und einige Jahre Erfahrung, aber hatte ich das Zeug zu einer Sexpertin? Da war ich mir einfach unsicher. Ich war ja schon überrascht, wenn mir unsere biedere Melanie von ihrem Telefonsex im Büro berichtete. Ich hatte im Grunde nicht mehr Erfahrung als meine Freundinnen oder alle anderen Frauen in dieser Straße, und ich schämte mich dafür, dass ich nicht früher Nein gesagt hatte. Auf einmal hatte ich das Gefühl, eine Aufschneiderin zu sein, und ich hatte keine Ahnung, was ich morgen auf der Konferenz erzählen sollte. Vor einigen Stunden, als ich das Band abgehört hatte, war ich noch zuversichtlich gewesen … aber jetzt? Ich fühlte mich wie eine Novizin, die zum ersten Mal im Kloster das Tischgebet sprechen sollte.

»Hey, Schatz, was ist denn auf einmal mit dir los?« Pascal schien ehrlich besorgt um mich zu sein. Er zog mich zu sich heran, und ich legte wie so oft mein Ohr auf seinen Brustkorb. Sein gleichmäßiger Herzschlag hatte eine beruhigende Wirkung auf mich.

»Ich weiß nicht«, schluchzte ich auf einmal los. »Irgendwie wächst mir diese Sendung über den Kopf. Ich hätte sie niemals annehmen dürfen.«

»Wenn eine Frau das Zeug für so eine Sendung hat, dann bist das du, mein Schatz. Ich kenne keine Frau, die so mutig für ihre Ideen eintritt und sich nicht scheut, über alle Themen der Welt zu diskutieren. Dir ist nichts peinlich! Sollen Frauen sich die Brüste vergrößern lassen? Darf man als Frau in einer Bar einen anderen Mann ansprechen und ihm einen Heiratsantrag machen? Muss man seinem One-Nigh-Stand ein Frühstück ans Bett bringen? Welche andere Frau würde sich schon wagen, solche heiklen und auch süffisanten Themen anzusprechen? Ich wüsste keine!«

Ich fand es sehr rührend, wie Pascal versuchte, mich aufzumuntern. Leider half mir das im Augenblick nicht besonders weiter, und ich wusste immer noch nicht, was ich den Herren in der Konferenz erzählen sollte. Da ich nach wie vor stumm blieb, dämmerte es Pascal inzwischen, dass ich wirklich in einer Krise steckte, und er versuchte mir aus dieser Situation herauszuhelfen.

»Stellen wir uns also vor, dass eine halbe Million Zuschauer vor dem Fernseher sitzen und einen geheimen Wunsch haben, worum es in der Sendung geht. Woran würden diese Menschen deiner Meinung nach vor der Sendung denken? Irgendwelche Vorstellungen hat doch jeder, wenn er sich etwas im Fernsehen ansieht.«

»Da hast du aber eine hohe Meinung von unseren Zuschauern«, lachte ich amüsiert. »Der größte Teil von ihnen will, dass wir uns Fantasien für sie ausdenken. Sie selbst haben schon vor langer Zeit aufgehört zu träumen.«

»Sei nicht so pessimistisch. Das glaub ich dir einfach nicht. Wenn sich ein Mann eine erotische Sendung ansieht, dann hat er auch ganz bestimmte Zielvorstellungen. Dazu bin ich zu sehr Mann, das weiß ich einfach.« Inzwischen war ich neugierig geworden. Vielleicht verhalf mir Pascal heute Abend ja doch noch zu einer Idee.

»Dann erzähl mir bitte, welche Hoffnungen, Wünsche oder Sehnsüchte du mit der Sendung *Böse Mädchen kommen überall* verbinden würdest.« Ich trank noch einen Schluck von dem prickelnden Champagner, der augenblicklich meine Lebensgeister mit kreativen Impulsen durchströmte.

»Wenn ich mir eine erotische Sendung ansehen würde – und ich glaube, damit spreche ich für viele andere Männer –, dann würde ich gern etwas sehen, was ich mit meiner Partnerin ausprobieren könnte. Oder zumindest in meiner Vorstellung mit einer Frau meiner Träume. Ich hätte da einige Fantasien, die mich anmachen würden.« Pascal machte ein geheimnisvolles Gesicht, und ich war einen Augenblick lang ziemlich überrascht. Kannte ich den Mann an meiner Seite wirklich? Oder machte ich mir etwas vor und lebte nur neben einem Abbild, das ich mir von meinem Partner gemacht hatte? Allerdings war ich ziemlich neugierig geworden, welche geheimen Wünsche und Sehnsüchte sich in diesem Mann verbargen. Vielleicht war das wirklich der Weg herauszufinden, was auch andere Menschen sich wünschten, indem man zunächst bei sich selbst anfing. So hatte ich das vorher noch nie betrachtet, und die Sache mit der Sendung machte mir auf einmal wieder Spaß.

»Du meinst, wir sollten erst mal bei uns anfangen und herausfinden, was uns anmachen würde, und das könnte dann auch andere interessieren und mit ihren eigenen geheimsten Wünschen in Zusammenhang stehen? Das ist in der Tat eine interessante Vorstellung.«

Aber wollte ich es wirklich so genau wissen, was im Kopf meines Liebsten vor sich ging? Auf einmal bekam ich ein wenig Angst vor unserer Courage. Wenn einmal etwas zwischen einem Paar ausgesprochen war, dann konnte man es niemals mehr vergessen. Vielleicht würde Pascal mir etwas sagen, was mich verletzen könnte, und dann hätte unsere Liebe einen Bruch. Ich überlegte, was mich wohl traurig stimmen könnte an seinen Fantasien. Vielleicht würde er mir eröffnen, dass er schwul sei. Das fände ich zum Beispiel äußerst bedauerlich. Ich erinnerte mich an einen Artikel in der Cosmopolitan, in der genau diese »Beichte« zum Thema gemacht worden war. Aber andererseits, nein, das konnte ich mir wirklich nicht vorstellen, dass mein Liebster einen männlichen Po meinen sinnlichen Rundungen vorziehen würde. Dazu mochte er meine weichen Brüste zu sehr. Was mochte es sonst noch sein, das mich beunruhigen könnte? Vielleicht würde er mir eröffnen, dass er mich im Wald an einen Baum fesseln wollte, um sich dann bei Vollmond an mir zu vergehen? Bei diesem Gedanken spürte ich sofort ein bekanntes Kribbeln im Unterleib – ein sicheres Zeichen dafür, dass mich die Vorstellung erregte. Also konnte mir auch diese Fantasie keinen Schrecken einjagen. Am besten, ich ließ alles ganz gelassen auf mich zukommen und blieb einfach neugierig. Denn es ging sowieso um nichts anderes: neugierig zu bleiben und sich immer wieder im Leben mit neuen Herausforderungen auseinanderzusetzen. Schließlich wächst der Mensch an seinen Aufgaben, wie meine Oma immer sagte, dabei stundenlang an ihrer Stickerei saß und mit winzigen Stichen einen ganzen Frühlingsstrauß auf eine Tischdecke zauberte … Auf einmal hatte ich eine Idee!

»Weißt du, was mir gerade einfällt?« Meine Stimme überschlug sich fast vor Aufregung. Ich hatte des Rätsels Lösung gefunden.

»Schieß los. Soll ich mich nackt vor dir ausziehen, damit du mich nach allen Regeln der Liebeskunst verführen kannst?«

»Später!«, winkte ich ab. »Erst mal starten wir ein ganz besonderes Experiment. Ich muss dazu nur noch Papier und Stifte holen.« Und eilig war ich an den Schreibtisch im Nebenzimmer gestöckelt, so gut das in meinem engen Kleid ging. Mit zwei leeren Blättern Papier und zwei blauen Kulis kam ich aufgeregt wieder zurück.

»Jetzt bin ich aber neugierig«, zwinkerte mein Schatz. »Willst du von mir eine Aktzeichnung anfertigen? Also hatte ich doch recht mit dem Ausziehen.« Pascal begann bereits sein Hemd zu öffnen, und ich starrte wie gebannt auf seine herrlichen Brustmuskeln, die er täglich im Fitnessstudio trainierte. Was für ein Traum von einem Mann. Ob andere Frauen das auch fanden? Mit Sicherheit war ich nicht die Einzige, der dieser gut trainierte Körper auffiel. Egal. Ich wollte mich jetzt auf unser Experiment konzentrieren.

»Wir werden ein kleines Spiel machen. Es heißt ›Ich weiß

etwas, was du nicht weißt‹.« Ich schaute Pascal erwartungsvoll an; anscheinend hatte ich seine Neugierde geweckt.

»Ich weiß etwas, was du nicht weißt?«, wiederholte er wie ein Papagei. »Was soll das denn heißen? Ich dachte, wir haben keine Geheimnisse voreinander. Oder doch?« Auf einmal war er misstrauisch geworden, wie mir schien, und ich wollte die schöne Stimmung zwischen uns auf keinen Fall verderben.

»Ach was. Natürlich habe ich keine Geheimnisse vor dir. Außer vielleicht … einige klitzekleine. Du weißt doch, dass kein Paar alles voneinander weiß. Das wäre ja todlangweilig. Oder weißt du, woran ich denke, wenn ich mir morgens die Zähne putze?«

»An mich?«, vermutete Pascal. »Daran, wie ich dich als Erstes morgens geküsst habe?«

»Siehst du. Ganz falsch. Wenn ich meine Zähne putze, denke ich meistens daran, was ich heute im Sender anziehen werde. In Gedanken geh ich dann meine Garderobe durch und stelle mir genau vor, wem ich begegnen werde und welchen Eindruck ich mit meiner Garderobe machen möchte.«

Pascal setzte ein enttäuschtes Gesicht auf. »Och. Schade!«

»Nein, ich habe ein ganz anderes Spiel mit dir im Sinn. Obwohl ich zugeben muss, dass die Idee mit der Aktzeichnung auch ziemlich erotisch wäre.« Pascal nickte heftig und begann in gespielter Eiligkeit sein Hemd weiter aufzuknöpfen. Ich musste ihm auf die Finger hauen, damit er damit aufhörte und sich wieder auf mich konzentrierte.

»Was hältst du von folgender Idee: Jeder von uns schreibt auf einen Zettel fünf Fantasien auf, die er schon immer einmal ausprobieren wollte. Und dann vergleichen wir. Falls wir eine Fantasie gemeinsam haben … Bingo! Dann werden wir sie ausprobieren, und das könnte dann auch das Thema der Sendung werden. Dann heißt das zumindest, dass diese Fantasie heiß ist und wahrscheinlich in den Köpfen vieler Menschen herumschwirrt.« Ich war ganz stolz auf meine Idee und wartete auf Zustimmung. Aber Pascal war zunächst erstmal nur sprachlos. Das erstaunte mich, und ich fragte mich, wieso er nichts sagte. Hatte er so viele Fantasien im Kopf, dass er nicht wusste, wo er anfangen sollte? Erschreckte ihn die Vorstellung, mir Einblick in die Geheimnisse seiner sündigen Seele zu gewähren, weil er sich verbotene Dinge wünschte, die er keinem Menschen sagen konnte? Vielleicht träumte er von Sex mit Rebhühnern? Oder wollte, dass wir es in einem Schlangenkäfig miteinander trieben? Hilfe! Wahrscheinlich hatte ich die Büchse der Pandora geöffnet, und jetzt würde mich dieser Fluch bis ans Ende meiner Tage verfolgen. Schließlich schaffte Pascal es doch noch, den Mund zu öffnen.

»Wie kommst du auf so eine geniale Idee! Wie viele Blätter zum Ausfüllen stehen mir zur Verfügung? Darf ich meine Fantasien auch in allen Einzelheiten aufschreiben?« Pascal war offensichtlich richtig begeistert. »Ich finde das klasse. Her mit dem Stift!«

Wir setzten uns jeder in eine andere Ecke des Zimmers, damit wir in Ruhe nachdenken konnten. Ich hatte eine Tangomusik von Astor Piazzolla aufgelegt, um die leidenschaftliche Stimmung noch zu steigern. So genau hatte ich eigentlich noch nie darüber nachgedacht, was ich an erotischen Abenteuern erleben wollte. Eigentlich war mein Liebesleben bisher mehr als zufriedenstellend verlaufen, und ich musste zugeben, dass ich sogar Kuschelsex liebte. Im Bett den Partner in der Löffelchenstellung hinter mir zu spüren, machte mich ziemlich an. Und ein entspannter Quickie vor dem Einschlafen sorgte für aufregende Traumsequenzen. Ich würde gern mal wieder Urlaub machen mit Pascal. Unser Thailand-Urlaub war so erholsam gewesen, und so überlegte ich listig, wie ich eine erotische Fantasie mit Urlaub verbinden könnte. Irgendein besonderer Aufhänger musste in der Fantasie eine Rolle spielen … etwas, das man nur in exotischen Ländern erleben konnte. Vielleicht einen Höhepunkt auf einem Vulkan? Der müsste natürlich erloschen sein, das war klar. Auf Lombok in der Nähe von Bali gab es den Vulkan Rinjani, der sehr idyllisch über einem tiefgrünen Bergsee aufragte. Ich hatte Fotos davon in Reisekatalogen gesehen. Gut! Meine erste Fantasie lautete also: Sex auf dem Vulkan! Wahrscheinlich würde ich allerdings mit meiner Fantasie allein dastehen, denn ich glaubte kaum, dass sich außer mir irgendjemand so etwas ausdenken konnte. Die anderen Fantasien ließen auch nicht lange auf sich warten, und ich war erstaunt, wie viel mir zu diesem Thema einfiel. Mein Kopfkino fing an, verrückt zu spielen. Was ich da im Geiste vor mir sah, fand ich so scharf, dass ich mich fast dafür schämte. So etwas hatte ich noch nie gemacht. Sollte ich diese Fantasie wirklich aufschreiben? Ich könnte damit schlafende Hunde wecken und eine Lawine der Begierde ins Rollen bringen, über die ich anschließend keine Kontrolle mehr hätte. Sollte ich das wirklich wagen? Andererseits könnte ein solches Abenteuer auch ein unvergessliches Erlebnis werden – so wie unser Blind Dinner im Schloss.

»Bist du fertig?«, rief Pascal vom Sofa aus und winkte mich zu sich. »Hier, trink einen Schluck Schampus, bevor ich dir meine Liste vorlese«, lachte Pascal und reichte mir sein Glas. Ich nippte daran und überlegte mir, ob er auf diese Weise andeuten wollte, dass ich seine Fantasien nur im leicht beschwipsten Zustand ertragen würde.

»Du darfst zuerst vorlesen, wenn du magst«, bot Pascal mir an. Ich hatte mir noch keine Gedanken gemacht, wie wir uns gegenseitig unsere intimsten Geheimnisse mitteilen sollten.

»Nach dir. Ich lass dir den Vortritt.« Auf gar keinen Fall wollte ich mich zuerst vor ihm bloßstellen. Ich würde erst mal abwarten, was Pascal sich so ausgedacht hatte. Schlimmstenfalls könnte ich meinen Zettel verbrennen, wenn mich der Mut verließ; vorsichtshalber schaute ich nach der brennenden Kerze auf dem Tisch. Oder ich könnte mir meine Fantasien in den Mund stopfen und aufessen. Das ginge zur Not auch, wenn ich nicht schnell genug zum Tisch rennen konnte, um an das rettende Feuer zu gelangen. Mach dich mal locker, schalt ich mich innerlich. Wahrscheinlich waren meine Ideen sowieso ziemlich harmlos im Vergleich zu dem, was ich nun von meinem Geliebten erfahren würde.

»Schieß los!«, feuerte ich Pascal an, denn inzwischen war ich richtig neugierig auf das, was auf seinem Zettel stand.

»Na gut, dann bin ich einfach mal mutig und verrate dir meinen ersten Wunsch. Allerdings weiß ich nicht, ob du ihn ebenso interessant finden wirst wie ich.« Pascal hielt inne und schaute mir fest in die Augen. »Ich würde dir gerne mal zusehen, wie du dich mit deinem Vibrator vergnügst. Du erzählst mir immer davon, aber wenn ich da bin, hat er nicht viel zu sagen. Dabei ist er dein bester Freund und hat dir schon so viele wunderschöne Stunden beschert. Ich würde gern mal dabei sein und genau sehen, wie er deine Schamlippen öffnet und in dich eindringt. Wie du ihn langsam immer tiefer in dich hineinschiebst und dabei deine Beine breit machst. Vielleicht könntest du auch mal die Position wechseln und dich zum Beispiel auf den Knien vor mir präsentieren. Wenn du deinen besten Freund dann nicht mehr halten kannst, weil du sonst das Gleichgewicht verlieren würdest, könnte ich das mit dem Eindringen für dich übernehmen. Ich würde dich zu gern mal mit einem Dildo ficken. Geil!« Erwartungsvoll sah mich Pascal an und wollte von mir einen bestätigenden Kommentar hören. Puh! Ich hatte mit Schlimmerem gerechnet, und eine private kleine Peepshow fand ich sogar äußerst reizvoll. Sie passte sogar ganz gut zu einem Szenario, das mir selbst in den Sinn gekommen war.

»Interessant, was du dir ausgedacht hast. Ich glaube, ich fände es auch ziemlich scharf, wenn du mir zusehen würdest, wie ein dicker Schwanz in mich eindringt und ich *Sinflut* auf Hochtouren laufen lasse. Allerdings dauert es dann meistens nicht allzu lange, bis ich keuchend meiner Lust erliege. Aber weißt du, ich finde es äußerst reizvoll, wenn du mir zusiehst. Das war in leicht veränderter Form nämlich auch meine Fantasie.« Jetzt wurde Pascal hellhörig.

»Kannst du denn Gedanken lesen? Jetzt bin ich aber mal gespannt!«

»Ich würde zu gern mal mit dir in einen Stripclub gehen. So einen, wo es Table Dancing gibt, denn das stelle ich mir ziemlich aufregend vor. Den jungen Mädels zuzusehen, wie sie sich lasziv um die Stange winden … sehr erotisch. Aber weißt du, was mir am meisten Spaß machen würde? Ich würde selbst so gern mal auf die Bühne steigen und mich einige Runden um die Stange drehen. Vor mir lauter Männer, die ganz verrückt nach mir sind und sich mit entblößtem Oberkörper auf die Bühne legen. Sie haben sich Dollarnoten in den Mund gesteckt oder in die Hose, und ich muss sie mit dem Mund herausziehen. Du stehst daneben und siehst mir zu, wie ich alle Männer verrückt mache und den Mund über ihre Brust gleiten lasse, auf der Suche nach Geldscheinen. Einer der Männer kann fast nicht mehr an sich halten und möchte gern meine Brüste anfassen, aber das ist im Club verboten, und er darf mir nur zusehen. Es macht dich an, dass sich so viele Männer nach mir verzehren und mich nicht berühren dürfen. Ich schau dir in die Augen, während ich mich lasziv um die Stange winde, wie eine sündige Schlange im Evaskostüm. Und du weißt, dass ich anschließend mit dir nach Hause gehen und nur dich verwöhnen werde.« Ich war gespannt auf seine Reaktion. Natürlich hatte ich bereits in meiner Fantasie eine kleine Zensur eingebaut und ihm verschwiegen, dass ich mir durchaus vorstellen könnte, wie die Männer eine kleine Massenorgie mit mir im Club veranstalteten. Aber ich dachte, dass solche Fantasien vielleicht lieber im Kopf bleiben sollten, denn dort würden sie sicherlich weniger Schaden anrichten.

»Ich bin begeistert!« Pascal hatte schon wieder einen harten Ständer, das konnte ich an seiner ausgebeulten Hose erkennen. Offensichtlich hatte ihm meine Fantasie wirklich gefallen. »Ich glaube, mit dir wird es mir niemals langweilig werden, Sarah. Du bist die Sexgöttin in Person!«

Wow! So viele Komplimente auf einmal hatte ich schon länger nicht mehr bekommen. Was so ein paar Fantasien doch ausmachten. Aber wer wollte schon immer jeden Tag die gleichen Gerichte vorgesetzt bekommen? Für einen leidenschaftlichen Gourmet sollte sich die Liebesköchin ab und zu mal eine besondere Köstlichkeit ausdenken. Jetzt war Pascal wieder an der Reihe, sich mir zu offenbaren. Ob er wohl ehrlich war oder sich auch die eine oder andere Fantasie lieber nur im Kopf ausmalte?

»Gut, dann bin ich wohl wieder dran!« Pascal räusperte sich umständlich und trank noch einen tiefen Schluck aus dem Champagnerglas. »Erinnerst du dich noch an unser letztes Faschingsfest?«

»Als ich als Räuberbraut verkleidet war und in mein T-Shirt an gut platzierten Stellen Löcher geschnitten habe?« Ich erinnerte mich noch sehr gut an diesen Abend. Wir standen vor dem Eingang an, es war eiskalt, und ich fror wie ein Schneider. Pascal hatte vergessen, Eintrittskarten für den King Kamehameha Club zu besorgen, und wir standen stundenlang in der Schlange. Zumindest kam es mir wie Stunden vor; in Wirklichkeit waren es wahrscheinlich nicht mal zehn Minuten.

»Du trugst damals eine rote Perücke und sahst aus wie eine Hexe.«

»Ich war aber eine Mafiabraut!«, beharrte ich.

»Ja … wie auch immer. Jedenfalls habe ich seither diese Fantasie, dass du mal wieder eine rote Perücke für mich aufsetzt.

Dann treffe ich dich im Café, und wir tun so, als ob wir uns vorher noch nie begegnet wären. Wir lernen uns kennen und denken uns eine Geschichte aus, wer wir sind, was wir beruflich gerade machen, und natürlich haben wir auch andere Namen. Der Ausgang ist ungewiss, und erst wenn ich dich überzeugend verführen kann, kommst du mit zu mir nach Hause.« Pascal schaute mich triumphierend an. Das war in der Tat eine ausgefallene Fantasie, und sie gefiel mir. Ich hatte fast den Verdacht, dass uns alle Fantasien gefallen würden und wir in den nächsten Wochen ziemlich beschäftigt waren.

»Wirst du dich dann auch für mich verkleiden bei diesem Rendezvous?«, fragte ich neugierig. »Und wieso soll ich denn unbedingt rothaarig sein?«

»Das war schon als Teenager meine Fantasie, mal mit einer Rothaarigen zu schlafen. Wahrscheinlich erinnert mich das an unsere Nachbarin von gegenüber, die sich ungeniert bei geöffnetem Fenster auszog und es scheinbar nie bemerkte, wenn ich ihr mit offener Hose wie gebannt zuschaute und mich dabei selbst anfasste.«

»Du geiler Bock! Ich soll also deine Nachbarin nachspielen?« Ganz so geheuer war mir diese Vorstellung nun doch nicht mehr. Aber mit meiner nächsten Fantasie würde ich mich dafür jetzt rächen.

»Da du mich benutzen willst, um endlich mal mit deiner Nachbarin zu vögeln, werde ich auch kein schlechtes Gewissen haben, wenn du mir einen Liebesdienst der besonderen Art erweist.« Ich lächelte Pascal geheimnisvoll an und zupfte meinen Ausschnitt zurecht, der ein wenig zu weit nach unten gerutscht war. Ich wollte wie eine Lady wirken, und dafür musste alles ganz genau sitzen. »Ich wünsche mir von dir, dass du dich vor mir nackt ausziehst …«

»Das ist ja nun nicht besonders schwer«, lachte Pascal und wollte sich zum zweiten Mal an diesem Abend am liebsten gleich das Hemd aufknöpfen. »Diese Fantasie kann ich dir sofort erfüllen, mein Schatz.«

»Du hast mich nicht ausreden lassen … Dass du dich vor mir nackt präsentierst, ist in der Tat nichts Besonderes, das erlebe ich fast täglich.« Ich ließ meine Stimme etwas kühler als sonst klingen und zog die linke Augenbraue kaum merklich hoch. »Ich möchte, dass du dann vor mir auf allen vieren durch die Wohnung rutschst. Dabei wirst du einen Putzlappen zwischen deinen Händen haben und meine Wohnung blitzsauber wischen. Und ich würde mich sehr freuen, wenn du diese Fantasie gleich heute Nacht noch erfüllen könntest, wie du mir eben vorgeschlagen hast. Denn durch unser kleines Vorspiel hat die Tischdekoration ein wenig gelitten, und im Eifer des Gefechts ist unsere leckere, cremige Currysoße auf den Boden gespritzt. Soll ich dir gleich einen Lappen holen, Liebling?« Innerlich lachte ich mich krumm. Ich hatte die Fantasie ein wenig anders im Kopf gehabt. Eigentlich hatte ich mir zunächst nur vorgestellt, dass er nackt vor mir kniete. Aber da ich ihn an seine blöde Nachbarin erinnern sollte, musste er für meine Fantasie leider ein wenig schuften.

»Ähm … können wir diese Fantasie ein andermal ausprobieren?«, stotterte Pascal. »Ich bin mir nicht so sicher, ob das meinen Knien heute so guttun würde. Du weißt doch, beim Fußball habe ich neulich ziemlich den Ball abbekommen, und ich glaube, ich müsste mir da vorher erst noch die Erlaubnis meines Hausarztes einholen.«

»Feigling! Aber lass uns weitermachen. Wie lautet deine dritte Fantasie?«

Pascal studierte eine Weile seinen Zettel und war anscheinend selbst erstaunt, was er sich da eben noch frech erträumt hatte.

»Versprich mir, dass du nicht sauer sein wirst, egal, was ich dir vorschlage. O.k.? Das hier ist ja alles nur Spaß, und ich will dich wirklich in keiner Weise verletzen oder dich traurig machen. Es ist auch nicht unbedingt so, dass ich das in dieser Form mit dir machen will … Es ist nur so … als du mir diese Aufgabe gestellt hast, dass ich mir wünschen darf, was ich will …«

»Jetzt red nicht so lange um den heißen Brei herum. Das kann man ja nicht mit ansehen, wie du dich windest.« War es so schlimm? Vielleicht war der Schuss nach hinten losgegangen, und gleich würde ich etwas hören, was mir die Schamesröte ins Gesicht trieb.

»Du hast Recht, ich sollte zu dem stehen, was mir in den Sinn kam. Immerhin hast du dir dieses gefährliche Spiel ausgedacht. Also gut. Ich würde dich gern einmal mit Frischhaltefolie umwickeln und dich völlig bewegungsunfähig machen. Am besten kniest du, und ich habe dann in dieser Position Zugriff auf deinen süßen Po, an dem ich mich vergehen möchte. Natürlich würde ich an den entsprechenden Stellen Löcher in die Folie bohren, bevor ich dich von hinten nehme.« Pascal hielt den Kopf gesenkt und blickte leicht betreten zu Boden.

»Nein!« Diese Antwort kam ganz von innen, darüber musste ich erst gar nicht nachdenken. »Ich werde keinesfalls wie ein Brathuhn vor dir liegen, das du mit Gänseleber stopfst, bevor es im Ofen schmoren muss.« Meine Stimme klang schrill, und ich verhaspelte mich fast.

»Entschuldige, aber verwechselst du da nicht gerade etwas? Ich meine, ich will dir ja nicht wehtun oder etwas in der Art. Aber dass du mir mal keinen Widerstand entgegensetzt und nicht so frech sein kannst … das würde mich ziemlich anmachen.«

Hatte ich eine wichtige Entwicklungsphase im Leben meines Liebsten verpasst? Sammelte er heimlich SM-Pornos, die er unter dem Bett versteckte? Wenn ich das nächste Mal in seiner Wohnung war, sollte ich unbedingt heimlich seine Schränke inspizieren. Aber dann beruhigte ich mich wieder. Immerhin hatte ich dieses Spiel vorgeschlagen, weil ich mehr über meinen Partner erfahren wollte. Wenn man dem anderen den Freiraum ließ, alle Fantasien zuzulassen, die einem durch den Kopf gehen, dann durfte man als Partner keine Zensur üben. Und außerdem, vielleicht war diese Idee sogar sehr witzig. Ich stellte mir vor, wie ich bewegungslos darauf wartete, wie Pascal meinen Körper an Stellen küsste, die ich vorher noch nie so intensiv wahrgenommen hatte. Ich würde ihm keine Liebkosung erwidern können, und das war ein ziemlich interessantes Gefühl, denn normalerweise war ich sehr aktiv und gab jeden Kuss doppelt zurück. Sich einfach nur geben und bedienen zu lassen war eher neu für mich.

»Nun gut, ich glaube, so schlimm wäre selbst diese Fantasie nicht für mich. Meine dritte Idee wird dich vielleicht auch überraschen. Ich möchte, dass du mein Callboy bist. Wir tun so, als ob ich eine reiche Geschäftsfrau wäre, und ich miete mich in einem schicken Hotel ein. Am besten ein Zimmer mit Spiegeln an der Decke und einer runden Badewanne, die in den Boden eingelassen ist. Ich werde ein strenges schwarzes Kostüm anhaben und dir die Türe öffnen.« In Gedanken sah ich Pascal genau vor mir, wie er mit einem Blumenstrauß in der Hand vor der Tür unseres Hotelzimmers stand.

»Irgendwelche genauen Kleidervorschriften? Wie hätte die Dame es denn gerne? Als Gigolo werde ich nicht jeden Tag gebucht und brauche da ein paar Anleitungen. Sind dir Jeans recht? Oder soll ich lieber im dunklen Anzug mit Krawatte kommen?« Pascal schien sich für meine Fantasie ziemlich schnell zu begeistern. Wieso war ich eigentlich nicht früher auf so einen witzigen Gedanken gekommen?

»Wenn ich es mir recht überlege … es ist mir egal, was du anhast … Hauptsache, du kommst …« Ich dachte einen Augenblick nach, und dann fiel mir ein, worauf ich einen großen Wert legen würde. »Auf keinen Fall darfst du einen Slip tragen, wenn du mich im Hotel aufsuchst. Ich will deine Erregung spüren, wenn ich über deine Hose streiche.«

»Ich glaube, dass ließe sich einrichten«, lächelte Pascal und zog seine Hose zurecht, die im Schritt schon wieder ein wenig ausbeulte. Zur Bekräftigung meiner Worte legte ich die Hand auf seinen Oberschenkel und strich sein Bein nach oben. Ich fühlte, wie mir seine Eichel entgegensprang und bereits aufgeregt darauf wartete, sich in meine Hand schmiegen zu dürfen. Ich stellte mir vor, wie ich meinem Liebsten diskret einige Scheine in die Hose steckte und mich dann in seine geübten Hände begeben würde.

»Bekomme ich dann auch ein angemessenes Stundenhonorar?« Pascal schien meine Gedanken erraten zu haben.

»Du wirst nach Leistung bezahlt«, entschied ich spontan. »Für jeden Orgasmus von mir erhältst du 100 Euro. Ich denke, das wäre ein großzügiges Honorar von mir.«

»Du kleine Hexe, wahrscheinlich würdest du die ganze Nacht deinen Höhepunkt zurückhalten, nur um mich zu ärgern.«

»Keinesfalls. Ich möchte doch auf meine Kosten kommen. Du wirst mich stundenlang lecken müssen, mir anschließend ein heißes Bad einlaufen lassen und zu mir in die Wanne steigen. Dort will ich, dass du jeden Zentimeter meines Körpers mit einem weichen Schwamm sanft abreibst. Besonders viel Zeit darfst du dir beim Waschen meiner Brüste lassen. Meine Brustwarzen wollen zart gebürstet werden.« Pascal beugte sich vor, zog mein Dekolleté ein Stück nach unten, und mein üppiger Busen hing über das enge Mieder. Sanft zog er mit den Zähnen an meinen erregten Nippeln. Auf meinem Unterarm stellten sich die kleinen Härchen auf.

»Hat die Lady noch andere Wünsche?«

»Lass mich nachdenken. Du könntest mich anschließend mit einem weichen Handtuch abtrocknen und aufs Bett tragen. Dort möchte ich mich dann von deiner Standfestigkeit in allen Kamasutrapositionen überzeugen.«

»Ich glaube, das dürfte kein Problem für mich sein. Wann darf ich dich im Hotel aufsuchen?«

»Anschließend. Wenn du mir deine restlichen Fantasien erzählt hast.«

Unser Kopfkino hatte anscheinend bei den nächsten beiden Wünschen eine kleine Verschnaufpause eingelegt. Die beiden Fantasien, die wir uns erzählten, waren vergleichsweise harmlos. Pascal wünschte sich, dass ich ihm in der Küche zwei Spiegeleier briet und dazu nur High Heels und eine Schürze trug. Im Gegenzug äußerte ich den Wunsch, von ihm eine sinnliche Massage zu bekommen, und zwar mit allen Raffinessen. Ich wollte dabei die Augen mit einer Maske verbunden bekommen und mich von einem Seidentuch streicheln lassen. Anschließend wünschte ich mir eine Massage mit Rosenöl. Nun warteten wir gespannt, welche letzte Fantasie den Höhepunkt dieses Spiels ausmachen würde.

»Versprich mir, dass du nicht sauer bist«, sagte Pascal, um seinem Geständnis wieder einmal vorzubeugen.

»Auf keinen Fall. Es ist ja nur eine Fantasie, und wir müssen sie nicht in die Tat umsetzen. Also … nur Mut!«

»Könntest du dir vorstellen, dich mit einer anderen Frau und mit mir zu treffen? Ich könnte mir nichts Schöneres vorstellen, als euch beiden zuzusehen, wie ihr euch küsst und sich eure Brüste berühren. Ich würde mich natürlich zurückhalten, so lange, bis du mir erlaubst, dass ich mitspielen darf.« Pascal sah mich an und erwartete gespannt meine Reaktion auf diese gewagte Fantasie.

Ich war sprachlos. Wie kam er darauf, sich so etwas auszudenken? Offensichtlich war dies ein Wunsch, der in vielen Menschen steckte und mit unterschiedlichen Erwartungen verbunden war.

»Das ist der Hammer«, platzte ich schließlich heraus. »Genau das Gleiche habe ich auch aufgeschrieben. Hier lies …« Ich hielt ihm meinen Zettel hin, und Pascal las laut vor: »Ich würde gerne mal mit einer Frau schlafen. Es wäre schön, wenn Pascal Lust hätte, uns beide zu verwöhnen.«

Sprachlos sahen wir uns eine Weile an, dann mussten wir lachen. Seit über drei Jahren kannten wir uns nun schon, aber dass wir insgeheim den gleichen Wunsch hegten, das hätte keiner von uns gedacht. Und jetzt war auch das Thema der Sendung auf einmal klar. Ich würde morgen vorschlagen, dass wir das Thema »Liebe zu dritt« ins Programm nehmen würden. Vielleicht wäre auch ein etwas sinnlicherer Titel wie »Frauen küssen zarter« ein guter Aufhänger, um eine Besprechung in den Fernsehzeitschriften zu bekommen. Die Einschaltquote war wichtig, und in Gedanken war ich bereits bei der Konferenz am nächsten Tag. Aber Pascal holte mich schnell wieder in die Gegenwart zurück.

»Sag mal, hast du vorhin nicht etwas von Nachtisch erzählt? Ich finde, wir sollten unsere Fantasie mit einer Tasse Espresso und deiner süßen Versuchung besprechen.«

Pascal hatte eine Schwäche für Schokolade, und deshalb stöckelte ich in die Küche, um die Mousse au Chocolat vorzubereiten. Ich glaube, es war für uns ein kleiner Schock zu erfahren, dass wir beide insgeheim mit einem Dreier geliebäugelt hatten, aber uns das vorher nie wirklich bewusst gewesen war. Erst mein Gespräch mit den Mädels in der Kantine hatte mich daran erinnert, dass ich schon immer mal wissen wollte, wie sich ein weiblicher Körper anfühlt. Und diese sinnliche Begegnung mit den beiden Männern im Club hatte meinen Wunsch nach einer Orgie geweckt. Da ich Pascal niemals betrügen wollte, sollte er dabei sein, und dass dieses erotische Abenteuer nicht ganz ungefährlich sein würde, war mir klar. Aber ich spielte schließlich recht gern mit dem Feuer …

5. Kapitel

Am nächsten Morgen fiel es mir ziemlich schwer aufzustehen. Unter der Woche eine private Erotik-Party mit dem Liebsten zu veranstalten, steckte ich anscheinend nicht mehr so locker weg wie mit zwanzig. Bis zwei Uhr nachts waren wir übereinander hergefallen, und meine Mousse au Chocolat – garniert mit roten Zuckerherzen – war der Hit. Ich servierte den sündigen Nachtisch auf High Heels und nur mit meinem neuen Mieder bekleidet. Pascal war begeistert und konnte sich nicht satt essen …

Nun stand ich im Waschraum unseres Senders und versuchte auf die Schnelle noch ein wenig Wimperntusche aufzutragen, um damit von meinen übernächtigten Augen abzulenken. Es ging doch nichts über einen guten Abdeckstift, mit dem sich die dunklen Augenränder ein wenig kaschieren ließen. Jetzt noch etwas Rouge auf die blässlichen Wangen, und schon sah ich frisch verliebt aus und fühlte mich so aufregend wie in der Nacht zuvor. Im Konferenzraum verteilte unsere Sekretärin gerade die Kaffeetassen. Als ich eintrat, nickte sie mir lächelnd zu.

»Sie sehen aber heute strahlend aus, Sarah. Hatten Sie einen schönen Abend gestern?«

»Danke. Ein wenig mehr Schlaf hätte auch nicht geschadet. Aber manchmal gibt es Wichtigeres im Leben.«

Unser Programmchef Mike Enders trat mit meinen Kollegen Wolfgang und Peter in den Raum. Mike griff als Erstes nach der Thermoskanne mit dem heißen Kaffee. Offensichtlich hatte auch er eine kurze Nacht hinter sich. Allerdings schien er nicht so guter Laune zu sein wie ich; wahrscheinlich hatte er sich wieder mit seiner Frau gestritten. Oder hatte er vielleicht sogar eine Geliebte? Eigentlich war es erstaunlich, dass man sich so viele Jahre lang kannte und zusammenarbeitete, aber über die intimen Dinge im Leben des anderen oft so wenig wusste. War er seiner Frau treu? Träumte auch er heimlich von einem Dreier? Ich würde es gleich an seiner Reaktion erfahren, wenn ich das Thema unserer ersten Erotiksendung *Böse Mädchen kommen überall* vorstellen würde.

»Wie geht es dir, Sarah? Hast du die ganze Nacht durchgearbeitet, um uns heute dein neues Konzept zu präsentieren?« Mike schaute mich auffordernd an, und ich zupfte nervös an den goldenen Knöpfen meines Blazers. Ich hatte mich heute ein wenig schicker angezogen als sonst, damit ich mich sicherer fühlte. Immerhin hing vom Erfolg des heutigen Tages meine Zukunft ab. Wenn Mike mein Konzept nicht gefiel … aber nein. Immer positiv denken! Meine Idee war hervorragend, und ich war mir sicher, dass sie Mike gefallen würde.

»Na klar, Mike. Die ganze Nacht habe ich darüber nachgedacht, wie ich meine Zuschauer zu höheren Einschaltquoten motivieren könnte. Ich habe sogar eine Umfrage gestartet, um zu sehen, welche Themen im Augenblick besonders beliebt sind.«

»Nun, da bin ich aber mal sehr gespannt, was Sie uns zu bieten haben.«

Ich erzählte meinem Chef von meinem Experiment mit Pascal und wie wir uns auf diese Fantasie geeinigt hatten. Meiner Meinung nach war dieses Thema auch für unsere Zuschauer interessant, und ich wollte zu dieser Sendung ein Paar einladen, das sich mit der Liebe zu dritt beschäftigt hatte. Als Sexpertin konnte ich dann aus eigener Erfahrung meinen Kommentar dazu abgeben. Außerdem waren noch andere Studiogäste vorgesehen, die das Thema abrunden sollten. Zum

Beispiel eine Psychologin, die zum Thema Eifersucht einige Tipps geben konnte, und ein Experte aus dem Gesundheitswesen, der etwas zu Safer Sex zu sagen wusste. Natürlich durften auch ein paar erotische Filmsequenzen nicht fehlen, so dass der Zuschauer sich unter einem Dreier konkret etwas vorstellen konnte. Die meisten Zuschauer schalteten sicherlich nur wegen dieser Filmszenen auf unseren Sender, und wir mussten bis zuletzt noch einige scharfe Szenen als Überraschung bereithalten, ohne allerdings pornografisch zu wirken. Denn dann bekämen wir Ärger, und die Auflagen für den Sender waren ziemlich streng. Geschlechtsteile durften nicht gezeigt werden, und deshalb mussten wir die Akteure so aufnehmen, dass sie entweder von hinten oder nur die Oberkörper zu sehen waren. Aber das würde sich sicherlich finden, und wozu hatten wir ein erfahrenes Kamerateam? Als ich meinen Vortrag beendet hatte, merkte ich, dass ich vor Aufregung das Luftholen fast vergessen hatte, und konzentrierte mich darauf, ganz entspannt in den Bauch zu atmen – so wie es mir meine Yogalehrerin im Fitnessclub vorgemacht hatte. Erwartungsvoll wanderte mein Blick zwischen meinem Chef und den Kollegen hin und her.

»Und?« Mein Herz schlug ziemlich schnell, und ich dachte schon, ich bekäme jeden Augenblick einen Herzinfarkt. »Wie gefällt euch die Idee?«

Einen Moment herrschte noch Totenstille, dann fing mein Chef auf einmal laut an zu lachen. »Großartig! Ganz großartig, Sarah.« Ein Stein fiel mir vom Herzen, als mein Chef mich so lautstark lobte. »Sie haben Talent, das habe ich doch von Anfang an gewusst. Als Sie eben von Ihren Fantasien erzählt haben … oh la la … ist hier die Heizung an, oder wieso komme ich auf einmal so ins Schwitzen?« Mein Chef zwinkerte mir zu, und ich errötete. »Auf alle Fälle sollten Sie auf diesem Gebiet auch selbst einige Erfahrungen machen, damit Sie in der Sendung mitreden können. Das erwartet mal schließlich von einer Sexpertin.«

»Hast du schon eine passende Frau?«, fragte mich mein Kollege Wolfgang vorsichtig.

»Ach, die findet sich schon«, winkte ich ungeduldig ab. Dabei ahnte ich noch nicht, was mich in den kommenden Wochen erwarten sollte …

Beschwingt fuhr ich am Abend zu Pascals Wohnung. Der Tag hätte nicht erfolgreicher verlaufen können, und ich schwebte auf Wolke sieben. Nicht nur, dass meine neue Sendung bereits unter den Kollegen heiß diskutiert wurde; ich hatte nach der Konferenz auch noch ein Gespräch mit meinem Chef, der mir einen Bonus versprach, wenn die Einschaltquoten sich im Vergleich zu meiner alten Sendung verdoppelten. Die Zuschauerzahlen würden sich verdreifachen – davon war ich überzeugt. Ich trällerte den Song *It's my life* von Bon Jovi, als ich in die Hafenstraße einbog, in der Pascal sich ein geräumiges Fabrikloft ausgebaut hatte. Ja, es war mein Leben, und ich wollte es in vollen Zügen genießen. Wenn alles nur noch Routine ist und gestern sich wie morgen anfühlt, dann hat man meiner Meinung nach das Thema verfehlt. Am Ende des Jahres ist man dann erstaunt, wie schnell es doch vergangen ist. Ich wollte mich dem Strudel des Universums hingeben. Mich lebendig fühlen. Pulsierend. It's my life!

Nachdem ich die schwere Eisentür von Pascals Wohnhaus aufgeschlossen hatte, überlegte ich kurz, ob ich mit dem Aufzug fahren oder laufen sollte. Laufen hätte den Vorteil, dass ich damit gleichzeitig mein Herz-Kreislauf-System trainieren würde. Ich wählte den Aufzug. Heute war ich einfach zu müde für Gesundheit. Pascal stand sicherlich bereits in der Küche und zauberte für mich eine seiner köstlichen Spaghetti-Variationen. Am liebsten aß ich seine Linguini mit frischen Trüffeln und geriebenem Parmesan. Mmh! Bei diesem Gedanken lief mir bereits das Wasser im Mund zusammen. Im Gegensatz zu mir war Pascal ein ausgezeichneter Koch, und wenn wir mal zusammen in der Küche standen, beschränkte ich mich meistens darauf, unsere Weingläser nachzufüllen und ihm beim Ausnehmen der Fische oder beim Garen des Gemüses zuzusehen. Aber als ich vor seiner Tür stand und nach dem Schlüssel suchte, den er mir vor kurzem gegeben hatte, vermisste ich den typischen Geruch von gebratenem Knoblauch, der meistens durchs Treppenhaus wehte, wenn Pascal am Kochen war. Ich schaute auf die Uhr und stellte fest, dass ich mich keineswegs in der Uhrzeit vertan hatte. Halb acht hatten wir ausgemacht, und ich war sogar schon zehn Minuten zu spät. Endlich fand ich den Schlüssel und sperrte auf. Das Loft hatte hohe Wände und wirkte auf den ersten Blick ziemlich puristisch. Da standen – im Gegensatz zu meiner Wohnung – keine Schuhe im Flur herum, sondern waren in einem weißen Einbauschrank versteckt, der bis an die Decke reichte. Die Beleuchtung konnte per Fernbedienung heller oder dunkler gedimmt werden, so dass man sich als Gast sofort auf ein romantisches Dinner einstellen konnte oder aber signalisiert bekam, dass der Gastgeber mit anderen Dingen beschäftigt war und helles Licht für seine Arbeit benötigte. Heute war das Licht zwar schummrig, aber ich roch trotzdem noch keine frischen Trüffeln. Wahrscheinlich hatte Pascal heute etwas anderes zubereitet, das überbacken werden musste. Vielleicht ein Gratin mit grünem Spargel? Das wäre jetzt auch lecker.

»Pascal«, rief ich laut. »Wo steckst du?« Seine Wohnung war recht groß, und manchmal musste man ihn regelrecht suchen. Wenn er im Obergeschoss in seinem Schlafzimmer war, konnte er mich nicht hören. In der Küche war er schon mal nicht. Die Messer steckten in ihrem Holzblock und schienen heute noch nicht zum Einsatz gekommen zu sein. Merkwürdig!

»Schatz, wo hast du dich versteckt?«, flötete ich zuckersüß und steckte mir eins der roten Gummibärchen in den Mund, die in einem schwarzen Porzellanschälchen lagen und auf ihren baldigen Verzehr warteten. Wie er das bloß schaffte, immer alle roten Gummibärchen zu bekommen. Wahrscheinlich stand er stundenlang an der Selbstbedienungstheke in der Süßwarenabteilung bei Karstadt und wühlte in den hohen Gläsern nach den Gummibärchen, die nach Kirsche schmeckten. Im Wohnzimmer entdeckte ich ihn endlich. Pascal saß auf seinem roten Sofa – ja, rot war seine Lieblingsfarbe – und hatte sein Laptop auf dem Schoß.

»Hallo, Liebling!« Pascal starrte wie gebannt auf den Bildschirm und beachtete mich kaum. Ich kam näher und setzte mich neben ihn.

»Was machst du denn da?« Erschrocken starrte ich auf eine nackte junge Frau, die auf einem zerwühlten Bett saß und mir aus dem Laptop verführerisch zulächelte.

»Ich unterstütze dich bei der Arbeit, meine kleine Meerjungfrau«, lächelte mir Pascal zu. Wenigstens nannte er mich wieder bei seinem Lieblingskosenamen, und das beruhigte mich ein wenig. Trotzdem war ich verwirrt, denn ich konnte mir nicht vorstellen, was sein Surfen auf Pornosites mit meiner Arbeit zu tun hatte. Ich war Redakteurin bei einem seriösen Fernsehsender, und ich bereitete gerade eine neue Sendung vor über …

»Sag mal, suchst du jetzt ein Callgirl für uns?«, dämmerte es mir. Vielleicht verstand er unter »Hilfestellung« einen Anruf bei einer Escortagentur. Aber das wollte ich auf keinen Fall. Schließlich hatte auch ich meine Grenzen, wie weit ein Job gehen durfte. Eine Professionelle anzuheuern, das ging gegen meine Moralvorstellungen.

»Ach was, ich suche doch nicht nach einer Escortdame«, beruhigte mich Pascal. »Diese Frau hier ist zum Beispiel völlig umsonst zu haben, und bei meiner Flatrate kostet sie uns noch nicht mal einen Telefonanruf.«

Ich war fassungslos. Es gab Frauen, die ein Nacktfoto von sich ins Netz stellten und dafür noch nicht einmal Geld kassierten? Das musste er mir näher erklären.

»Hast du dir denn schon mal Gedanken gemacht, wie wir an eine passende Frau für unser erotisches Abenteuer kommen sollen?« Kurz wendete Pascal den Blick von der nackten Schönheit, die nun dem Betrachter auf einem weiteren Foto die sanften Rundungen ihres Apfelpopos präsentierte.

»Ähm, so genau habe ich darüber noch nicht nachgedacht«, gab ich kleinlaut zu und erzählte Pascal vom Erfolg meiner heutigen Konferenz. Aber mein Hochgefühl war ein wenig gedämpfter als am Nachmittag, und vielleicht lag das an diesem wohlgeformten Po, der sich mir auf dem Bildschirm entgegenreckte.

»Wie heißt sie denn?«, fragte ich schließlich und deutete auf den nachten Rücken dieser Unbekannten.

»Das ist Dagmar. Willst du wissen, wo ich sie her habe?«

»Das frage ich dich doch schon die ganze Zeit«, gab ich ein wenig zickig zurück. Irgendwie war mir der Appetit für heute Abend ein wenig vergangen. Aber zu essen gab es anscheinend sowieso nichts, dazu war Pascal offensichtlich viel zu beschäftigt. Mein Liebster war voll und ganz auf seinen Laptop konzentriert, in dem er Dagmar in anderen Stellungen begutachten konnte, um den ironischen Unterton in meiner Stimme mitzubekommen. Auf einem weiteren Foto kroch Dagmar auf allen vieren auf uns zu, und ihre XXL-Brüste kamen mir bedrohlich nah.

»Wer, zum Teufel, ist Dagmar? Eine alte Jugendliebe von dir?«, lästerte ich.

»Sei nicht albern, das Mädel ist doch sicherlich erst Anfang zwanzig«, bemerkte Pascal völlig ernst und schaute mich beim Reden erst gar nicht an. Ich merkte, wie meine Stimmung sich der Gefriergrenze näherte.

»Das sehe ich, dass sie noch sehr unerfahren ist«, stichelte ich weiter. »Ist sie vielleicht deine neue Sekretärin, und hat sie sich mit diesen Fotos gerade auf die Stellenausschreibung bei dir beworben?« Mein eisiger Blick durchbohrte Pascal.

»Du bist schon wirklich süß, wenn du so wütend bist«, grinste er. »Ich habe doch nur ein wenig im *funclub.de* gesurft und habe mal geschaut, wer sich dort herumtreibt. Erst dachte ich, da wären wahrscheinlich nur frustrierte Hausfrauen um die fünfzig unterwegs, aber ganz im Gegenteil. Schau mal, wie hübsch unsere Dagmar ist. Findest du nicht?«

»Ach, jetzt ist es schon *unsere* Dagmar«, äffte ich ihn wütend nach. »Hast du mich denn schon mal gefragt, ob sie mir überhaupt gefällt und welche Damen sonst noch zur Auswahl stünden?«

»Hey, jetzt sei mal nicht sauer«, beruhigte mich Pascal. »War doch bloß ein Scherz. Es gibt hier Hunderte von Frauen, die gerne mal eine Erfahrung mit einem anderen Paar machen möchten. Hättest du das gedacht?«

Nein, ich gebe zu, dass hätte ich nicht gedacht. Somit schien unser »Problem«, eine passende Frau zu finden, sich jetzt einfach aufzulösen. Wir mussten uns anscheinend nur für die richtige Frau entscheiden. Hoffentlich würden unsere Suchkriterien dabei nicht allzu sehr auseinanderlaufen.

»Wie findest du sie?«, fragte Pascal und klickte ein weiteres Foto von dieser unschuldig dreinblickenden Dagmar an. Diesmal saß sie in aufreizender Pose auf einem Stuhl. Natürlich breitbeinig!

»Sie ist nicht rasiert«, warf ich betont gelangweilt ein. Ich hatte den einzigen Makel gefunden, den diese perfekte Barbiepuppe aufzuweisen hatte.

»Findest du das schlimm?« Pascal sah mich fragend an. »Immerhin hat sie einen süßen rotblonden Busch, und ich finde das durchaus reizvoll. Du nicht? Passt doch zu ihrer hellen Mähne und den Katzenaugen.«

Jetzt reichte es mir aber. Ich hatte mir den Abend ganz anders vorgestellt. Ich wollte mit meinem Freund bei Kerzenschein schmusen und dann ein wenig kuscheln und quatschen, und stattdessen musste ich mir die Genitalien fremder Frauen ansehen. Irgendetwas stimmte hier nicht.

»Ich finde Dagmar ätzend«, presste ich zwischen zusammengebissenen Lippen hervor. »Sie gefällt mir überhaupt nicht. Gibt es vielleicht noch ein paar Alternativen?«

Nun war Pascal endlich aufgefallen, dass ich sauer war und er es mit seiner Euphorie ein wenig übertrieben hatte. Er stellte den Laptop auf den Boden und nahm mich fest in den Arm.

»Du bist doch nicht etwa eifersüchtig? Das ist doch absurd. Ich mach das nur, weil wir gestern darüber geredet haben und du das mit dieser zweiten Frau im Bett für deine Sendung brauchst. Sonst wäre ich doch nie auf den Gedanken gekommen, dir so was auch nur vorzuschlagen. Aber du hast völlig Recht, wie brauchen keinen Ärger, und ich denke, das mit dem Dreier sollten wir lassen. Such dir einfach ein anderes Thema aus. Wie wäre es mit Partnermassage oder etwas ähnlich Harmlosem?«

Pascal war ganz schön gerissen. Natürlich wusste er, wie karrieregeil ich war und dass ich mir eine gelungene Sendung und einen Höhenflug auf der Karriereleiter auf keinen Fall entgehen lassen wollte. Nein! Ich würde das Projekt durchziehen – komme, was da wolle. Es musste ja nicht unbedingt mit einer zwanzigjährigen Lolita sein, die sich in die Riege von Germany's Next Topmodel einreihen konnte. Ich atmete tief durch, und in Pascals Armen fühlte ich mich schon gleich um Klassen besser.

»Verzeih mir«, flüsterte ich. »Ich habe mich eben doof benommen. Natürlich wünsche ich mir dieses erotische Abenteuer. Lass uns einfach eine Frau finden, die uns beiden gefällt.«

»So hörst du dich schon viel besser an.« Pascal atmete hörbar auf; er hatte erreicht, was er wollte. »Wie sollte denn die Frau aussehen, die dich anmachen würde? Denn genau darum geht es ja. Sie sollte uns beiden gefallen und uns scharfmachen.« Ursprünglich hatte *ich* mir ein Abenteuer mit einer Frau gewünscht, um mich an ihren sinnlichen Rundungen zu erfreuen, und Pascal hatte ich netterweise mit einbezogen. Nun schien mir das Projekt zu entgleiten, und es ging auf einmal darum, dass die Frau »uns beiden« gefiel. Aber ich entschied mich dafür, gute Miene zum erotischen Spiel zu machen und nicht schon wieder so zickig zu reagieren.

»Wenn du mich so direkt fragst … ich stelle mir eine Frau mit großen Brüsten vor. So ähnlich wie die von Dagmar. Du hast Recht, so schlecht waren die gar nicht. Auf jeden Fall will ich wissen, wie sich Brüste anfühlen. Dann sollte die Frau schlank sein. Die Haarfarbe ist mir nicht so wichtig. Und du? Besondere Vorlieben?« Ich wusste ja nun bereits, worauf Pascal stand: rothaarige Nymphen! Aber ich fragte trotzdem noch einmal nach, um sein Beuteschema auch in Zukunft klarer erkennen und etwaige Konkurrentinnen vorzeitig ausschalten zu können.

»Oh, ich bin da flexibel.« Pascal erstaunte mich immer wieder. Offenbar hatte er doch kein festgelegtes Raster, nach dem er Frauen auswählte. »Lass uns mal ein wenig im *funclub* blättern, welches Häschen uns da sonst noch über den Weg läuft.«

Als Erstes begegnete uns *Kleine_Hexe123*, die sich im Profilfoto nur mit ihren nackten Füßen zeigte. Irgendwie fand ich das originell. Aber als wir dann im Profil lasen: »Wenn ich morgens zerknittert aufstehe … dann habe ich tagsüber viele Entfaltungsmöglichkeiten«, erschien sie uns doch nicht mehr so passend. Wahrscheinlich hatte sie aus gutem Grund kein

Porträtfoto in ihrer Anzeige. *Wassermannfrau* klickten wir als Nächstes an. Sie trug einen Anzug, Hut und Schlips und das ließ auf gewisse Vorlieben schließen. Unsere Vermutung verhärtete sich, als wir das Profil der dreiundvierzigjährigen Dame lasen und unter Hobbys »Motorradfahren und Boxen« angegeben war; außerdem lauschte sie gern den verwegenen Klängen von *Meat Loaf* und stand auf *Fisting*. In der aktiven Rolle! Unter Letzterem konnte ich mir zunächst wenig vorstellen, bis mich Pascal aufklärte, dass es manche Frauen und Männer lieben, wenn man ihnen eine Faust in diverse Öffnungen schiebt. Horror! So eine Frau kam für uns wohl nicht infrage. *Minimausi* hatte offensichtlich ein wenig zu viel Blondiercreme aufgetragen, oder sie trug eine Perücke. »Ich will Spaß haben«, schrieb sie als Motto in ihr Profil, und eines ihrer Fotos zeigte sie mit weit gespreizten Schenkeln in einem Kornfeld.

»Hier, schau mal …«, lachte Pascal und las laut vor: »Heiße Muschi sucht coolen Kater.« Ich blickte auf das Foto einer etwa sechzigjährigen Oma, die sich in ihrem Profil für neununddreißig ausgegeben hatte. Sie wünsche sich einen ehrlichen Partner, und es müsse nicht immer beim ONS bleiben.

»Was heißt ONS?«, fragte ich Pascal.

»Na, was wohl? One-Night-Stand!«, antwortete mein Freund gönnerhaft. Wieso kannte er sich eigentlich mit dieser Dating-Terminologie so gut aus?, fragte ich mich misstrauisch.

Sonnenblume12 war ein hübsches junges Mädchen; sie hatte etwas Rührendes, wie sie an einen Baum gelehnt in die Kamera schaute und dabei mit dem Zeigefinger ihre Unterlippe ein wenig nach unten zog.

»Wie findest du sie?«, fragte ich meinen Liebsten, und wir klickten uns durch ihre Fotos.

»Zu unschuldig!«, war sein Kommentar. »Außerdem hat sie einen Minibusen, das sieht man hier in diesem BH ganz deutlich, und du hast doch gesagt, dass du dir XXL wünschst, oder?« Ich konnte ihm nicht widersprechen, allerdings hatte ich im Kopf bereits meine Taktik geändert und wollte auf keinen Fall mit einer Pamela Anderson in Konkurrenz treten. Das wäre doch sehr dumm von mir.

»Ach du, wenn ich mir das recht überlege, finde ich kleine Brüste eigentlich doch auch sehr reizvoll.«

»Ach, auf einmal? Das glaub ich dir nicht. Du hast mir doch gestern Nacht noch vorgeschwärmt, wie sehr es dich anmacht, dich an einen wogenden Busen zu kuscheln. Ich finde, du solltest dir das auch wirklich gestatten. Du hast es verdient, meine süße Meerjungfrau.«

Verdammter Mist. Pascal war clever, und ich gab seufzend nach. Ich sollte mich jetzt endlich mal lockerer geben und das Abenteuer auch genießen. Was machte es denn für einen Sinn, wenn ich die ganze Zeit nur darüber nachgrübelte, ob Pascal diese Frau nun attraktiver finden könnte als mich. Dann sollte ich dieses Liebesexperiment lieber gleich sein lassen. Es war ja meine Idee gewesen mit dieser anderen Frau, ermahnte ich mich. Wo blieb denn da mein Selbstwert? Außerdem würde ich schließlich auch mit einer jüngeren Frau mithalten können, und sie sollte mir ja gefallen und meinen Vorstellungen entsprechen. Ich gab mir einen Ruck.

»Weißt du was? Wir schreiben einfach mal dieser Dagmar«, schlug ich mutig vor. »Vielleicht ist sie ja sehr nett? Ihr Körper ist auf alle Fälle ziemlich ansprechend. Du hast einen guten Geschmack, und wenn ich ehrlich bin, würde ich sie gern mal anfassen.«

»Auch wenn Ihre Titten aus Silikon sind?«, scherzte Pascal.

»Meinst du wirklich? Das fände ich sogar noch spannender, denn solche Brüste habe ich noch nie berührt. Lass uns doch einfach mal anfragen, ob Sie überhaupt daran Interesse hätte, uns zu treffen.«

»Wir können Ihr noch nicht schreiben.«

»Wieso nicht?«

»Wir haben noch kein eigenes Profil erstellt. Zuerst benötigen wir einen Benutzernamen. Was schlägst du denn vor?« Wir überlegten eine Weile, um einen ansprechenden *nickname* zu finden, aber uns fiel irgendwie nichts Rechtes ein. Einerseits sollte unser Profilname neugierig machen, und andererseits durfte er auch nicht plump und einfallslos wirken. *Geilespaar69* würde sicherlich wenige Frauen dazu ermuntern, sich mit uns zu treffen. Auch den Verweis auf unsere Sternzeichen *WassermannJungfrau* fanden wir wenig überzeugend und verwarfen die Idee wieder.

»Wie wäre es mit *dreamteam*?«, schlug Pascal vor.

»Mmh … zumindest hört sich das vom Klang her gut an«, überlegte ich. Pascal drückte diverse Tasten auf dem PC und meinte: »Lass uns einfach mal nachsehen, wie viele Traumpaare sich schon im *funclub* registriert haben.« Leider gab es bereits fünfzehn Traumpaare, die sich für diesen Namen entschieden hatten, und *dreamteam16* hörte sich auch irgendwie doof an. Und außerdem fand ich bei längerem Nachdenken, dass sich dieser Profilname eher unpersönlich anhörte und uns nicht entsprach. Immerhin waren wir ein liebenswertes und kreatives Paar, und ich würde mich jedenfalls nicht bei einem Paar melden, das sich selbst als »Traumpaar« bezeichnete. Welche Frau will schon bei einem anderen Paar das dritte Rad am Wagen sein?

»Ich glaube, es muss ein Name sein, bei dem sich eine Frau gut aufgehoben fühlt. Schließlich ist es immer auch ein Risiko, sich mit zwei Menschen einzulassen, die sich schon recht gut kennen. Da kann man sich sicherlich leicht ausgeschlossen fühlen.«

»Da hast du völlig Recht.« Ausnahmsweise teilte Pascal mal meine Meinung. »Was schlägst du vor? Immerhin bist du eine Frau und müsstet am besten wissen, worauf deine Geschlechtsgenossinnen stehen.«

»Mmh … ich glaube, ich würde einem Paar schreiben, das sich sehr nett und einfühlsam anhört. Wie findest du *Liebesengel*? Das könnte auch für zwei Menschen gelten und hört sich sehr sanft an.« Ich war sehr stolz auf meine Idee und schaute Pascal erwartungsvoll an. Aber er blieb zögerlich. Wir wären doch keine Engel und hätten nichts mit Kirche und Spiritualität zu tun, meinte er. Schließlich einigten wir uns auf *DarkAngels*. Zumindest hörte sich der Nick interessant an und machte neugierig auf die Personen, die sich dahinter verbargen.

»Was schreiben wir ins Profil?«, fragte mich Pascal, als er unseren Namen eingetragen hatte. Wir surften ein wenig herum, um zu sehen, wie andere Paare sich darstellten. Ein beliebter Spruch war offensichtlich: »Alles kann, nichts muss« oder auch »Carpe Diem«. Auf keinen Fall würden wir so einen austauschbaren Satz kopieren, denn schließlich wollten wir ja mit unserer einzigartigen Kreativität bestechen. Also beschlossen wir, einfach kurz zu berichten, wer wir waren und was wir suchten.

»Wir sind ein abenteuerlustiges Paar und suchen eine attraktive SIE für eine Liebesnacht zu dritt. Hast du Lust, dich von uns verwöhnen zu lassen, vier Hände auf deiner nackten Haut zu spüren und überall geküsst zu werden? Möchtest du uns bei der Liebe zusehen und bist du neugierig darauf, wie Frauen sich anfühlen?«

Über eine Stunde hatten wir an diesem kurzen Text gebastelt, aber nun waren wir zufrieden mit dem Ergebnis und gespannt auf die Resonanz.

»Können wir jetzt dieser Dagmar schreiben?« Meine anfängliche Zurückhaltung war einer fiebrigen Ungeduld gewichen. Ich wollte Dagmar nun endlich kennenlernen und konnte es kaum erwarten, was für eine Frau sich hinter diesem frechen Schmollmund und diesen herrlich schweren Brüsten verbarg. Aber auch diesmal war Pascal wieder der Spielverderber.

»Wir haben noch etwas Entscheidendes vergessen«, gab er zu bedenken.

»Und das wäre?«

»Überleg doch mal ... was fehlt uns noch auf unserem Profil?«

»Sind wir hier im Biologieunterricht oder was? Keine Ahnung. Ich kenn mich nicht so gut aus im Online Dating wie du«, gab ich zickig zur Antwort. Aber dann dämmerte es mir. Natürlich! Wir hatten noch keine Fotos von uns, und das war selbstverständlich ein absolutes Muss.

»Du hast Recht«, gab ich kleinlaut zu. »Wir brauchen unbedingt ein paar hübsche Fotos von uns. Ich fand die Aufnahmen aus unserem Thailand-Urlaub eigentlich ziemlich attraktiv.«

»Die Strandfotos? Viel zu langweilig.«

»Meinst du? Aber immerhin sieht man darauf unsere Figur. Meinst du nicht, dass das ausreicht?«

»Wohl kaum.« Paul schien sich seiner Sache ziemlich sicher. »Wir brauchen richtig scharfe Fotos. Dagmar soll ja das Wasser im Mund zusammenlaufen, wenn sie uns sieht. Die darf gar nicht anders können, als uns sofort anzurufen und ein Treffen mit uns auszumachen.«

Irgendwie ärgerte ich mich schon wieder, dass Pascal so selbstverständlich über Dagmar verfügte, als ob sie eine langjährige Geliebte von uns sei. Dabei kannten wir die Frau doch überhaupt nicht.

»Vielleicht steht sie gar nicht auf uns«, gab ich zu bedenken.

»Das werden wir erst herausfinden, wenn sie uns eine Absage erteilt. Aber zunächst mal sollten wir uns um die Fotos kümmern. Ich hol schon mal die Kamera.« Einen Augenblick später war Pascal im Arbeitszimmer verschwunden, um nach seiner Kamera zu suchen.

Mir ging das alles ein wenig zu schnell, und außerdem hatte ich überhaupt keine passenden Klamotten dabei. Und mein

Make-up war auch nicht für Fotos geeignet. Ich versuchte Pascal mein Problem zu erklären, aber er schien dafür kein Verständnis zu haben.

»Ist doch ganz egal, ob deine Wimpern jetzt doppelt oder dreifach getuscht sind«, winkte er ungeduldig ab. »Du sollst mir vor der Kamera deinen sinnlichen Körper zeigen und mich anmachen. Das ist doch viel erotischer als ein perfektes Make-up. Wer will schon eine Barbiepuppe vögeln? Da muss Leben drinstecken in den Aufnahmen, und außerdem macht es doch auch Spaß, sich gegenseitig zu fotografieren. Was meinst du?«

Diesmal hatte Pascal wirklich Recht, und ich fand die Vorstellung, mit der Kamera zu flirten und meine sinnlichen Rundungen gekonnt zur Schau zu stellen, auch ziemlich reizvoll. Trotzdem versuchte ich noch einen zaghaften Einwand: »Ich trage heute ganz normale Wäsche. Einen einfachen Baumwollslip, der nicht besonders sexy aussieht. Sollen wir mit den Fotos nicht noch bis zu unserem nächsten Treffen warten?« Ich ahnte natürlich, dass sich Pascal heute auf keinen Fall mehr aufhalten lassen würde. Ungeduldig schaute er bereits durch die Kamera und dirigierte mich ins Schlafzimmer.

»Zieh dich aus und zeig mir, wie sehr du mich begehrst. Flirte mit mir und mit der Kamera. Wir wollen dich beide ficken, und du musst uns heißmachen.«

Ich stellte mir vor, wie mich die Kamera vögelte, und das wollte mir am Anfang nicht so recht gelingen. Aber Pascal fand ich nach wie vor hinreißend. Erstaunlich, welchen Reiz dieser Mann auf mich ausübte. Ich zog mein dunkelblaues Polohemd über den Kopf und begann meine Jeans nach unten zu streifen.

»Halt, bleib so!«, dirigiert mich Pascal und knipste einige Fotos von mir, wie ich meinen halbnackten Po der Kamera entgegenstreckte. »Geil! Streck deinen Rücken noch ein wenig mehr durch. Super! Und jetzt schau genau in die Kamera. Verführ mich mit deinen Augen und stell dir vor, wie ich dich gerade von hinten nehme und mein hartes Rohr in dich hineinramme. Richtig hart und tief.« Offensichtlich war Pascal ziemlich scharf heute, denn dann verfiel er immer in *dirty talk*. Ob das an der Vorfreude auf unsere neue Spielgefährtin Dagmar lag? Ich wollte lieber nicht zu viel darüber nachdenken und konzentrierte mich stattdessen darauf, meinen Körper vorteilhaft zur Schau zu stellen, den Bauch an den richtigen Stellen einzuziehen und meine Brust größer wirken zu lassen, als sie in Wirklichkeit war. Ich wusste aus Erfahrung, dass meine Brüste auf Fotos nicht besonders üppig wirkten, wenn ich sie nach unten hängen ließ; zumindest bildete ich mir das ein. Deshalb versuchte ich sie mit meinen Händen ein wenig nach oben zu drücken. Zu dumm, dass ich heute keinen Push-up anhatte. Das wäre für die Aufnahmen sicherlich hilfreich gewesen. Überhaupt war es harte Arbeit, sich sexy fotografieren zu lassen. Immer musste man daran denken, dass die Dellen an den Oberschenkeln verdeckt waren, die Haare nicht ins Gesicht hingen oder der Po gut zur Geltung kam. Uff! Jetzt konnte ich verstehen, wieso Models so viel Geld verdienten. Das war ja Knochenarbeit.

»Du machst das ganz toll.« Pascal war begeistert und kam näher zu mir heran, um die Kamera genau zwischen meine Beine zu halten.

»Ein Foto von deiner gierigen Möse wollte ich immer schon mal haben«, lachte er. »Öffne mal deine Schamlippen ein wenig mit den Fingern … du bist schon ganz nass, du geiles Luder. Das kann ich ganz genau erkennen! Jetzt steck dir einen Finger in deine triefende Fotze und fick dich damit selbst. Ich will sehen, wie du dir selbst Lust verschaffst.« So vulgär sprach Pascal sonst eher selten, und im ersten Augenblick war ich ein wenig schockiert, aber eigentlich musste ich zugeben, dass es mich auch anmachte, wenn er so schmutzig mit mir redete.

»Öffne deine Fotze und zeig Dagmar, wo sie dich lecken soll.«

Der Gedanke an Dagmar erregte mich, und gleichzeitig war ich auch ein wenig eifersüchtig auf diese Frau, die sich innerhalb von einer Stunde in unser Liebesleben eingeschlichen hatte. Aber gehorsam legte ich mich auf das Bett und öffnete meine Schenkel. Langsam kreiste mein Mittelfinger um meine Klitoris, und ich schloss die Augen. Vor mir sah ich Dagmar knien, und sie zeigte mir ihre Zunge, die so pinkfarben war wie der Slip, den sie trug. Ich erlebte eine seltsame Mischung aus verschiedenen Gefühlen, wie ich sie bisher noch nie kennengelernt hatte. Pascal musste ganz nah an meinem Körper sein, denn ich hörte das leise Klicken seiner Kamera neben meinem Kopf. Eigentlich hatte ich ihn zwischen meinen Beinen vermutet, denn er wollte sicherlich eine Aufnahme von meiner Möse machen. Aber vielleicht war ein solches Foto auch etwas zu intim, und er konzentrierte sich stattdessen auf die sanfte Rundung meiner Brüste. Von oben aufgenommen sahen sie sicherlich noch größer aus, und das gefiel bestimmt vielen Frauen. Andererseits standen sie vielleicht auch auf meinen mädchenhaften Brüsten, die locker in der Hand lagen und sehr weich und sanft gerundet waren.

»Du siehst so scharf aus, wie du da vor mir liegst und an deiner Möse spielst«, flüsterte mir Pascal ins Ohr und beugte sich über mich, um meine Brüste zu lecken. Ich öffnete meine Beine noch ein wenig weiter und begann zu stöhnen. Eine Welle der Lust durchflutete mich, und mein Becken begann sich ganz von allein zu bewegen. Es kreiste vor und zurück, als ob ich gerade gefickt würde und ein harter Schwanz in mich eindrang.

»Ich liebe deine wunderschönen Brüste«, stöhnte Pascal und schoss wieder einige Aufnahmen von mir. »Mach doch mal die Augen auf, damit ich deine Lust auf meinen Bildern festhalten kann.« Ich öffnete die Augen und schaute meinen Freund an, der mit der Kamera vor mir stand. Ich stellte mir vor, wie ich mit ihm flirtete und ihn anmachen wollte. Wie gerne würde ich ihn jetzt in meiner Möse spüren. Ich war ziemlich geil und öffnete den Mund, um mir lasziv über die Lippen zu lecken. »Küss mich«, schien mein Blick ihm zu signalisieren. Gleichzeitig hob ich mit beiden Händen meine Brüste leicht nach oben, bis sie sich in der Mitte berührten.

»Ich würde gern deinen Schwanz zwischen meinen Brüsten fühlen«, hauchte ich mit verruchter Stimme.

»Das würde ich jetzt auch gern machen. Mein Sperma auf deinen wundervollen Titten verteilen.« Pascals Stimme klang ziemlich erregt, und ich sah, wie er sich mit einer Hand in die Hose griff und seinen Ständer massierte, während er mit der anderen Hand immer wieder auf den Auslöser drückte.

»Leck meinen Schwanz!«, befahl er mir. Ich war selbst erstaunt, wie geil ich war und wie sehr ich ihn begehrte. Gehorsam öffnete ich den Mund ein wenig mehr und leckte über seine feuchte Eichel, die er mir entgegenstreckte. Ich liebte seinen Geruch und steckte meine Zungenspitze in die kleine Öffnung seines Schwanzes. Ich tat so, als ob ich ihn mit meiner Zunge in den Schwanz fickte, und das machte ihn richtig wild. Dann nahm ich seinen harten Penis tiefer in den Mund, und es machte mir nichts aus, dass er sanft in mich hineinstieß und sich ziemlich tief in meinen Rachen hineindrängte. Wenn ich so geil war wie in diesem Augenblick, hätte ich ihn glatt mit Haut und Haaren verschlingen können. Pascal begann laut zu stöhnen und stieß ein wenig heftiger zu.

»Du bist eine Sexgöttin«, ächzte er und massierte dabei mit einer Hand meine Brüste. Mit der anderen Hand machte er anscheinend ein Foto von oben, wie ich seinen harten Schwanz in mich einsaugte. Wie so eine Aufnahme wohl aussah? Es machte mich tierisch an, in so einem intimen Moment fotografiert zu werden. Lustvoll saugte ich den prallen Penis in meinem Mund, bis er in mir zu zucken begann – immer ein sicheres Zeichen, dass sich Pascal kurz vor dem *point of no return* befand und sich nur noch mit Mühe zurückhalten konnte, bevor er in mir abspritzte. Ich kannte meinen Geliebten nur zu gut und wusste genau, was jede Regung seines Körpers zu bedeuten hatte. Ich verlangsamte die Geschwindigkeit, mit der mein Mund sich über seinen harten Ständer bewegte, und lockerte den Griff meiner Lippen ein wenig, mit dem ich meinen Geliebten umfangen hielt. Ich wollte auf keinen Fall, dass Pascal jetzt schon in mir kam, denn ich wollte ihn doch auch fotografieren mit seinem überwältigenden Ständer. Ich machte eine kurze Pause, in der ich nur über die Venen seines Schwanzes leckte, die so stark durchblutet waren, dass sie prall hervortraten. Spielerisch biss ich in seinen Schwanz und hielt ihn locker zwischen den Zähnen umklammert. Pascal stöhnte wieder, und ich merkte, wie sehr er die Liebkosung meiner Lippen und meiner Zähne genoss. Er gab sich mir ganz hin, und das berührte mich. Seinen Schwanz zwischen meinen Zähnen zu fühlen, konnte durchaus auch Unsicherheit auslösen. Ein Biss von mir … und dann wäre es vorbei mit seiner Männlichkeit. Aber natürlich wusste er, dass er sich bei mir ganz fallen lassen konnte. Ich löste den sanften Griff meiner Zähne und nahm Pascal noch einmal ganz tief und liebevoll in den Mund. Ich verstand es, meine Zuneigung über meine Lippen auszudrücken und mich ihm ganz zu öffnen. Das hatte ich noch bei keinem anderen Mann in dieser Weise gespürt. Einige Male fuhr ich mit meinem Mund über seinen Schaft, der sich ganz prall und seidig anfühlte. Dann entfernte ich mich ein wenig, so dass sein Schwanz aus meinem Mund glitt und beinahe senkrecht in die Luft zeigte. Ich rieb meine Wange an diesem mächtigen Ständer und küsste ihn sanft. Dann richtete ich mich auf und griff nach der Kamera.

»Schatz, jetzt bin ich dran! So einen prachtvollen Schwanz will ich unserer neuen Gespielin nicht vorenthalten. Lass mich ein paar Fotos von dir machen.«

Pascal lachte und baute sich vor mir auf wie ein Bodybuilder in einem Wettbewerb.

»Nur zu. Schließlich habe ich auch etwas Besonderes zu zeigen, und ich wollte schon immer mal sehen, wie mein Schwanz auf andere wirkt.« Ich fotografierte meinen Liebsten und genoss es, seine nackte Männlichkeit aus verschiedenen Blickwinkeln aufzunehmen. Halb schräg von der Seite wirkte sein Schwanz besonders eindrucksvoll; so erinnerte er mich an den Penis eines Satyrs, der sich unschuldigen Nymphen im Wald in den Weg stellte und dabei auf seiner Flöte spielte, um sie zu beeindrucken. In irgendeinem Buch über griechische Mythologie hatte ich mal so ein Bild gesehen, und dieses Ungetüm mit seinem Riesenständer hatte sich mir tief ins Gedächtnis eingegraben.

»Knie dich jetzt vor mich und schau mich an«, forderte ich ihn auf und genoss es, ihn herumkommandieren zu können. Pascal war erst ein bisschen erstaunt darüber, dass er zu meinen Füßen liegen sollte, aber dann reizte ihn unser albernes Spiel, das gleichzeitig so sinnlich und erotisch war.

»Wie du wünschst, meine Herrin«, erwiderte er und senkte den Blick in gespielter Demut.

»Ein wenig mehr Respekt! Seit wann darfst du deine Lady mit du ansprechen?« Mir gefiel dieses Spiel mit der Kamera immer mehr. »Und jetzt schau zu mir auf und leck über deine Lippen«, befahl ich ihm. »Stell dir vor, dass du mich leckst.«

»Das kann ich mir nicht vorstellen, Herrin«, antwortete Pascal. »Das muss ich sehen und ausprobieren.«

Ich spielte meine Rolle als Domina weiter und stellte mich breitbeinig vor ihn. Dann hielt ich ihm meine Möse vors Gesicht und befahl ihm: »Leck mich!« Pascal streckte gehorsam seine Zunge heraus und strich damit sanft über meine Klitoris.

»Schon ganz gut!«, lobte ich ihn. »Aber du darfst ruhig ein

wenig mehr Druck ausüben. Und ein wenig schneller könnte es auch sein.«

Normalerweise tat ich immer ganz dankbar, wenn Pascal mich oral befriedigte. Aber in meiner Rolle als strenge Fotografin und Domina genoss ich es, ihm genau zu sagen, wie er mich verwöhnen sollte. Pascal indes stutzte einen Augenblick, und ich hoffte, dass er sich nicht in seiner Männlichkeit verletzt fühlte, wenn ich ihn ein wenig herumkommandierte. Aber ganz im Gegenteil! Ich sah, wie sein Schwanz sich noch ein wenig höher nach oben reckte und ihm diese Rolle des demütigen Sklaven offensichtlich gefiel. Umso besser! Zu diesem Spiel würde mir noch einiges einfallen. »Jetzt will ich deine Zunge in meiner Möse fühlen. Fick mich mit deinem Mund!« Ich beugte meine Knie leicht, damit er mich besser lecken konnte und seine Zunge tiefer in mich eindrang. Pascal machte das großartig. Schon lief der Liebessaft an meinen Schenkeln entlang nach unten.

»Oh, meine Herrin schmeckt so gut!« Pascal schnalzte genüsslich mit der Zunge, und ein wohliges Gefühl breitete sich in meinem Unterleib aus.

»Das ist gut. So gehört sich das auch.« Ich überlegte, was ich ihm sonst noch auftragen könnte. Wann hatte ich schon mal die Gelegenheit, mir alles von ihm zu wünschen, was mir auf der Seele lag. »Fick mich mit deinem Finger und lecke dabei meine Klit.« Ich genoss es, ihm ganz detaillierte Anweisungen zu geben.

»Darf ich mich dabei hinlegen? Oder zumindest setzen?«, fragte Pascal mit gespielter Unterwürfigkeit. Ich hatte gar nicht daran gedacht, dass er sicherlich sonst kaum das Gleichgewicht halten könnte. Aber das war mir doch egal. Er sollte ruhig ein wenig ins Schwitzen geraten.

»Nein, auf keinen Fall, darfst du dich hinsetzen. Bleib auf den Knien, bis ich dir etwas anderes sage.« Pascal gehorchte, und nach einer Weile, als ich spürte, wie anstrengend diese Position für ihn sein musste, erlaubte ich ihm, sich auf die Fersen zu setzen. Dankbar griff er mit beiden Händen meinen Po und zog meine Möse näher an sein Gesicht heran. Ich war so geil, dass ich fast gekommen wäre. Er schleckte mich so gierig wie eine süße Mango, und mein Liebessaft lief über sein Gesicht. Das schien ihn überhaupt nicht zu stören – im Gegenteil. Er war so vertieft in seine dienende Tätigkeit, dass er überhaupt nicht mehr aufhören konnte. Nur mit Mühe konnte ich mich zurückhalten; meine Beine zitterten bereits, so erregt war ich.

»Ich will in dein Gesicht kommen«, stöhnte ich und fühlte mich sehr in meiner Kraft. Fast ein wenig männlich, auch wenn ich keinen Schwanz hatte. In einer Frauenzeitschrift hatte ich davon gelesen, dass auch Frauen ejakulieren können, doch bisher war das jenseits meiner Vorstellungskraft.

Aber jetzt fühlte ich, wie meine Möse anschwoll und sich zusammenzog. Gleichzeitig spürte ich einen starken Harndrang, zumindest fühlte es sich so an. Einen Moment war ich unschlüssig, was ich tun sollte. Sollte ich unser Spiel unterbrechen und auf die Toilette eilen? Nein, es war ein anderes Gefühl. In mir wollten sich alle Schleusen öffnen, und ein völlig neues Gefühl kündigte sich an. Ich wollte einfach nur alle Anspannung loslassen und mich völlig meiner Lust ergeben.

»Komm, Baby!«, ermutigte mich Pascal, der spürte, wie erregt ich war. Er öffnete meine Lustlippen mit beiden Händen und zog sie sanft auseinander. Ich fühlte seinen Mund überall; er schien mich aufessen zu wollen wie eine saftige Papaya. Mein Saft lief über sein Gesicht, aber das schien ihn nicht zu stören. Seine Hingabe erregte mich noch mehr. Es gab kein Halten mehr. Alle Lust schoss aus mir heraus, und ich ergab mich diesem Gefühl der totalen Hemmungslosigkeit. Ich umfing seinen Kopf und zog ihn noch dichter an meinen Schoß, als meine Möse sich zusammenzog und ein rauschender Wildbach aus mir herausschoss. Immer wieder. Immer mehr. Es wollte gar nicht mehr aufhören …

Wir hatten uns auf das Bett gelegt und lagen eine Weile eng umschlungen zusammen. Es war ein sehr inniges Gefühl, so intim sein zu können mit seinem Geliebten.

»War das eben o.k. für dich?«, fragte ich. Auch wenn ich die Antwort schon kannte, wollte ich sichergehen, dass ich ihm nicht zu viel zugemutet hatte.

»Fragst du im Ernst?« Pascal war erstaunt, wieso ich mich rückversichern musste. »Es war absolut überwältigend für mich, wie du eben gekommen bist. Ich habe dich selten so lustvoll erlebt.«

»Ich sollte mir wohl einen Haussklaven anschaffen«, scherzte ich. »Ich glaube, als Domina mache ich mich ganz gut.«

»Das kann man wohl sagen«, lachte Pascal. »Wenn der Sender dich vielleicht eines Tages nicht mehr haben will, dann weißt du, womit du deine Miete bezahlen kannst.«

»Sehr witzig!«

»Keine Ursache.« Pascal biss zärtlich in meine rechte Brustwarze, und ich schrie überrascht auf.

»Hey, du tust mir weh! Was fällt dir ein, du ungezogener Diener.«

»Weißt du, woran ich gerade denke?« Pascal sah mich erwartungsvoll an.

»Keine Ahnung. Was ist es denn?« Ich war natürlich neugierig, was ihm durch den Kopf ging.

»Ich glaube, auch unsere Recherche im Internet hat dich so auf Touren gebracht. Zumindest war das bei mir so.« Pascal machte eine kurze Pause und strich mir eine Haarsträhne aus dem Gesicht. »Ich musste die ganze Zeit daran denken, wie du von einer anderen Frau geleckt wirst und wie ich euch dabei zusehen darf. Das hat mich tierisch angemacht.«

Einen Moment war ich sprachlos. Ich hatte angenommen, dass Pascal sich nur auf mich konzentriert hätte; dabei war er in Gedanken in seinem eigenen Kopfkino gewesen. Aber war es bei mir nicht auch so? Machte mich die Vorstellung nicht auch sehr an, die Brüste einer Frau zu berühren und dabei meinen Schatz neben mir zu wissen? Wenn ich ganz ehrlich war, musste ich zugeben, dass mich diese Vorstellung bei meinem Orgasmus eben auch sehr angeregt hatte. Pascal war immer noch geil, das sah ich an seinem steifen Schwanz. Aber anstatt sich nun seinem eigenen Höhepunkt zuzuwenden, hatte er anderes im Sinn.

»Ich finde, wir sollten uns jetzt ein paar scharfe Fotos aussuchen und sie in unser Profil stellen«, schlug er mir vor.

Gemeinsam schauten wir uns die Fotos an. Auf manchen Bildern aber gefiel ich mir überhaupt nicht.

»Ich hätte die Augen auf dem Foto aufmachen sollen«, beschwerte ich mich. »Wieso hast du mir das nicht gesagt?«

»Aber schau mal hier!« Pascal zeigte mir ein anderes Foto, auf dem ich verführerisch in die Kamera blickte und meine Brüste zusammenschob. Dadurch wirkten sie noch praller. Zum Anbeißen.

»Das gefällt mir ganz gut«, gab ich geschmeichelt zu. Ich war ziemlich stolz auf mich, dass ich so klasse aussah. »Wenn ich eine Frau wäre, würde ich mich sofort in mich verlieben«, alberte ich herum.

Als Nächstes suchten wir noch ein attraktives Foto von Pascal aus, allerdings ohne sein bestes Stück. Wie wir auf der Site nachlasen, durfte man aus Jugendschutzgründen keine Geschlechtsteile ins Netz stellen. Entsprechende Bilder wurden wenn, dann erst auf Anfrage per Anhang weitergeleitet.

»Wir warten eben, bis die Damen uns fragen, wie ich gebaut bin«, schlug Pascal vor. »Dann schicken wir ihnen eines der gewagteren Fotos zu. Lass uns doch mal schauen, ob unsere Dagmar online ist.«

Dagmar hatte ich schon fast vergessen, aber jetzt fiel sie mir wieder ein. Neugierig war ich schon, welche Frau sich hinter diesem süßen Po verbarg. In den würde ich zu gerne einmal hineinbeißen. Aber das erzählte ich Pascal natürlich nicht, denn er war schon scharf genug auf sie, und das musste ich nicht noch mehr schüren. Wie sich herausstellte, war Dagmar in der Tat zur gleichen Zeit online wie wir, und wir fragten sie, ob sie Lust hätte, mit uns zu chatten. Wenig später leuchtete ein Briefchen auf dem PC auf, was uns signalisierte, dass sie zurückgeschrieben hatte. Sie nahm unser Angebot zum Chatten an.

»Hey, ihr Süßen, ich hätte schon Interesse daran, euch zu treffen. Ihr gefallt mir«, schrieb sie zurück.

»Wir sind noch ganz neu hier. Hast du schon mal ein Paar getroffen?«, tippten wir in die Tasten, und gleich darauf kam die Antwort.

»Nein, bisher nur Typen. Aber ihr würdet mich schon mal reizen. Ich hatte noch nie was mit einer Frau. Und ihr?«

»Kannst du dir vorstellen, eine Frau zu küssen und gleichzeitig von einem Mann gestreichelt zu werden?«, schrieben wir zurück.

»Oh, das hört sich geil an. Ich möchte deine Brüste berühren und von einem Mann dabei gefickt werden.«

Huch! Die redete von *meinem* Freund. Sie wollte von *ihm* gefickt werden und mich dabei verwöhnen!

Sarah, jetzt stell dich nicht so an, dachte ich bei mir. Das wolltest du doch. Sei mal ein bisschen offen und teile schwesterlich. Deshalb schrieb ich ihr zurück: »Ja. Das würde mich auch sehr anmachen, wenn ich dich berühren dürfte. Pascal kann es kaum erwarten uns zuzusehen.«

»Bist du rasiert, Sarah?«, fragte sie mich.

»Ja. Und du?«

»Brazilian waxing«, kam prompt die Antwort. Offensichtlich kannte unsere Frau sich aus in Sachen Körperhygiene, und das machte sie sympathisch. Ihr rotblonder Busch auf dem Foto gehörte wohl der Vergangenheit an.

»Welche Dinge machen dir Spaß im Leben?«, fragte ich zurück, um das Gespräch wieder etwas niveauvoller zu gestalten. Ich wollte mit unserer Frau zwar nicht über den kategorischen Imperativ diskutieren, aber ein wenig Bildung sollte schon vorhanden sein. Ansonsten würde sie mich sicherlich nicht so anmachen, dachte ich. Immerhin sollte man sich auch unterhalten können.

»Shopping. Desperate Housewives. BBP«, kam die Antwort zurück. Dagmar hatte offensichtlich keinen Kurs in kreativem Schreiben belegt.

»Was ist BBP?«, fragte ich nach.

»Bauch, Beine, Po. Wie lang ist der Schwanz deines Freundes?«

Ich war ein wenig ratlos. Wie konnten wir mit so einer platten Person ins Bett gehen? Das machte mich überhaupt nicht an.

»Pascal, wir können uns unmöglich mit so einer Frau treffen. Die hat ja Stroh im Hirn.« Pascal sah das ein wenig lockerer als ich. Er meinte, dass wir mit ihr ja keinen philosophischen Diskurs anstreben würden und dass es einen Spruch gäbe, der heißt: Dumm fickt gut. Außerdem wollte er jetzt mal das Schreiben übernehmen, denn bisher wäre bei meiner Art der Konversation ja nicht besonders viel herausgekommen. Ich war ein bisschen beleidigt, aber ich ließ ihn gewähren. Pacal tippte wieder eine Nachricht in den Laptop.

»Pascal würde dich sehr gern von hinten in deinen süßen Po ficken. Stehst du auf griechisch?«

Ich war entsetzt, wie offen er dieser unbekannten Frau seine Wünsche schrieb. Aber andererseits machte mich diese hemmungslose Direktheit auch an.

»Woher weißt du, dass ich das besonders geil finde?«

Na siehst du! Pascal schaute mich triumphierend an. Diese

Frau wusste anscheinend ganz genau, was sie wollte. Zu meinem Entsetzen sah ich, dass sich Pascals Schwanz sehr über diese neue Begegnung freute. Unter Erektionsstörungen würde er bei einem solchen Treffen nicht zu leiden haben, da musste ich mir keine Sorgen machen.

»Das habe ich intuitiv gefühlt. Du hast einen geilen Arsch!«, schrieb Pascal zurück.

»Weiß ich«, kam prompt die Antwort. Unter einem niedrigen Selbstwertgefühl schien Dagmar nicht zu leiden. Das war schon mal klar!

»Pascals Ständer wird dir gefallen«, schrieb er zurück. »Sollen wir dir mal ein Foto von ihm schicken?«

»Ja fein!«, kam die Antwort kurz und bündig. Pascal lud sein Foto hoch und schickte es an Dagmars Profil. Jetzt bereute ich es doch ein wenig, dass ich so eine tolle Aufnahme von ihm gemacht hatte. Auf dem Foto sah er aus wie ein Striptänzer in der California-Dreamboys-Truppe. Und auch Dagmar schien ziemlich angetan.

»Klasse. Den Schwanz von Pascal hätte ich gern mal in mir. Auch von hinten.«

»Das finden wir klasse, und Pascal würde dich gern so lange vögeln, bis du multiple Orgasmen hast.«

»Pascal, stoß mich!«

»Baby … komm. Ich kann es kaum erwarten, in dich hineinzuspritzen.«

»Fick mich hart, du Tier!«

»Ich zieh deine Hinterbacken auseinander und komm noch tiefer in dich hinein.«

»Fass dabei meine Titten an und zieh an meinen Haaren.«

»Du geiles Luder, ich komm gleich über deinem Arsch, wenn du so weitermachst.«

»Steck mir dein hartes Rohr wieder hinten rein. Ich will dein Sperma in mir haben. Du fühlst dich so groß an.«

»Versautes Stück. Ich explodiere gleich in dir.«

»Du Hengst. Ich komme gleich und hab meine Finger in meiner Möse.«

»Die würd ich jetzt auch gern lecken.«

»Meine Möse ist ganz nass. Ich will deine Hand in meiner Möse haben, während du meinen Arsch fickst.«

»Das darfst du. Ich werde all deine Öffnungen ficken, du geiles Luder.«

»Oh … ich komm gleich.«

»Ich auch. Mein Schwanz will dich ficken.«

Jetzt reichte es mir aber! Ich kam in diesem erotischen Chat überhaupt nicht mehr vor und wurde langsam richtig sauer. Pascal beruhigte mich und sagte, dass das alles doch nur ein Spaß wäre, und vielleicht sei Dagmar ja auch nur ein *fake*. Da ich mit diesem Begriff wenig anfangen konnte, musste er mir erst erklären, dass es sich dabei um einen Mann handelte, der sich mit einem falschen Frauenfoto ein Profil gemacht hatte. Um das herauszufinden, sollten wir am besten mit Dagmar telefonieren, schlug er vor und gab ihr seine Handynummer.

»Wir müssen jetzt leider Schluss machen«, schrieb er. »Aber melde dich doch mal bei uns, und bei einem Treffen können wir am ehesten feststellen, ob das mit uns dreien passt.«

»Mach ich.« Dagmar verlor kein Wort zu viel. Wahrscheinlich chattete sie parallel noch mit fünf anderen Männern. Diese Vermutung behielt ich aber für mich.

6. Kapitel

Ich schlief unruhig in dieser Nacht. Ein reißender Fluss hielt mich in seinen Armen gefangen, und ich hatte keine Kraft mehr, gegen die Strömung anzukämpfen und ans rettende Ufer zu gelangen. Pfeilschnell wurde ich an scharfen Klippen vorbeigeschleudert und sank dann wieder in die Tiefe des schlammigen Wassers. Um Hilfe rufend suchte ich nach Halt, aber bis auf ein paar Zweige, die neben mir im Wasser trieben, gab es nichts zum Festhalten. In der Ferne sah ich einen hohen Felsen, und meine Hoffnung wuchs. Ich wollte mich an diesem Felsen festhalten und mich nach oben ziehen. Dann sah ich diese wunderschöne Frau. Sie saß auf dem Felsen und kämmte ihr goldrotes Haar, das ihr weich über den Rücken fiel. Das Haar war sehr lang und reichte bis zum Po. Und was für einer das war! Jetzt stand sie auf und zeigte sich von hinten. Ihre schmale Taille ging in zwei perfekte Pobacken über. Eine Zeichnung von Picasso hätte nicht vollkommener sein können. Die verführerische Dame drehte sich um und lächelte mir zu. Mit Schrecken erkannte ich das affige Gesicht von Dagmar, das sie in ihr Internet-Profil gestellt hatte. Und wer lag ihr da zu Füßen und hob gerade den Kopf? Nein! Das konnte nicht sein. Ich erblickte Pascal, der es sich zwischen ihren Beinen bequem gemacht hatte und mir zuwinkte. Vor Schreck wachte ich auf und tastete mit der Hand nach meinem Freund, der ruhig neben mir atmete. Was für ein Alptraum! Schweißgebadet und glockenhell wach lag ich um vier Uhr morgens im Bett und konnte nicht mehr schlafen. Schäfchen zählen half diesmal nicht und auch nicht die erotische Fantasie von einen kräftigen Schäfer, der auf der Weide stand und einen beachtlichen Bizeps unter seinem Tank Top vorzuweisen hatte. Ich kuschelte mich an Pascals Rücken und vergrub die Nase in seinem Nacken. Ich liebte seinen männlichen Geruch. Pascal war mein Traummann, und ich konnte mir nicht vorstellen, ohne ihn zu sein. Hoffentlich hatte ich mir mit dieser Erotiksendung und meinem kleinen Liebesexperiment nicht zu viel zugemutet, ging es mir durch den Kopf. Schließlich schlief ich doch noch für ein paar Stunden ein, und als ich aufwachte, war Pascal längst im Büro. Schade. Denn eigentlich hätte ich gern noch mit ihm gefrühstückt, um mich ihm nah zu fühlen und diesen bösen Alptraum zu vergessen. Verschlafen machte ich mir einen Kaffee. Wie üblich kam ich mit dieser Designer-Espressomaschine nicht klar, die Pascals besonderer Stolz war. Ich hatte anscheinend auf den falschen Knopf gedrückt, und anstatt Kaffeeschaum zu produzieren, zischte die Maschine heftig und prustete heißen Wasserdampf aus. Gott sei Dank konnte ich meine Hand noch schnell genug wegziehen. Ich verzichtete auf den Kaffee, suchte schnell nach meinem Autoschlüssel und nahm mir vor, Pascal demnächst eine French Coffee Press zu schenken. Heißes Wasser über den gemahlenen Kaffee gießen, die Kaffeepresse nach unten drücken und fertig! Wer brauchte schon all diesen Hightech-Schnickschnack? Männer …

Die beiden nächsten Tage waren anstrengend und mit vielen Terminen angefüllt. Ich musste mich um die Studiogäste kümmern, die ich zur Sendung einladen wollte. Ein Paar aus Bremen war bereit, uns vor laufender Kamera von ihrem Swingerleben zu berichten und wie das ihre Ehe gerettet habe. Ich telefonierte mit dem Mann.

»Herr Frischke, schön, dass Sie zu uns in die Sendung kommen wollen. Darf ich Ihnen ein paar Fragen stellen, damit wir feststellen können, ob das in unser Konzept passt, so wie wir uns das ausgedacht haben?«

»Ei freilich, dürfe Se des!« Der Mann nuschelte, und ich konnte ihn kaum verstehen.

»Sie gehen mit Ihrer Frau regelmäßig in einen Club, in dem Sie auch mal zu dritt Sex haben. Wie kann ich mir das vorstellen?«

»Ei klar, gehe mir in solche Clubs.«

»Ich meine, wieso machen Sie das? Was reizt Sie an so einem Club?«

»Ui … des is jetzt aber 'ne schwierige Frage.«

»Gehen Sie jeden Samstag in einen Club?«

»Irgendwas müsse mer ja mache am Samstag. Mer esse dort immer gleich mehrmals vom Buffet, und der Nudelsalat schmeckt escht gut!« Irgendwie verlief das Gespräch nicht so, wie ich mir das erwartet hatte, und ich wurde ein wenig direkter.

»Sie wollen uns erzählen, wie Sie und Ihre Frau Sex hatten … mit einer anderen Frau, Herr Frischke.«

»Ach so. Wieso sage Se des net gleich?« Herr Frischke wirkte irritiert und schnäuzte sich erst einmal kräftig die Nase, bevor er weitersprach. »Wisse Se, mer habe schon öfters gepoppt mit andere Paare und Fraue un so.«

Ich wartete gespannt auf prickelnde Details, die unsere Zuschauer interessieren könnten, aber es entstand nur eine längere Pause, und offensichtlich wartete mein Gegenüber am anderen Ende der Leitung auf eine neue Frage von mir. Ich startete einen letzten Versuch. »Herr Frischke, wie findet Ihre Frau das in diesen Swingerclubs? Ist die da nicht ab und zu mal eifersüchtig, wenn Sie mit anderen Frauen Spaß haben?«

»Ei freilich!«

»Herr Frischke, ich danke Ihnen für dieses Gespräch. Wir melden uns bei Ihnen, wenn wir uns für Sie entscheiden sollten für die Sendung.« Völlig entnervt legte ich den Hörer auf. Familie Frischke würde sicherlich nicht in meiner Sendung auftreten. Ich musste nach anderen Gästen suchen.

Mein Chef gab mir einen Tipp von einer Bekannten, die sich gern mit anderen Paaren traf. Keine Ahnung, woher der solche Frauen kannte. Aber immerhin war dieser Anruf einen Versuch wert. Schließlich drängte die Zeit, und ich suchte dringend nach interessanten Gästen. Ich rief Vanessa zu Hause an und wunderte mich ein wenig über ihre 0180er-Nummer.

»Hallo, Vanessa, schön, dass Sie sich bereiterklärt haben, unseren Zuschauern von Ihren Erfahrungen mit Paaren zu berichten«, begann ich das Gespräch.

»Hallo, ich will Sie aber gleich darauf aufmerksam machen, dass jede Minute, die wir hier am Telefon sprechen, zwei Euro neunzig kostet.«

»Wie bitte? Wieso denn das? Ich wollte doch nur ein Vorgespräch für unsere Sendung machen? Habe ich denn die falsche Nummer gewählt? Sie sind Vanessa, richtig?«

»Ach so, das mit der Sendung? Stimmt. Na gut, ich mache da mal eine Ausnahme. Aber nur, wenn Sie dann auch meine Nummer einblenden in Ihrer Sendung.«

»Das müssen wir noch separat besprechen. Erst einmal geht es ja darum, ob Sie überhaupt in unsere Sendung passen«, gab ich vorsichtig zu bedenken.

»Wieso soll ich denn nicht passen? Ich sehe super aus und kenne mich seit zehn Jahren in der Branche aus.« Ich schluckte, als ich das hörte. Eine Prostituierte? Ich sah meinen Chef plötzlich mit anderen Augen. Aber ich wollte ihr noch eine Chance geben.

»Erzählen Sie mir doch bitte, wie das abläuft. Sie werden von Paaren für Ihre erotische Dienstleistung bezahlt?«

»Ja, die zahlen, und zwar nicht wenig. Ich kassiere für einen

Abend mit einem Paar fünfhundert Euro. Vorkasse. Erst dann geht es zur Sache.«

»Und was passiert anschließend, wenn das Geld gezahlt wurde?« Ich wollte endlich ein paar intime Details hören über die Liebe zu dritt und wartete gespannt auf Einzelheiten.

»Ich ziehe mich dann meistens aus, der Mann fängt fast immer an, meinen Körper zu befummeln, und die Frau schaut zu.«

»Ist das nicht ein wenig langweilig für die Frau? Ich meine, schließlich wurden Sie für ein Paar engagiert.«

»Ich steh aber eigentlich nicht auf Frauen.«

»Ach so …«

»Aber wenn die Frau in Ordnung ist, dann darf sie mich auch mal anfassen. Aber mehr geht nicht. Ich steh einfach eher auf Schwänze. Moment mal, jetzt klingelt es wieder auf der anderen Leitung. Sicherlich ein Kunde. Ich muss auflegen.« Vanessa verabschiedete sich abrupt, und ich schaute in meinen Unterlagen nach, wer sonst noch infrage kommen könnte für ein Gespräch. Natürlich war ich mir im Klaren darüber, dass es nicht einfach sein würde, eine Frau zu finden, die so offen über ihr Sexualleben sprach und dazu auch noch einigermaßen seriös wirkte. Aber eine dermaßen abgebrühte Person wie Vanessa konnte ich natürlich nicht einladen.

Ein weiteres Paar hatte sich auf unsere Anzeige in der Zeitschrift »Swingen mit Herz« gemeldet und wollte von uns interviewt werden. Er war Mitte vierzig und seine Partnerin noch recht jung, Ende zwanzig. Sie hatten uns Fotos geschickt, auf denen seine Frau in inniger Umarmung mit einer anderen Frau zu sehen war. Anscheinend war das Foto während einer Faschingsfeier aufgenommen, denn die Frauen trugen Masken, und die eine hatte ein Harkekinkostüm an. Die andere Frau auf dem Foto trug nur eine Stola, Netzstrümpfe und einen Stringtanga. Welche von den beiden nun die Ehefrau war, wusste ich nicht. Aber ich war bereit, das gleich herauszufinden. Wieder hatte ich den Mann am Apparat.

»Hallo, Herr Pfeiffer, schön, dass Sie Lust haben, unseren Zuschauern von Ihrem aufregenden Sexleben zu berichten«, begann ich das Gespräch.

»Ahh … mmhh … Oh jaaa …« Ich konzentrierte mich und versuchte zu verstehen, was mir mein Gegenüber mitteilen wollte. »Herr Pfeiffer … sind Sie am Apparat? Hören Sie mich?«

»Oh ja … machen Sie weiter! Erzählen Sie mir von der Sendung … ja ja ja …« Ich konnte ihn immer noch nicht gut verstehen und hörte im Hintergrund lautes Stöhnen und Keuchen. Vielleicht hatte ich mich verwählt?

»Herr Pfeiffer? Sind Sie das?«

»Aber ja doch … ich komme gleich.«

»Nein, wir wissen noch nicht, ob Sie zur Sendung kommen können«, versuchte ich das Gespräch in eine vernünftige Richtung zu lenken.

»Ich will aber kommen … mindestens fünf Mal!«

»Wir laden jeweils unterschiedliche Paare zu den Folgen der Sendung ein. Sie dürfen höchstens ein Mal kommen, Herr Pfeiffer!« Wieder hörte ich im Hintergrund lautes Stöhnen. Ob da wohl der Fernseher lief? Vielleicht schaute er gerade einen Porno an. »Können Sie mal den Fernseher leiser stellen? Ist das ein Porno im Hintergrund? Ich kann Sie kaum hören, Herr Pfeiffer.«

»Was für ein Porno? Läuft bei Ihnen in der Sendung ein Porno? Geil!«

»Nein, Herr Pfeiffer. Bei Ihnen läuft doch gerade was im Hintergrund. Ich kann Sie kaum verstehen. Können Sie das mal leiser drehen?«

»Geht nicht. Meine Frau ist immer so laut, wenn Sie mir einen bläst.«

»Wie? Ihre Frau ist auch da? Und was macht sie gerade?« Ich glaubte, mich verhört zu haben, und fragte deshalb noch einmal nach.

»Das ist 'ne ganz scharfe Braut. Ich habe Ihnen doch ein Foto von ihr und ihrer Freundin geschickt.«

»Welche Dame auf dem Foto ist denn Ihre Frau? Der Harlekin?« Ich ahnte natürlich, dass es die andere war, doch ich fühlte mich ziemlich hilflos grade. Konnte es sein, dass die beiden gerade Sex hatten? So etwas war mir ja noch nie passiert. Wie peinlich!

»Raten Sie mal.« Mein Gegenüber spannte mich auf die Folter, gleichzeitig hörte ich wieder lautes Stöhnen. Jemand keuchte ins Telefon. Ich musste dieses Gespräch so schnell wie möglich beenden. Aber ich war so nervös, dass ich aus Versehen auf den falschen Knopf drückte und das Gespräch laut stellte. Ein aufgeregtes Keuchen und Stöhnen erfüllte den Redaktionsraum, und all meine Kollegen verstummten und sahen sich nach mir um. Ich schüttelte den hochroten Kopf und fand endlich doch noch die richtige Taste. Atemlose Stille erfüllte den Raum. Gott sei Dank war es Freitagnachmittag. Ich entschloss mich, frühzeitig das Büro zu verlassen.

Pascal und ich hatten uns für Samstagabend in seiner Wohnung verabredet. Die letzten Tage waren anstrengend gewesen und hatten mich ziemlich mitgenommen. Ich brauchte unbedingt ein wenig Erholung, und das edle Spa im Kurpark schien mir wie geschaffen dafür. Später, gegen achtzehn Uhr, war ich dort mit Anja verabredet, die sich eine kleine Auszeit von ihrem Mann nehmen wollte.

Schon gleich am Eingang des Wellnessbereichs fühlte ich, wie mein Körper sich entspannte. Eine freundliche Dame am Empfang reichte mir lächelnd einen orangefarbenen Sarong, mit dem ich meine Nacktheit verhüllen konnte. Nach all den

Gesprächen über lustvollen Sex war mir jetzt mehr nach entspannter Sinnlichkeit; ich wollte ein wenig zur Ruhe kommen und meinen Geist abschalten. Ich hätte nicht gedacht, dass es so schwierig sein würde, diese Erotiksendung zu moderieren und vor allem vorzubereiten. Im Odarium ließ ich mich seufzend auf die sanft geschwungene Marmorbank nieder und lehnte mich mit dem Rücken an. In der Mitte dieses Raums, der wie ein antiker Tempel gestaltet war, stand eine gläserne Schale auf einem Podest. Feine Nebelschwaden entstiegen dem Wasser und verströmten den Duft von Grapefruit und Limette. Ich war ganz allein in diesem sinnlichen Tempel und schloss die Augen, um mich dem erfrischenden Geruch hinzugeben und ihn durch all meine Poren einzuatmen. Meine Schultern schmerzten, und ich bemühte mich um eine entspannte Haltung. Vielleicht sollte ich mir auch noch eine Massage gönnen, dachte ich mir. Die Tür öffnete sich einen Spalt, und zwei Teenager schlüpften kichernd hinein und setzten sich mir gegenüber. So genau konnte ich die beiden im Duftnebel nicht erkennen, aber die eine hatte dunkle schwarze Locken, die einen scharfen Kontrast zu ihrem porzellanfarbenen Gesicht bildeten, und die andere hatte raspelkurze platinblonde Haare und anscheinend eine Dauerkarte im Solarium. Viel mehr konnte ich nicht erkennen. Aber dafür hörte ich sie umso deutlicher schnattern.

»Hast du schon mal mit Felix gepoppt?«, fragte Miss Platinblond.

»Ne, noch nicht. Den kenn ich doch erst seit gestern.«

»Trotzdem. Ich schnapp mir immer einen Typen für eine Nacht, und das war's dann auch. Für einen ONS sind die gut, und meistens reicht mir das dann auch.«

»Wieso denn das? Hast du keine Lust, ihn öfter zu poppen?« Schneewittchen schien erstaunt und kicherte dabei, als ob schon allein das Wort »poppen« ein großer Scherz sei.

»Ne, darauf hab ich keinen Bock mehr. Ich schnapp mir die Männer fürs Bett, und anschließend müssen die wieder gehen.« Miss Platinblond schien ganz rabiat zu sein, und ihre Freundin schien das seltsam zu finden.

»Krass!«, sagte die nur und kicherte wieder.

»Die Männer wollen sowieso nur poppen, und treu sind die bestimmt nicht«, erklärte Miss Platinblond, und ihre Freundin nickte zustimmend.

»Haste Recht!«

Konnte man denn nirgendwo auf der Welt mal in Ruhe gelassen werden mit diesem Thema? Überall in diesem herrlichen Spa hingen Hinweisschilder, dass man sich in dieser Ruheoase doch bitte möglichst leise unterhalten oder am besten völlige Stille genießen sollte. Aber dazu müsste man halt erst mal lesen können, dachte ich biestig und verließ den Raum. Ein Heudampfbad wäre sicherlich jetzt die geeignete Entspannung für mich. In diesem kleinen Raum hatten nur vier Leute Platz und saßen sich gegenüber. Man bekam eine weiße Papierfolie über den Kopf gelegt, die den ganzen Körper umhüllte und die Wärme stauen sollte. In der Mitte des Raums war ein Heuballen, dessen Duft den ganzen Raum erfüllte und an Sommer auf dem Bauernhof erinnerte. Wenigstens war es hier zu heiß, um sich groß zu unterhalten. Ein Paar saß bereits in zwei Ecken des Raums verteilt und schwitzte still vor sich hin.

»Ich drehe Ihnen nun die Sanduhr um«, erklärte mir die Angestellte im grünen Kittel, die mir unter die Folie geholfen hatte. »Wenn es zu heiß wird, dann können Sie auch früher aufstehen.« Ich nickte dankbar. »Aber auf keinen Fall anlehnen, das Heu wird manchmal sehr heiß. Nicht, dass Sie sich hier den Rücken verbrennen!« Nein, das wollte ich auf keinen Fall. Ich nickte der Angestellten noch ein letztes Mal freundlich zu, ehe sie den Raum verließ. Dann schaute ich geradeaus und versuchte mich auf meinen Körper zu konzentrieren, der immer mehr unter der Folie zerschmolz. Leider war das mit der Konzentration schwierig, denn ich musste auf die Frau von gegenüber starren. Unter dieser weißen Folie sah man aus, als ob man in einem mittelalterlichen Folterinstrument steckte, und nur der Kopf schaute hervor. Nach fünfzehn Minuten war die Schwitzkur beendet, und bei einem erfrischenden Eistee an der Bar überlegte ich mir, was ich meinem Körper als Nächstes Gutes antun könnte. Es war zwar etwas kurzfristig, aber vielleicht könnte ich noch einen Massagetermin bekommen. Am Empfang teilte man mir mit, dass das möglich sei, aber dass ich mit einem Mann vorliebnehmen müsste. Alle Frauen seien bereits ausgebucht, und ob mir das recht sei? Wieso nicht, dachte ich mir, und wenig später wurde ich von einem jungen Asiaten mit Pferdeschwanz abgeholt und folgte ihm in das Innere dieses luxuriösen Wellnesstempels.

»Woher kommen Sie?«, fragte ich ihn. »Aus Indien?«

»Fast«, lachte er und sprach fast akzentfrei deutsch. »Ich komme aus Sri Lanka. Also ganz um die Ecke.«

»Ach so!« Von einem Asiaten massiert zu werden, fand ich aufregend, denn sicherlich war er sehr geschickt mit seinen Händen. Mein Masseur führte mich durch verschiedene Gänge; mit einem Spezialschlüssel öffnete er mehrere Türen, und ich kam mir vor wie in einem edlen Haremspalast. Ich stellte mir vor, dass dieser Jüngling ein Eunuch sei, der mich für den Sultan in Stimmung bringen solle und meinen Luxuskörper gleich mit kostbaren Ölen aus edlen Hölzern verwöhnen würde. Schließlich wurde ich in ein kleines Zimmer geführt. Sanfte Klaviertöne von Mozart klangen mir entgegen, als ich auf die vorgewärmte Liege rutschte und es mir auf dem Bauch bequem machte. Der Kopf lag auf einem gepolsterten Oberteil, und mein Gesicht schaute durch eine runde Öffnung auf den Boden. Ich war völlig nackt und nun doch ein wenig aufgeregt, wie sich fremde männliche Hände auf meinem Körper zurechtfinden würden. Der Masseur stand nun neben mir und hatte sicherlich einen tollen Ausblick auf meinen Po. Ob ihn das störte? Oder ihn erregte? In diesem Augenblick legte er ein Laken auf meinen Rücken, das er ein wenig nach unten rollte, um meine verspannten Schultern kneten zu können. Oh, welch eine Wohltat! Ich stöhnte genüsslich und erlaubte meinem Körper, unter diesen erfahrenen Händen dahinzuschmelzen. Warmes Öl glitt über meinen Rücken, und zwei starke Hände kneteten meine Muskeln. Jetzt fuhr der Masseur mit beiden Daumen entlang der Wirbelsäule nach oben, und ein wohliger Schauer durchfuhr mich. Dann klopfte er zart mit beiden Fäusten auf meinen Schulterblättern herum, und ich genoss es. Er hätte sogar noch ein wenig fester zupacken können. Bei einem geübten Masseur, der die richtigen Griffe kennt, bin ich willenlos. Jetzt schob er das Laken von unten nach oben und bedeckte damit meinen Rücken. Starke Hände massierten meine Pobacken, zogen sie auseinander und drückten sie nach oben wieder zusammen. Ich fühlte, wie ein wenig von dem warmen Öl in meine Pofalte floss. War das Absicht? Ich versuchte mir darüber keine Gedanken zu machen und genoss es einfach, mich diesen anonymen Händen hingeben zu dürfen.

Als Nächstes wurden meine Pobacken wieder ein wenig gespreizt, und bildete ich mir das ein, oder bahnten sich soeben zwei Finger einen Weg zwischen meine Schenkel? Ich versuchte mich zu entspannen.

»Ist alles noch in Ordnung?«, fragte mich mein Masseur, und gleichzeitig wanderten seine Finger ein wenig tiefer.

»Äh … ja, ich denke schon«, stammelte ich.

»Sie können mir jederzeit sagen, wenn ich aufhören soll und Ihnen etwas unangenehm sein sollte«, versicherte mir mein asiatischer Masseur, der mit großer Sicherheit kein Eunuch war. Nun war ich doch neugierig geworden, wie weit er gehen würde. Der Gedanke erregte mich, dass seine Finger sich in der

Nähe meiner Möse befanden und wir beide so taten, als ob das ganz normal sei. Ich spürte, wie ich feucht wurde, und machte ein kleines Hohlkreuz, damit er noch tiefer zwischen meine Beine eintauchen konnte. Ein Daumen drückte geschickt gegen meinen Kitzler und begann ihn sanft zu reiben. Das fühlte sich sensationell an, vor allem, weil ich so tat, als ob ich völlig unbeteiligt wäre, und mich einfach nur dieser asiatischen Massagetechnik hingab.

»Alles noch o. k., Madame?«, fragte mein Asiate.

»Sie massieren hervorragend«, schnurrte ich. Ganz schön gewagt von meinem Masseur! Wenn das jemand erfuhr, dann würde er seinen Job verlieren. Aber mir gefiel, was er tat, und so wurde er noch mutiger und steckte einen Finger in meine Spalte, während sein Daumen immer noch meinen Kitzler streichelte. Ich hatte das Gefühl, dass mein Lustsaft aus mir herausströmte, so scharf war ich inzwischen. Ich öffnete die Beine noch ein wenig mehr und schob mein Becken diesem Finger entgegen. Meine Möse schien sich zu öffnen wie eine geile Auster und begann heftig zu pulsieren. Unruhig rutschte ich auf dem Bauch hin und her. Ich stöhnte und bewegte mein Becken noch etwas stärker. Welch ein unverschämter Junge! Mich hier in diesem seriösen Ambiente so unsittlich zu berühren! Wenn uns jemand sehen würde … Ich hoffte, dass nicht irgendwo eine versteckte Kamera eingebaut war und ich dieses pikante Abenteuer morgen im Internet bewundern durfte. Jetzt stießen mindestens drei Finger rhythmisch in mich hinein, und ich biss auf meine Unterlippe, um nicht vor Lust laut aufzustöhnen. Er hatte seine Hand so geschickt gedreht, dass die Finger meinen G-Punkt massierten, und ich konnte meine Lust jetzt kaum noch beherrschen. Nur noch wenige Stöße trennten mich vom Nirvana, und ich versuchte meine Lust zu kontrollieren, um nicht sofort zu kommen. Ich wollte dieses Vergnügen so lange wie möglich auskosten. Während ich mich auf die Finger in meiner Möse konzentrierte, spreizte er mit der anderen Hand meinen Po, und ein glitschiger Finger spielte an der Öffnung zu meiner Rosette. Ich dachte wieder an die Begebenheit bei unserem Blind Dinner zurück, und die Erinnerung an den verbotenen Finger erregte mich so sehr, dass ich meine Lust nicht länger kontrollieren konnte. Die Ringmuskeln meiner Rosette begannen auf einmal unkontrolliert zu zucken, und gleichzeitig zog sich auch meine Möse heftig zusammen. Ich erlebte einen doppelten Orgasmus. Die verschiedensten Nervenzellen verbanden sich zu einem elektrischen Stromstoß, der durch meinen Körper fuhr wie eine Rakete. Ich konnte mich nicht länger beherrschen und stöhnte laut und unkontrolliert.

»Ist alles zu Ihrer Zufriedenheit, Madame?«, fragte mein asiatischer Casanova und begann meine Füße zu massieren, als ob alles in bester Ordnung sei.

Am Pool war ich mit Anja verabredet und konnte es kaum erwarten, ihr von meinem Abenteuer zu berichten.

»Schatz, du strahlst ja so. Du scheinst dich hier prima entspannt zu haben«, begrüßte mich meine Freundin, die auf einem Liegestuhl lag und in der Vogue las. Ich umarmte sie und setzte mich auf die Kante des Liegestuhls.

»Ich hatte eben eine Massage«, erklärte ich ihr mit einem geheimnisvollen Unterton.

»Echt? Die scheint hervorragend gewesen zu sein!« Anja lachte und legte die Zeitschrift auf den Boden. Ich hatte ihre volle Aufmerksamkeit.

»Ein Asiate hat mich massiert.«

»Ein Asiate? Die sollen gute Hände haben, und außerdem haben die die Massage ja bereits mit der Muttermilch aufgesogen. Das ist in Sri Lanka was ganz Normales«, stimmte Anja mir zu. Aber sie war neugierig, das merkte ich.

»Ob diese Massage in Asien so verbreitet ist, wage ich zu bezweifeln«, kicherte ich.

»Spann mich nicht so auf die Folter. Was war los?« Anja wurde ungeduldig.

»Es war eher eine Art von … Tantramassage.«

»Du meinst, er hat dich unsittlich berührt, und es hat dir auch noch gefallen?« Anja war von diesem Gedanken angezogen und abgestoßen zugleich.

»Er hat immer wieder nachgefragt, ob es mir gefällt«, verteidigte ich meinen Masseur. »Und weil ich ihm meinen Po immer mehr entgegengedrückt habe, hat er eben bis zum köstlichen Ende weitermassiert und gestreichelt.«

»Echt?« Anja lachte. »Wie heißt denn dein Masseur? Ich glaube, so eine Spezialbehandlung wäre auch etwas für mich. Ich kann mich schon gar nicht mehr dran erinnern, wann mein letzter Orgasmus war.«

»Komm, lass uns 'ne Runde schwimmen«, schlug ich vor. »Ich bin so voller Energie, und ein wenig Bewegung wird mir guttun.« Wir zogen unsere Sarongs aus und stiegen in das warme Solewasser. Das Wasser reichte bis an die Brust, und man konnte sich darin fast schwerelos treiben lassen, ohne unterzugehen, so hoch war der Salzgehalt. Ich hielt mich am Beckenrand fest und lag flach auf dem Wasser. Langsam öffnete und schloss ich meine Beine, und diese sanfte Bewegung reichte aus, um den Kopf über Wasser zu halten. Dann ließ ich los und stellte mir vor, ich sei ein Seestern im Meer, der langsam um die eigene Achse kreiste und sich vom Wasser in die verschiedensten Positionen verbiegen ließ. Alle Anspannung der Woche war aus meinem Körper gewichen, und ich fühlte mich quicklebendig. Anja hatte sich auf eine kleine Bank im Wasser gesetzt und zog es vor, nichts zu tun. Sie genoss die angenehme Wärme auf ihrer Haut und lehnte sich mit geschlossenen Augen gegen den Beckenrand.

»Ich glaub, ich muss wieder raus!«, sagte ich nach einer Weile. »Mir wachsen sonst Schwimmhäute zwischen den Zehen.«

»Ja, meine Haut ist auch schon ein wenig ausgetrocknet.« Anja bewegte sich in Richtung Beckenrand. »Lass uns eine Weile in den Garten gehen. Heute ist so herrliche Sonne.«

»Gute Idee!«, stimmte ich zu. »Ich bestelle mir noch schnell einen Cappuccino, den bringt mir der Kellner sicherlich nach draußen.« Wir trockneten uns ab und zogen trockene Bikinis an, bevor wir in den Garten gingen. Es war ein lauschiges Plätzchen unter alten Bäumen; in einem kleinen Teich schwammen ein paar Goldfische träge herum. Wir machten es uns in einem großen Strandkorb bequem, der ein wenig abseits stand und uns vor neugierigen Gesichtern abschirmte.

»Sag mal, wie geht es dir denn überhaupt?«, fragte ich meine Freundin.

»In meinem Leben passiert gerade nichts Aufregendes, aber das ist auch in Ordnung. Heute Abend sind Matthias und ich zu einem Charity Event für Not leidende Kinder in Afrika eingeladen.«

»Hört sich gut an. Wir tun immer viel zu wenig für andere.«

»Das stimmt, wir werden alle mit der Zeit faul und träge. Wenn ich nicht regelmäßig im Sportstudio trainieren würde, dann könnte ich mich schon lange nicht mehr öffentlich im Bikini zeigen.«

»Du spinnst!« Ich lachte. »Du hast die beste Figur von allen Frauen, die ich kenne. Dein Bauch schlägt noch nicht mal beim Sitzen eine einzige Falte, und du weißt sicherlich nicht mal, wie man Cellulitis buchstabiert. Du siehst perfekt aus.« Ich war immer ein wenig neidisch auf den durchtrainierten Körper meiner Freundin, der wirklich kein Gramm zu viel auf die Waage brachte. Trotzdem wollte ich nicht mit ihr tauschen und mir alle süßen Köstlichkeiten des Lebens verkneifen. Ich war eben ein Genussmensch, und dazu stand ich auch. Eben kam der Kellner und stellte mir einen herrlich duftenden Cappuccino auf den kleinen Beistelltisch. Er war so heiß, dass ich die Tasse noch nicht einmal anfassen konnte.

»Ich bin weit entfernt von einem perfekten Körper. Schau mal die Frau dort drüben auf dem Liegestuhl. *Die* hat einen tollen Körper.« Anja deutete auf eine rotblonde Schönheit, die auf dem Bauch lag und ihren wohlgerundeten Po durch ein äußerst knappes Bikinihöschen noch besser zur Geltung brachte. Das Oberteil hatte sie ausgezogen, damit ihr zart gebräunter Körper keine unnötigen weißen Streifen bekam.

»Da hast du Recht«, musste ich zugeben. »Aber die ist auch einige Jahre jünger als wir. Mit zwanzig waren wir auch so perfekt.«

Anja seufzte. »Ich hasse es, älter zu werden.«

»Hör doch auf. Wir sehen toll aus, und jetzt Themenwechsel!« Ich hatte keine Lust, mir den Nachmittag von Anjas Gejammer verderben zu lassen. Was das Aussehen betraf, hatte sie einfach einen Schlag, und das würde sich in diesem Leben sicherlich auch nicht mehr ändern. Jede Frau hat halt so ihre Macken. Ich hatte mich schon auf ein kleines Schönheitsschläfchen eingerichtet und war halb weggedöst, als mich Anja unsanft in die Rippen stieß.

»Das glaub ich einfach nicht!«, zischte sie plötzlich. Die Dringlichkeit in ihrer Stimme war kaum zu überhören, und sofort war ich glockenhell wach.

»Was ist denn los?«, fragte ich.

»Schau mal dort drüben … neben dieser rotblonden Sexgöttin mit dem Knackarsch … Kommt dir dieser Typ nicht bekannt vor?« Anja schien außer sich zu sein. Da ich nicht so gut in die Ferne sehen konnte und eigentlich eine Brille gebraucht hätte, dauerte es eine Weile, bis ich den Mann erkannte, der sich an der Seite von Miss Popo rekelte. Mein Herz hörte einen Augenblick auf zu schlagen. Ich konnte es nicht fassen, was ich sah.

»Das gibt's doch nicht, oder?«, zischte Anja, die genauso erschrocken war wie ich.

»Nein, das kann nicht sein«, brachte ich mühsam hervor. »Sag mir, dass ich im falschen Film sitze. Ich träume. Bitte weck mich und sag mir, dass das hier alles nicht wahr ist!«

Auf dem Liegestuhl neben dieser rotblonden Schönheit lag der Mann, den ich am meisten von allen Menschen auf der Welt liebte, dem ich mein Herz geschenkt und dem ich mein Leben anvertraut hatte. Es war Pascal!

»Was mach ich jetzt bloß?« Ich war wie im Schock und hatte keine Ahnung, ob ich schreien oder weinen oder ihm, noch lieber, einen dieser fetten Goldfische um die Ohren hauen sollte. Ich war wütend! Und wie!

»Jetzt beruhige dich«, sagte Anja und legte mir liebevoll einen Arm um die Schulter. »Vielleicht gibt es ja eine ganz einfache Erklärung, und es handelt sich bloß um ein Missverständnis.«

»Ach ja?« Ich war so aufgebracht, dass ich kaum Luft bekam. »Welche vernünftige Erklärung soll es dafür geben, dass mein Freund gerade Miss Popo den Rücken mit Sonnenöl massiert?«

»Tja, das ist schon unverschämt«, musste Anja zugeben. Allmählich löste sich die Erstarrtheit, in die ich im ersten Augenblick des Schocks gefallen war, und ich fühlte eine solche Wut im Bauch, dass ich zu platzen drohte. Ich hatte Pascal vertraut, hatte mich ihm geöffnet und einen Dreier mit einer anderen Frau vorgeschlagen, und dafür hatte er mich nun betrogen. Wer weiß, was er mit ihr schon alles unternommen hatte. Vielleicht hatte er sich bereits zu Hause mit ihr getroffen und ihrem Popo eine Spezialmassage gegeben. Dass ich vor kurzem auch eine kleine Sonderbehandlung von meinem Masseur aus Sri Lanka genossen hatte, vergaß ich in diesem Augenblick.

Vielleicht waren die beiden schon zusammen ins Bett gegangen und hatten sich dabei lange in die Augen geschaut wie

Verliebte. Ich kochte vor Wut, und nun gab es kein Halten mehr für mich. Es war, als ob eine fremde Macht von meinem Körper Besitz ergriffen hätte. Wie von Furien getrieben, stürzte ich mich auf Miss Popo und schüttete ihr meinen heißen Cappuccino über das süße Hinterteil, das sich in Sekundenschnelle purpurrot färbte.

»Hilfe! Eine Verrückte!« Miss Popo schrie entsetzt auf und drehte sich nach mir um. Dadurch durfte ich auch noch einen Blick auf ihre perfekten Brüste werfen, die mindestens Körbchengröße 85 D waren.

»Meine Güte, Sarah. Was machst du da?« Pascal war völlig entsetzt über mein Verhalten. »Bist du wahnsinnig geworden?«

»Wenn ich wahnsinnig wäre, würde ich dich jetzt umbringen, dich mit dem Hackebeil in Stücke hauen und den Goldfischen zum Fraß vorwerfen.« Ich war so aufgebracht, dass Pascal sich ein Lachen nicht verkneifen konnte, obwohl die Situation dermaßen absurd und schrecklich war. »Ich würde dich vorher allerdings noch foltern und dich langsam im Heudampfbad zu Tode quälen«, schrie ich.

»Ich könnte mir keinen schöneren Tod vorstellen«, lachte Pascal. Er war aufgesprungen und versuchte mich in den Arm zu nehmen, während ich immer noch wild mit der leeren Cappuccinotasse in der Luft herumfuchtelte. Anja lag wie ein begossener Pudel auf ihrer Liege und wusste nicht, wie sie sich verhalten sollte. Dafür wusste ich umso genauer, was ich wollte. Ich wollte Pascal verletzen und ihm den gleichen Schmerz zufügen, den ich nun erleiden musste. Ich gab ihm eine Ohrfeige, die sich gewaschen hatte und ihn zurücktaumeln ließ. Mit dieser Wut hatte er nicht gerechnet. Erstaunt hielt er seine schmerzende Wange.

»Was ist in dich gefahren, Sarah? Jetzt lass mich doch erst mal alles erklären.« Pascal wollte wieder einen Schritt auf mich zumachen, aber diesmal hielt Anja ihn zurück.

»Lass uns gehen, Sarah!«, schlug sie vor. »Komm erst mal wieder zu dir, und dann könnt ihr später über alles reden.«

»Du hast Recht.« Ich war immer noch aufgebracht. Am liebsten hätte ich meine Krallen ausgefahren und den Rücken von Miss Popo zerkratzt, die mich fassungslos aus ihren babyblauen Augen anstarrte und anscheinend nicht wusste, wie ihr geschah. Scheinheiliges Luder! Mir den Freund ausspannen und dann noch so unschuldig schauen. Aber ich riss mich zusammen, um mir keine weitere Blöße zu geben.

»Komm, Anja!«, sagte ich mit fester Stimme. »Wir haben hier nichts mehr zu bereden, und mit diesem Mann will ich auch nichts mehr zu tun haben. Wer ist das überhaupt? Den Namen habe ich vergessen.« Hochnäsig schnappte ich mir meine Freundin, und obwohl ich nur mühsam die Tränen zurückhalten konnte, hatte ich doch einen einigermaßen würdevollen Abgang. Ich wollte Pascal nie mehr wiedersehen!

7. Kapitel

Noch nie hatte mich ein Mann so verletzt, und ich war außer mir vor Wut und Schmerz. Anja hatte mich noch nach Hause gefahren und angeboten, bei mir zu bleiben. Aber ich wollte allein sein und meine Trauer zelebrieren. Ich holte eine Flasche Rotwein aus der Küche und legte mich mit meinem Laptop ins Bett. Wenn es mir schlecht ging, half am besten meine Lieblingsserie *Sex and the City*. Schluchzend lud ich im Internet den neuen Film meiner vier Heldinnen herunter und stopfte mich mit Erdnussflips voll, während ich heiße Tränen darüber vergoss, als Carrie Bradshaw von Mr. Big kurz vor dem Traualtar verlassen wurde. Im neuen Hochzeitskleid von Vera Wang schlug sie ihrem Verlobten die weißen Rosen um die Ohren, und ihre fassungslosen Freundinnen konnten sie nur mit Müh und Not in die schwarze Limousine zerren. Gut gemacht, Carrie! Schade, dass ich *meinen* letzten Rosenstrauß von Pascal bereits in den Biomüll geworfen hatte. Ich litt mit Carrie, die die Flitterwochen mit ihren besten Freundinnen in einem Luxushotel in Mexiko verbrachte und sich tagelang in einem abgedunkelten Raum vor dem Leben versteckte. Je mehr sich meine Flasche Merlot dem Ende zuneigte, desto hemmungsloser flossen meine Tränen. Nie mehr würde ich einem Mann vertrauen können. Nur gut, dass ich nicht den gleichen Fehler wie Carrie gemacht hatte und mit Pascal zusammengezogen war. Das hatte er sogar vor kurzem einmal vorgeschlagen, aber ich war zum Glück zögerlich gewesen. So schnell wollte ich meine Freiheit nicht aufgeben, und ich hatte Recht behalten.

Männer waren Schweine! Ich weinte mich in den Schlaf, und auch das Telefon, das in der Nacht mehrmals schellte, konnte mich nicht aufwecken.

Am nächsten Morgen lag ein riesiger Rosenstrauß vor der Tür und eine Karte mit einem Glitzerherz, das rot abfärbte, wenn man es berührte. Ein blutendes Herz!, dachte ich theatralisch. Wie passend.

Ich klingelte bei meiner Nachbarin, um mir eine Aspirin zu borgen, ohne die ich den Tag nicht überstehen würde. Wie ging es mir schlecht!

»Ach, was für wunderschöne Blumen. Sie haben auch immer so Glück mit den Männern«, sagte meine Nachbarin. Frau Wernicke war eine ältere Dame, die sehr patent war und immer das richtige Hausmittel zur Hand hatte, wenn es einem schlecht ging.

»Wollen Sie den Strauß?« Ich drückte meiner Nachbarin fünfzig rote Rosen in die Hand. »Vielleicht könnten Sie mir dafür mit ein paar Aspirin aushelfen. Heute ist wohl nicht mein Tag.«

»Wollen Sie hereinkommen?« Frau Wernicke war immer so lieb zu mir, und ich machte anscheinend keinen guten Eindruck auf sie.

»Nein, nein. Lassen Sie nur. Mit Aspirin ist mir schon gedient.« Ich war nicht in der Stimmung für Mitleidsbekundungen und wollte einfach nur meine Ruhe. Frau Wernicke mochte den Rosenstrauß auch nicht haben, als ob sie ahnte, dass er ihr nur Unglück bringen würde, und so ging ich zurück in meine eigenen vier Wände.

Nachdem ich eine Kanne Kaffe getrunken hatte, holte ich eine Salatgurke aus dem Kühlschrank. Nein, nicht um damit Sex zu haben, davon war ich weit entfernt. Doch aus dem Badezimmerspiegel hatte mich ein Monster mit verquollenen

Augen und aufgedunsenem Gesicht angeklotzt, und ich konnte mich selbst nicht mehr leiden. Ich legte mir zwei Gurkenscheiben auf die geschwollenen Lider und hoffte, dass ich anschließend wieder mehr einer menschlichen Frau ähneln würde als einer Gorilladame.

Nachdem ich wieder einigermaßen aus den Augen schauen konnte, wollte ich die Karte lesen. Ich konnte mir zwar nicht vorstellen, was Pascal vorzubringen hatte, um mich versöhnlich zu stimmen – aber natürlich war ich trotzdem neugierig, wie er sich aus der Affäre ziehen wollte. Ich öffnete die Karte und las.

Liebste Sarah,
es tut mir so leid, was passiert ist. Aber bitte glaub mir, es handelt sich nur um ein Missverständnis.

Ich legte die Karte beiseite und schüttelte den Kopf. Wie konnte es ein Missverständnis sein, wenn mein Freund mit einer anderen in der Wellnessoase war und ihr den süßen Popo einölte? Ich hatte zwar nur gesehen, wie er ihren Rücken berührt hatte, aber in meiner Eifersucht malte ich mir natürlich jede demütigende Einzelheit in allen schillernden Farben aus. Wahrscheinlich hatte er sie heimlich in der Sauna gestreichelt und zum Höhepunkt gebracht. Oder im Sandbad mit ihr gemeinsam auf der Doppelliege gelegen und ihre Hand gehalten, als die beiden verträumt dem künstlichen Sonnenuntergang an der Wand zusahen. Ich spürte schon wieder diese Wut in meinem Bauch, und fast hätte ich die Karte zerrissen. Aber ich zwang mich, trotzdem weiterzulesen.

Ich weiß, dass du mir nicht glauben wirst. Aber es war alles ganz harmlos. Ich hatte niemals vor, dich mit Dagmar zu betrügen. Das wäre völlig absurd, denn ich liebe dich so sehr. Bitte lass mich alles erklären.

Pah! Was gab es da noch zu erklären. Ich hatte ihn mit einer kleinen Schlampe aus dem Internet erwischt, und wahrscheinlich hatte ich gerade den Augenblick verpasst, wo er der süßen Dagmar in das knappe Höschen greifen wollte. Sicherlich hatten sie es im *Darkroom* getrieben, diesem dunklen Entspannungszimmer, in dem man auf Sesseln liegt und zu den Klängen des Pachelbelkanons vergrößerte Wassertropfen auf der Decke beobachten kann. Die sehen dabei wie Wellen aus, und man hat das Gefühl, auf dem Meeresgrund zu liegen und schwerelos dahinzugleiten. Auf den Meeresgrund wünschte ich mir nun auch Pascal. Mistkerl! Ich war gespannt, welche Unverschämtheiten er sich noch ausgedacht hatte. Für wie naiv hielt er mich eigentlich?

Du hattest dein Handy ausgestellt, und ich konnte dich nicht erreichen. Hast du es mal abgehört? Ich habe dir bestimmt fünf SMS hinterlassen und dich mehrfach angerufen. Ich wollte, dass wir uns zusammen mit Dagmar treffen. Das wolltest du doch auch, oder? Ich wusste ja, dass du vorhattest, in die Sauna zu gehen, und ich habe überall nach dir gesucht. Oder dachtest du, ich wäre mit Dagmar dort hingegangen, wenn ich mir eine Affäre mit ihr gewünscht hätte? Ich bin doch nicht bescheuert!

Nein, Pascal war ein intelligenter Mann, und allmählich dämmerte mir, dass es sich anscheinend um ein Missverständnis gehandelt hatte. Trotzdem war ich sauer, denn offensichtlich hatte Pascal hinter meinem Rücken mit Dagmar kommuniziert, und das war so nicht ausgemacht gewesen. Ich las weiter.

Es tut mir so leid, dass ich Dagmar ohne dein Wissen an diesen Ort bestellt hatte, um dich zu überraschen. Ich hätte mir denken können, dass du sauer sein würdest. Dass du so ausrastest, hätte ich allerdings nicht gedacht. Dagmar werden wir sicherlich nie mehr wiedersehen, und sie wird einige Tage lang nicht mehr auf ihrem süßen Po sitzen können. Ja, ich gebe es zu, sie hat einen schönen Körper, und das fand ich reizvoll. Aber weißt du, was? Sobald sie den Mund aufmacht, ist alles zu spät. Sie ist einfach dumm und erzählt nur Belanglosigkeiten. Du weißt, wie sehr ich intelligente Frauen wie dich verehre, mein Engel. Ich weiß, dass ich ein wenig mit dem Feuer gespielt habe, aber bitte verzeih mir und glaube mir, dass nichts zwischen mir und Dagmar vorgefallen ist. Ich möchte dich so gern wieder in die Arme schließen und dich küssen. Es gibt niemanden, den ich so liebe wie dich.

Dein zerknirschter Pascal

Ich legte die Karte zur Seite und war auf einmal maßlos erleichtert. Pascal liebte mich, und alles war offensichtlich wirklich nur ein Missverständnis. Wenn er mir versicherte, dass mit Dagmar nichts gelaufen war, dann stimmte das auch. Pascal war zwar ab und zu rotzfrech und hielt sich nicht an Regeln, aber er würde mich niemals belügen. Ich liebte ihn so sehr und war froh, dass ich ihm verzeihen konnte.Doch er hatte eine Strafe verdient, und ich würde ihn eine Weile zappeln lassen. Mit fiel auch auf der Stelle ein, wie ich ihn ärgern konnte. Mein Laptop war immer noch eingeschaltet von der gestrigen Nacht, und ich rief die Site des *funclub* auf, in dem unsere Anzeige stand. Ich würde sie ein wenig verändern …

»Welcher attraktive junge Mann hat Lust auf die Liebe zu dritt mit einem außergewöhnlichen Paar?«, schrieb ich. »Wenn du einfühlsam bist und gleichzeitig noch über eine große Standfestigkeit verfügst, bist du der perfekte Mann für ungewöhnliche Stunden.«

Ich kicherte in Gedanken daran, wie Pascal sich fühlen würde, wenn er unsere neue Anzeige las. Ich wollte immer noch die Liebe zu dritt erkunden, aber auf Frauen hatte ich fürs Erste gar keine Lust mehr. Ich surfte ein wenig im *funclub* herum, um mir einige Männer anzusehen, die gerade online waren. Pascal war zwar gut gebaut und musste keinen Vergleich scheuen, aber es gab immer Männer, die noch ein wenig sportlicher aussahen. Alle Männer fürchten insgeheim die Konkurrenz und haben Sorge, dass Frauen einen Mann mit einem längeren Schwanz attraktiver finden. Deshalb klickte ich jetzt einen sehr athletischen Mann an, der mir auf Anhieb gefiel. Ich hatte eine Schwäche für starke Männer, und Pascal musste bestraft werden! Ich klickte auf das Profil von Re_ne@funmail.de. Rene war Fotograf und suchte nach Modellen für seine Fotos. Er hatte auch einige Aufnahmen von sich in sein Profil gesetzt. Dunkle Augen blitzten mich geheimnisvoll an. Auf einem anderen Foto war er von hinten zu sehen; sein Knackarsch konnte mit dem von Miss Popo auf alle Fälle konkurrieren. Die beiden hätten ein hübsches Paar abgegeben. Aber wieso dachte ich immer noch an dieses Luder? Ich wollte sie ein für alle Mal aus meiner Erinnerung streichen.

Am interessantesten fand ich die Ausstrahlung dieses Fotografen. Sie hatte etwas Animalisches; er erinnerte mich an ein wildes Tier, das sich jederzeit auf mich stürzen könnte. Mir lief es kalt den Rücken hinunter, und gleichzeitig fühlte ich mich magisch von diesem Mann angezogen. Er war ein klein wenig zu groß für mich, eins dreiundneunzig, aber sicherlich sah er ziemlich stattlich aus, und ich malte mir bereits aus, wie ich mich auf die Zehenspitzen stellen musste, um ihn zu küssen. Sarah, woran denkst du denn schon wieder gleich!, ermahnte ich mich. Wollte ich überhaupt wissen, wie ein Kuss von ihm schmeckte? Eigentlich war ich ja in Pascal verliebt und wollte nur ein klitzekleines bisschen flirten … mit »dem Tier«. Rene hatte inzwischen gemerkt, dass ich sein Profil angeklickt hatte, und schrieb mir.

»Hallo, Sarah, wie geht es euch? Hat euch auch der Sonntagsblues erwischt?«

Wieso wusste der, dass ich heute mies drauf war? Rene konnte anscheinend nicht nur gute Fotos machen, sondern auch noch Gedanken lesen.

»Hi, Rene. Sonntag ist immer doof. Pascal hat grad keine Zeit für mich, und ich langweile mich schrecklich …« Ich kicherte in mich hinein. Zur Strafe würde ich diese *Mails nicht* löschen, und Pascal konnte dann unseren Mailverkehr lesen und sich ärgern.

»Wie dumm von Pascal … Da würde mir schon etwas einfallen, um dich ein wenig abzulenken«, schrieb Rene zurück.

»Echt? Das musst du mir schon näher erklären, wie du das meinst«, tippte ich keck in die Tastatur und konnte es kaum erwarten, was Rene sich einfallen lassen würde, um mich zu verführen. Dieses wilde Tier. Grrr!

»Ich würde dich in mein Lustschloss einladen und dir mein Himmelbett zeigen.«

»Uii … was ist denn so Besonderes an deinem Bettchen? Bist du etwa der böse Wolf, der sich als Großmutter verkleidet hat und nur darauf wartet, ein unschuldiges Rotkäppchen wie mich zu fressen?«

»Woher weißt du, dass Rotkäppchen mein Lieblingsgericht sind? Vor allem, wenn sie auch noch so unschuldig daherkommen und unter ihrem roten Mäntelchen nackt sind.« Der Gedanke erregte mich. Nur mit einem Mantel bekleidet im Wald einen Sonntagsspaziergang zu machen, fand ich aufregend. Das musste ich demnächst unbedingt mal Pascal vorschlagen. Mein böser Wolf brachte mich auf Ideen …

»Ich trage immer nur Strapse, wenn ich im Wald nach Pilzen suche«, dichtete ich. »Die bringe ich dir dann in dein Lustschloss, damit wir ein Picknick veranstalten können.«

»Ein Picknick mit Pilzen? Das müssen dann aber schon ganz besondere *magic mushrooms* sein.« Ich konnte förmlich hören, wie Rene lachte, obwohl wir nur über die Tastatur kommunizierten.

»Ich bring auch noch eine Flasche Rotwein mit, damit wir die Pilze besser runterspülen können«, schlug ich vor.

»Sehr gut. Du bist ein kluges Mädchen«, lobte mich Rene.

»Aber jetzt sag schon, was ist denn mit deinem Bett?«, fragte ich neugierig. Irgendetwas war anders als an anderen Betten, das spürte ich.

»Neugierig?«, fragte Rene.

»Würde ich sonst fragen?« Jetzt konnte er schon ein wenig deutlicher werden für meinen Geschmack.

»Der böse Wolf hat ein besonderes Bett für ungezogene Mädchen wie dich. Es ist ein gusseisernes Gestell mit vier Pfosten, an denen man ein ungehorsames Rotkäppchen anbinden kann«, schrieb er zurück.

Oho, daher wehte der Wind! Der böse Wolf liebte es ein wenig härter. Der Gedanke erregte mich.

»Oh, das ist ja zum Fürchten«, schrieb ich. »Dabei bin ich doch immer so brav. Was würdest du mit mir denn dann machen?«

»Wie oft habe ich dir schon gesagt, dass du im Wald nicht auf Abwegen gehen sollst, sondern schnurstracks zu mir in mein Schloss? Du bist wieder zu spät!«

»Oh, das tut mir aber leid. Ich verspreche, nächstens pünktlich zu sein.«

»Leere Versprechungen!« Der böse Wolf war offensichtlich ziemlich streng, was ich ungemein anziehend fand. Bis eben wusste ich überhaupt nicht, dass ich eine Schwäche für strenge Männer hegte.

»Wie kann ich das wiedergutmachen?«, bettelte ich.

»Knie vor mir und heb dein rotes Mäntelchen hoch.«

»Wenn du das sagst, böser Wolf, dann mach ich das sofort!«

»Du bist ja ganz nackt unter deinem Mäntelchen, bis auf die

Nylons. Wie ungezogen! Und damit bist du ganz allein durch den Wald gegangen? Das gibt Hiebe. KLATSCH KLATSCH!«

»Autsch, das hat ja richtig wehgetan. Ich verspreche, dass ich ab jetzt immer lange Unterhosen und ein hochgeschlossenes Kleid tragen werde. Am besten mit Rollkragen, damit ich die Tiere im Wald nicht in Versuchung führen kann.« Ich kicherte in mich hinein.

»Ich höre da einen frechen Unterton, der mir nicht gefällt!«, beschwerte sich der böse Wolf. Hatte er mich eben kichern hören? Unsere Unterhaltung gefiel mir.

»Nein, nein. Das bildest du dir ein, böser Wolf!«

»Jetzt muss ich doch mal zwischen deinen Beinen nachsehen, ob du feucht bist. Am Ende gefallen dir noch meine Züchtigungen.«

»Und?«

»Wie ich es mir gedacht habe. Dein Saft tropft aus deiner Möse. Seit wann ist es dir erlaubt, erregt zu sein, wenn ich dich züchtige?« Dem bösen Wolf konnte man aber auch gar nichts rechtmachen.

»Bestrafe mich!«, schrieb ich und stellte mir in Gedanken vor, wie er seinen Schwanz in mich einführte und mich heftig vögelte. Mir wurde ganz heiß bei diesem Gedanken, und ich zog meine Strumpfhose aus. Irgendwie war es zu warm in meinem Zimmer.

»Du hast Recht. Ich werde dich für dein freches Benehmen bestrafen müssen. Steh auf und leg dich aufs Bett. Spreize deine Arme und Beine. Ich werde dich jetzt an die Bettpfosten fesseln.« Ich hielt den Atem an, als ich das las. Einem attraktiven Mann wehrlos ausgeliefert zu sein, fand ich ziemlich aufregend – zumindest in meiner Fantasie. Ich sah mich nackt auf diesem Himmelbett liegen und spürte die Fesseln, die unsanft in meine Handgelenke einschnitten. Auch die Fußgelenke waren nun bewegungsunfähig, und ich konnte nur noch den Mund öffnen.

»Wie fühlt sich das für dich jetzt an, wenn du so hilflos vor mir liegst?«, fragte der böse Wolf.

»Geil!« Ich konnte nicht anders, als ihm die Wahrheit zu sagen.

»Das soll es aber nicht sein! Du darfst keine Lust empfinden, bevor ich es dir erlaube. Sonst bist du sehr unartig. Also: Wie fühlst du dich, wenn du so hilflos vor mir liegst?« Anscheinend musste ich lernen, gehorsamer zu sein.

»Ich habe solche Angst vor dir, großer Wolf«, schrieb ich.

»Das glaub ich dir nicht. Aber egal. Ich werde dich nun mit meinen Krallen streicheln und damit über deine nackte Haut fahren. Sie hinterlassen Spuren auf deinem Körper … gefällt dir das?«

Ich war mir nicht mehr so sicher, ob mir was gefallen durfte oder nicht, deshalb war ich vorsichtig geworden.

»Es ist egal, ob ich etwas mag oder nicht, böser Wolf. Hauptsache, es gefällt *dir*. Ich will *deiner* Lust dienen.«

»Oho. Du lernst schnell, mein unschuldiges Rotkäppchen, und deine Antwort freut mich sehr.«

»Darf ich dir eine Frage stellen?«

»Da du eben so brav warst, werde ich dir eine Frage gewähren.« Der böse Wolf war offensichtlich gerade sehr großzügig zu mir.

»Wieso hast du denn so eine lange Zunge?«

»Damit ich dich besser lecken kann! Meine lange Zunge schleckt jetzt über deine Oberschenkel, und du versuchst die Seile ein wenig auseinanderzuziehen, damit ich jeden Zipfel deiner Lust gut erreichen kann. Wenn du brav bist, wirst du auch belohnt werden.«

»Böser Wolf, wieso hast du denn so einen großen Mund?« Ich konnte es nicht lassen und wollte meinen Chatpartner ein wenig ärgern.

»Damit ich dich leidenschaftlich küssen kann. Ich würde dir

jetzt gern meine lange Zunge in den Mund stecken und deine weichen Lippen lecken. Du machst mich an.« Mir ging es ähnlich, und auch ich hatte in diesem Augenblick daran gedacht, diesen Mann jetzt zu küssen. Wie war es möglich, dass man jemanden körperlich begehrte, obwohl man ihn noch nie gesehen hatte? Das war doch absurd.

»Ich spüre deine Lippen auf meiner Haut. Du leckst meine Brüste …«

»Und ich beiße sanft in deine Nippel … du schreist ein wenig auf vor Schmerz, aber dieser Lustschmerz ist so sanft, dass er dir gefällt und du mehr davon willst. Ich küsse wieder zärtlich deine Lippen …«

»Küss mich. Ich will dich fühlen, deine Gier und deine Leidenschaft. Sag mir, du böser Wolf, wieso hast du so einen langen Schwanz?«

»Damit ich dich besser ficken kann! Grrrrr … ich will jetzt meine harte Rute in dich einführen und immer tiefer in dich eindringen. Spürst du mich?«

Es war seltsam, aber als Rene mich fragte, ob ich ihn spürte, da fühlte ich ihn fast wirklich in mir. Meine Fantasie war so lebendig, dass ich ihn mir ganz real vorstellen konnte. Am liebsten wäre ich von diesem starken Mann im Arm gehalten worden und hätte seinen harten Ständer in mir gefühlt. Wie absurd! Noch vor wenigen Stunden war ich vor Trauer und Eifersucht fast gestorben, und jetzt hatte ich auf einmal tierische Lust auf einen fremden Mann. Ich kannte mich selbst nicht mehr. Doch Renes Mischung aus spielerischer Dominanz und Lust fand ich faszinierend.

»Ich will dich spüren. Oh ja. Besorg es mir mit deiner langen Rute.«

»Mein Rotkäppchen, öffne deine Schenkel ein wenig mehr, damit ich schneller in dir kommen kann.«

»Jetzt schon?« Ich hatte gerade erst angefangen, mich zu

streicheln, und ich wollte keinesfalls schon so schnell zum Ende kommen.

»Wie lange brauchst du noch? Ich brenne vor Lust!«

Offensichtlich war der Wolf ein wenig ungeduldig, oder er chattete gleichzeitig noch mit anderen Damen. Vielleicht mit Dagmar? Jetzt wurde ich doch schon wieder eifersüchtig. Ich musste den Wolf noch ein wenig länger bei Laune halten.

»Ich besorge es mir grad selbst. Ich wollte, du könntest mir dabei zusehen«, schrieb ich.

»Das würde ich sehr gerne. Wollen wir uns treffen? Ich glaube, du hast eine harte Rute dringend nötig. Ich kann mir genau vorstellen, wie du jetzt auf dem Bett liegst, die Beine gespreizt hast und nur darauf wartest, in deiner Lust zu explodieren. Es macht mich so an, dabei in deine Augen zu schauen, deine Gier zu sehen und deine lustvollen Schreie zu hören. Du stöhnst so laut und kannst dich kaum noch beherrschen. Mein Prügel ist so hart, dass ich meine Geilheit kaum mehr zurückhalten kann. Ich stoße jetzt ziemlich schnell in dich hinein. Und küsse dich dabei. Ich will dich. In dich hineinspritzen wie ein Tier … dich auf den Gipfel der Lust treiben …«

Die Intensität seiner Worte hatte mich so erregt, dass ich mich mit dem Finger selbst zum Höhepunkt gebracht hatte. Noch nie zuvor war mir das passiert. Ein Mensch, den ich überhaupt nicht kannte, hatte mich mit einem sinnlichen Zauberspruch in seinen magischen Bann geschlagen. Worte der Lust! Oh, wie habt ihr mich erregt.

Ich stand völlig neben mir und starrte verwirrt auf den Bildschirm meines Laptops.

»Hallo … bist du noch da?«, fragte Rene.

»Ja. Ich glaube es wenigstens. Aber vielleicht habe ich mich auch aufgelöst. So genau weiß ich das nicht.« Ich lächelte, als ich das schrieb.

»Du hast mich eben so angemacht. Ich bin gleich zweimal

gekommen und hab mir dabei vorgestellt, wie ich über deine Brüste spritze. Auf dem Foto hast du wunderschöne Brüste, und die hab ich immer vor Augen gehabt.«

»Und du siehst aus wie ein wildes Tier, und das finde ich geil.«

»Wollen wir uns treffen?«

»Ich weiß noch nicht so genau, du weißt ja, dass ich nicht solo bin. Ich melde mich bei dir. Es war sehr schön. Hab noch einen schönen Sonntag … böser Wolf!«

»Du auch … Rotkäppchen!«

Ich war mir nicht ganz sicher, was ich tun sollte. Der Austausch mit Rene war etwas sehr Besonderes, und eigentlich wollte ich nicht, dass Pascal ihn las und sich darüber aufregte. Das hätte dem Ganzen etwas von dem Zauber genommen, den dieser unbekannte Magier gesponnen hatte. Außerdem hätte ich dann keine Macht mehr über Pascal, der bald demütig winselnd an der Pforte meines Herzens kratzen würde. Ich entschloss mich, diesen kleinen Flirt für mich zu behalten, löschte den ganzen Mailverkehr und veränderte auch die Anzeige wieder. Schade! Aber die Erinnerung an meine kleine Schandtat war eine süße Rache.

Ich musste mich beeilen und mich anziehen, denn ich hatte mich am Abend mit den Mädels verabredet. Melanie hatte eine besondere Party arrangiert. Nur für Frauen. Und das durfte ich mir nicht entgehen lassen. Pascal würde ich derweil ein wenig schmoren lassen und mich erst mal nicht bei ihm melden. Das hatte Zeit. Heute Abend würde ich mit den Mädels Spaß haben.

8. Kapitel

Melanie begrüßte mich mitfühlend, als ich um Viertel vor acht bei ihrer Party aufkreuzte.

»Anja hat mir alles erzählt. Pascal hat dich nicht verdient. Perlen vor die Säue – das sind wir Frauen für die Männer.« Offensichtlich hatte Melanie wieder einen Grund mehr gefunden, Single zu bleiben. Auch Anja umarmte mich mit sorgenvollem Blick, und ich kam mir vor wie auf einer Trauerfeier. Dabei fühlte ich mich prickelnd wie Champagner, und es ging mir wieder blendend.

»Kein Grund zur Traurigkeit, Mädels«, beruhigte ich meine Freundinnen. »Es ist alles wieder im Lot zwischen Pascal und mir.«

»Na, das ging aber schnell. Welche Entschuldigung hat er sich denn einfallen lassen? Die Dame aus dem Internet lag wohl rein zufällig neben ihm, und als Gentleman wollte er ihr einen Sonnenbrand ersparen?«, fragte Melanie ironisch. »Das kannst du mir doch nicht erzählen, dass es dafür eine harmlose Erklärung gibt.«

Ich berichtete kurz von Pascals Brief, dem Blumenstrauß vor meiner Tür und meinem neuen Rosenkavalier, dem bösen Wolf. Ausführlich erzählte ich den beiden von unserem Chat, woraufhin sie große Augen machten.

»Was du aber auch immer machst!« Melanie hatte mich von Anfang an ein wenig um Pascal beneidet, und jetzt hatte ich so schnell schon wieder einen neuen Verehrer. Dass ein Mann es auf sie abgesehen hatte, merkte sie erst, wenn er ihr einen Heiratsantrag machte. Das war aber erst einmal vorgekommen und hatte in einer Tortenschlacht mit seiner Geliebten geendet

»So, das reicht jetzt«, brach ich das Gespräch ab. »Ich will mich heute mit euch Mädels amüsieren und nicht mehr an Pascal oder andere Männer denken. Wir Frauen haben genügend Möglichkeiten, uns selbst ein wenig Spaß zu gönnen.« Melanie nickte zustimmend und führte mich ins Wohnzimmer, in dem bereits fünf weitere Frauen saßen und kichernd an ihrem Prosecco nippten. Melanie wohnte in einer gemütlichen Dachwohnung. Sie liebte die Mischung aus schlichter Sachlichkeit und alten chinesischen Antiquitäten; die wenigen Möbel waren sorgsam ausgewählt. Auf antiken Seidensitzkissen saßen wir nun alle im Kreis, als eine attraktive Frau von Mitte dreißig in den Raum trat.

»Ich habe eben noch meinen Koffer aus dem Auto geholt, und wie ich sehe, sind wir jetzt alle vollzählig«, begrüßte sie die Frauenrunde. Wir stießen erst einmal alle auf den lustvollen Abend an, der vor uns liegen würde. Ich war neugierig, denn am Telefon hatte Melanie sich bedeckt gehalten. »Überraschung, Schatz!«, hatte sie gesagt. Sie wusste, dass das mein Lieblingswort war und sie mich damit jederzeit an jeden Ort locken könnte.

»Ich heiße übrigens Charlotte«, stellte sich die neue Frau in unserer Runde vor und öffnete ihren silbernen Koffer. »Ich verspreche euch heute einen lustigen Abend, den ihr so schnell nicht mehr vergessen werdet.«

Das hörte sich richtig gut an, und ich griff nach den Salzstängeln, um den Rotwein vom Vorabend ein wenig zu neutralisieren. Gleichzeitig war ich von meinem Internetchat so aufgedreht und scharf, dass ich am liebsten gleich weitergemacht hätte, wo ich noch vor einer Stunde aufgehört hatte.

Charlotte trug ein enges schwarzes Kleid, das hinten einen Schlitz hatte. Jedes Mal, wenn sie sich ein wenig nach vorn beugte, um auf dem Teppich Platz zu schaffen für den Koffer und seinen Inhalt, sah man den Spitzenansatz ihrer halterlosen Strümpfe. Sehr sexy!

»Ich werde euch jetzt meine neue Kollektion vorstellen, und ihr könnt natürlich auch ein wenig damit spielen. Erst erzähle ich euch etwas über jedes Teil, und dann dürft ihr es anfassen und herumreichen. Wenn ihr Fragen habt, dann unterbrecht mich bitte.« Charlotte öffnete ihren Wunderkoffer, und ich war schon sehr gespannt, was mich erwartete. Schließlich hatte Melanie einige Anspielungen gemacht, dass sie sich mit Charlottes Spielzeugen schon so manch einsame Nacht versüßt habe. Was Charlotte aber dann dem Koffer entnahm, entsprach nicht so ganz meinen Erwartungen. Ich staunte, als sie eine grüne Plastikschildkröte hochhielt und uns dabei angrinste.

»Keine Sorge, meine Damen, ihr werdet auf eure Kosten kommen. Das verspreche ich euch. Aber ich will euch zunächst mal die harmloseren Varianten aus meiner Sammlung vorstellen, wie zum Beispiel *Paulchen*, unsere erregende Schildkröte. Charlotte legte mir *Paulchen* auf den Arm, und ich spürte ein angenehmes Kribbeln. Nett! Ich wollte wissen, wie sich Paulchen an anderen Stellen meines Körpers anfühlte, und legte mir das gepanzerte Tier auf den rechten Oberschenkel.

»Und? Wie gefällt dir unsere vibrierende Schildkröte?«, fragte mich Charlotte.

»Nicht schlecht. Wollt ihr auch mal fühlen, wie sich vier vibrierende Beine auf euren Schenkeln anfühlen, Mädels?« Ich lachte und setzte Paulchen auf die Schulter meiner rechten Nachbarin, die ein ärmelloses weißes Baumwollkleid trug.

»Oh!«, quiekte sie erschrocken, als ich sie mit dem grünen Tierchen berührte. »Ungewohnt, aber irgendwie auch angenehm.«

»Genau!« Charlotte war zufrieden mit ihrer ersten Demonstration. »Das ist sozusagen unser Vibratoren-Anfängermodell für Frauen, die sich noch nicht so recht an einen echten Vibrator herantrauen. Einfach nur die leichte Vibration auf Armen und Beinen zu spüren, kann schon sehr sinnlich sein.«

Und außerdem unauffällig, dachte ich mir. Das konnte man locker dem Junior zu Weihnachten unterjubeln und dann heimlich damit im Schlafzimmer verschwinden, wenn der Kleine schlief. Ich war gespannt, was es sonst noch in der Wunderkiste unserer Dildofee so gab. Als Nächstes packte sie eine schwarze Ameise aus, die von der Größe her mit *Paulchen* vergleichbar war. Aber obwohl sich Charlotte fast den Daumen abbrach, konnte sie *Amanda*, die Ameise, nicht zum Summen bringen.

»Tut mir leid. Ich glaube, *Amanda* braucht eine neue Batterie. Irgendwie scheint sie etwas außer Übung zu sein.« Seufzend legte Charlotte das Tierchen wieder in den Koffer zurück und präsentierte uns stattdessen *Willi,* die Raupe.

Summ. Summ. Summ. Willi war richtig in Fahrt, und wir konnten uns ganz gut vorstellen, wie er zur Sache gehen würde.

»*Willi* war jahrelang mein bester Freund«, verriet uns Charlotte. »Als ich mich vor drei Jahren von meinem Mann getrennt habe, war ich ziemlich einsam … vor allem nachts. Ihr versteht?« Die Frauenrunde nickte artig. Jede von uns kannte das Gefühl, wenn man sich nachts allein fühlte; und das Schlimmste war, dass man dieses Gefühl sogar haben konnte, wenn man eigentlich in einer festen Beziehung war. Es gibt keine Garantie fürs Glücklichsein. Im Gegenteil. Manchmal tut es sogar noch viel mehr weh, wenn man keine Verbindung zum anderen fühlt, obwohl er nur wenige Zentimeter von einem im Bett liegt.

»*Willi* war immer für mich da.« Charlotte war gerührt von ihren eigenen Worten und rieb sich über die Augen, als ob sie eine Träne wegwischen wollte.

»Ich durfte bei ihm immer so sein, wie ich bin. Es war ihm egal, ob ich gerade drei Kilo zugenommen hatte, ob ich schlecht gelaunt war oder was ich anhatte. Willi wollte einfach nur, dass ich glücklich war.«

Einige der Mädels schnäuzten sich in ihre Taschentücher. Wir waren alle gerührt über so einen loyalen Partner, den sich jede von uns innig herbeisehnte. Meistens haben wir Frauen das Gefühl, dass das Leben noch ein wenig mehr bieten könnte. Und das Leben *hat* mehr zu bieten, zum Beispiel schenkt es uns den grasgrünen *Willi*. Ein Knopfdruck genügt, und schon fliegen wir ins Nirvana.

»Ich könnte euch übrigens für *Willi* einen Sonderrabatt einräumen«, flocht Charlotte geschäftstüchtig in ihren Vortrag ein. »Er ist eines meiner Lieblingsmodelle.«

Als alle Mädels *Willi* einmal in der Hand gehalten hatten, föderte Charlotte den nächsten Schatz aus ihrer Wunderkiste zutage. *Willi* hatte noch einige Brüder und Schwestern aus dem Tierreich. *Adolfo* war ein blauer Delfin, mit dem man sogar in der Wanne planschen konnte, und es gab auch noch *Molli,* den Maulwurf.

»*Molli* hat eine süße Schnauze, die besonders gut den Kitzler streicheln kann«, erklärte uns Charlotte. Vormachen! Vormachen!, feixte ich innerlich. Wieso wurde die Tätigkeit eines vibrierenden Maulwurfs nicht mal am lebenden Objekt demonstriert? Ich traute mich allerdings nicht, diesen frechen Wunsch laut zu äußern. Wahrscheinlich wäre ich nie mehr von Melanie auf eine ihrer Partys eingeladen worden. Das nächste Modell aus der Spielzeugkiste war ein alter Freund von mir. Es handelte sich um *Sinflut*, den ich bereits kannte und den ich freudig begrüßte. Eigentlich war es nicht wirklich mein *Sinflut*, sondern ein naher Verwandter. Mein *Sinflut* war an den Seiten seines Schafts wellenförmig eingekerbt, und dieser *Sinflut* hatte Noppen und war außerdem weiß und nicht rot. Aber beide waren mit einer Ladestation versehen, in der sie sich von ihrem stundenlangen Einsatz erholen konnten. Vielleicht sollte ich *Sinflut* ein Geschwisterchen kaufen. Mal schauen, was sich sonst noch alles in diesem Koffer verbarg.

Eine Frau aus unserem Kreis war ganz fasziniert von *Sinflut* und ließ sich von Charlotte genau erklären, wie man einen Vibrator handhabt.

»Ich hab da mal eine intime Frage«, begann sie schüchtern.

»Nur raus damit«, ermutigte sie Charlotte. »Wir sind ja hier ganz unter uns.«

»Wie funktioniert das denn so mit einem Vibrator? Ich meine, ich hatte schon mal so ein ähnliches Teil in meiner Vagina, aber außer dass ich wund wurde, ist nicht viel passiert. Hab ich da was falsch gemacht? Hätte ich durch den Schmerz hindurchgehen sollen, um anschließend einen ekstatischen Durchbruch zu haben?« Die Fragestellerin rückte verlegen ihre Brille zurecht und wirkte wie eine Sekretärin beim Chefdiktat. Wahrscheinlich nahm sie außerdem auch Yogastunden, denn dort wird einem oft gelehrt, dass man ohne Schmerzen nicht ins Himmelreich, pardon … ins Nirvana gelangen könne. Amerikaner haben dafür einen viel treffenderen Ausdruck gefunden: »No pain – no gain!«

Charlotte ließ sich einen Augenblick Zeit, bevor sie auf die Frage einging. Offensichtlich war jetzt Gruppendynamik angesagt, denn sie stellte die Frage in den Raum.

»Hat irgendeine von euch auch ähnliche Erfahrungen gemacht mit einem Vibrator oder einem anderen Massagestab?«, fragte sie.

»Ja, ich!« Eine Brünette mit Pagenfrisur meldete sich. »Ich habe immer Schwierigkeiten, den Vibrator in meine Muschi zu stecken, der flutscht dann immer raus und das macht mich ganz kirre. Muss ich ihn einfach tiefer einführen?«

»Ein Vibrator sollte immer glitschig sein – ebenso wie ein

Penis.« Die Damenrunde kicherte verlegen. »Dann werdet ihr auch nicht wund. Meine Firma hat aus diesem Grund ein ganz besonderes *magic gel* entwickelt, das völlig unschädlich ist und die Scheidenflora sogar noch positiv beeinflusst. Das kann ich euch aus jahrelanger Erfahrung bestätigen.« Charlotte war ein alter Hase, so viel war klar, und wir hörten ehrfürchtig zu, wie sie uns ihre sexuellen Vorlieben mit dem Vibrator erklärte.

»Ab und zu benutze ich sogar zwei oder drei Tierchen auf einmal«, erklärte sie. *Willi* und *Molli* verstehen sich zum Beispiel prächtig, und wenn mein Freund mir dann noch mit *Amanda* über die Kopfhaut fährt … Wow, der siebte Himmel ist nichts dagegen.«

Ich war ziemlich beeindruckt und nahm mir vor, auch mal mit verschiedenen Spielzeugen gleichzeitig meinen Körper zu verwöhnen, wenn ich wieder zu Hause war. Irgendeins der bunten Lustspielzeuge würde ich mir heute noch anschaffen.

Als Nächstes holte Charlotte silberne Liebeskugeln aus ihrem Koffer und begann zu strahlen. »Das hier sind meine absoluten Favoriten.« Unsere Dildofee war begeistert. »Diese Teile dienen nicht nur der Lust, sondern sie regen auch gleichzeitig die Muskulatur im Beckenboden an, und stellt euch vor, ihr könnt damit sogar Inkontinenz vorbeugen.«

Charlotte war begeistert von den Vorzügen ihrer Kugeln. Aber insgeheim dachte ich mir, dass allein die Vorstellung von altersbedingter Gebrechlichkeit nicht allzu lustvoll war und dass sie diese Beschreibung doch besser weggelassen hätte. Aber Charlotte war diesmal nicht zu bremsen. »Ihr führt euch diese beiden Kugeln am Morgen ein, tragt sie den ganzen Tag, und ihr werdet staunen, wie stark euer Beckenboden bald sein wird. Ihr werden den Penis eures Liebsten damit zusammenpressen wie eine Zitrone.« Auch diesen Vergleich fand ich nun nicht ganz so gelungen, denn welche Frau möchte schon einen Penis, der an eine Zitrone erinnert. Die Liebeskugeln überzeugten mich nicht so ganz. Auch wenn sie innen mit einem Silberkügelchen gefüllt waren, das bei jedem Schritt angeblich den Beckenboden zum Schwingen bringen sollte. Die nächste Neuheit auf dem Markt der Erotikspielzeuge gefiel mir auch nicht. Es handelte sich um *Edgar*, das Schlossgespenst. In giftigem Grün sah Edgar von weitem eher aus wie ein Gartenzwerg, nur dass ihm das Gesicht fehlte. Gespenster haben ja angeblich keine Gesichter und können sich auch nicht im Spiegel erkennen. Edgar eignete sich in meinen Augen eher zum Scherzartikel als zum lustvollen Begleiter für einsame Nächte.

»Ihr könnt einen kleinen Taschenvibrator wie *Edgar* auch mal eurer besten Freundin zum Geburtstag schenken«, schlug Charlotte eifrig vor.

Genau das hatte ich vor zwei Jahren bereits einmal getan. Ich hatte einer guten Arbeitskollegin zu ihrem vierzigsten ein kleines Badeentchen geschenkt, das zunächst völlig harmlos aussah, aber mithilfe eines geheimen Knopfes zu Hochtouren auflaufen konnte. Gut, ich muss zugeben, vielleicht hatte ich mit der Farbe einen Fehler gemacht. *Planschi* war ein schwarzes Entchen, und somit sah es doch nicht mehr ganz so unschuldig aus. Man konnte *Planschi* auch nicht einfach so am Wannenrand stehen lassen, ohne dass fremde Benutzer des Bads sich über die Funktion eines schwarzen Badezimmerentchens Gedanken gemacht hätten. Und ich muss außerdem noch zugeben, dass das schwarze Entchen eine rote Augenmaske trug und an den Flügeln gefesselt war. Somit wurde jeglicher Versuch zunichtegemacht, diesem Entchen eine harmlose Funktion beim Baden zu unterstellen. Meine Kollegin Katja packte *Planschi* vor ihren Freunden aus und schrie dann laut auf, als sie mein süßes Entchen endlich in den Händen hielt. Als ob es ein Monster wäre! Jedenfalls gab mir Katja mein Geschenk an diesem Abend wieder mit, und seither war ich auch nicht mehr auf einem ihrer Geburtstage eingeladen. Wahrscheinlich hatte sie mich einfach nur auf ihrer Gästeliste vergessen. Oder? Was anderes konnte ich mir beim besten Willen nicht vorstellen. Als ich mir noch überlegte, ob ich diese Geschichte in der Frauenrunde zum Besten geben sollte, war *Edgar,* das Gespenst, schon wieder Schnee von gestern, und stattdessen hielt Charlotte ehrfürchtig eine schwarze Schatulle in den Händen.

»Mädels, was der Porsche unter den Autos ist, das ist dieses neue Gerät unter den Vibratoren.« Jetzt waren wir aber gespannt wie Flitzebogen und konnten es kaum erwarten, in das Innere dieser geheimnisvollen Schatztruhe zu schauen. Tattaa! Charlotte öffnete die schwarze Box betont langsam und präsentierte uns dann einen schwarzweißen Vibrator, der wie ein Seepferdchen gebogen war.

»Das ist eine spezielle Form, die jeder Frau einen G-Punkt-Orgasmus verschafft«, erklärte sie uns so stolz, als ob sie höchstselbst in Zukunft bei uns für diese Gipfelerlebnisse verantwortlich sei. Vor allem Anja schien sehr angetan von Charlottes Fürsorglichkeit.

»Ach Charlotte, wenn ich bloß wüsste, wo ich meinen G-Punkt finde. Ich hab schon überall danach gesucht, und mein Mann ist auch ganz ratlos. Meinst du, ich habe keinen?« Anja schaute unsere Dildofee mit großen Bambiaugen an.

»Schätzchen, natürlich hast du dieses Lustzentrum in deinem Körper. Ich könnte es dir sogar zeigen. Ich gebe nämlich auch Tantramassagen.« Charlotte baute sich zu ihrer vollen Größe auf, und mit ihren hohen Stöckelschuhen waren das sicherlich mindestens eins achtundsiebzig.

»Echt? Eine Tantramassage wollte ich schon immer mal ausprobieren.« Anja war neugierig, und offensichtlich fand sie Charlotte recht attraktiv.

»Dabei wird die Vagina verwöhnt, und es kommt zu einem

Superorgasmus. Aber es ist nicht wirklich eine sexuelle Massage, sondern eigentlich eine Art von Heilung, und Frauen lernen dabei ihren eigenen Körper besser kennen.«

»Oh, wie interessant«, flötete Anja und hatte auf einmal die Stimme eines kleinen Mädchens. »Davon musst du mir später unbedingt mehr erzählen.«

»Na klar, Liebes. Aber jetzt noch mal zu unseren Spielzeugen. Ich will euch nämlich auch noch einige ausgefallene Produkte zeigen, die sich nicht in jedem Schlafzimmer finden.«

Melanie gab mir einen leichten Rippenstoß und flüsterte mir ins Ohr: »Darauf habe ich gewartet. Das gefällt vielleicht meinem neuen Bekannten, der steht, glaube ich, auf ausgefallene Sachen.«

»Dein neuer Bekannter? Hast du dich verliebt?« Ich kannte meine beiden Freundinnen an diesem Abend kaum wieder. Sie verwandelten sich geradezu in Sexgöttinnen, und vielleicht sollte ich Anja und Melanie bitten, in der Sendung aufzutreten.

»Na ja, ich weiß noch nicht so genau, was es für mich sein wird. Aber ich habe da jemanden kennengelernt. Er ist zu mir in die Praxis gekommen, um sich akupunktieren zu lassen.«

»Was macht er denn beruflich?«, flüsterte ich zurück. Unsere Dildofee war nämlich noch am Auspacken ihrer besonderen Kollektion, und es entstand eine kleine Pause, in der die Mädels auf die Toilette gingen und ein wenig Unruhe herrschte.

»So genau weiß ich das nicht. Er hat was mit Tanzen zu tun, glaube ich. Er sagte was von Tänzen um einen Tisch. Wahrscheinlich keltische rituelle Tänze. Ich werde ihn das nächste Mal fragen« Melanie kicherte und nippte wieder an ihrem Prosecco, bevor Charlotte uns ihre nächsten Highlights präsentierte.

»So, meine Damen … hier habe ich ein ausgefallenes Teil unserer Spielzeugkollektion.« Sie hielt einen schwarzen Gummipenis in die Höhe, der ein allgemeines Raunen unter den

Mädels hervorrief. So einen Schwanz hatte sich sicherlich jede von uns schon einmal im Bett gewünscht.

»Ich werde meinen *Black Beauty* gleich mal herumreichen unter euch«, sagte Charlotte fast zärtlich. »Handgefertigt und aus hautfreundlichem Material. Heutzutage muss man schon aufpassen, was man sich in die Vagina steckt. Es gibt so viele Billigimporte aus Asien, die alle nichts taugen.«

Black Beauty fühlte sich wirklich toll an. Samtweich und anschmiegsam. Ich bekam Lust, dieses Riesenteil in mir zu spüren. Aber das war noch nicht alles, was Charlotte zu bieten hatte.

»Habt ihr euch schon mal gefragt, wie es sich anfühlt, selbst einmal in die männliche Rolle zu schlüpfen und damit eine Frau zu beglücken? Ich kann euch dieses Erlebnis nur empfehlen, und deshalb habe ich hier auch einen Strap-on mitgebracht.« Charlotte zeigte uns einen Ledergürtel, den sie sich umschnallte und *Black Beauty* darin befestigte. Den Rock hatte sie zu Boden fallen lassen und stand nun in einer schwarzen Korsage aus Lack vor uns. Stolz präsentierte sie uns einen langen schwarzen Ständer, der beim Gehen auf und ab wippte. Sie sah ziemlich scharf aus, fand ich. So eine mutige Frau hatte ich bisher noch nie gesehen. Das schien auch Anja zu imponieren, denn in der Pause belegte sie Charlotte mit Beschlag und wollte von ihr alle Einzelheiten in Bezug auf G-Punkt und Vaginalorgasmus erklärt haben. Ich erkannte meine Freundin Anja kaum wieder, und wäre sie nicht mit Matthias verheiratet gewesen, dann hätte ich geschworen, dass sie auf Frauen steht. Sie berührte beim Sprechen öfter als nötig Charlottes Arm und strich ihr vertraulich eine Haarsträhne aus dem Gesicht. Unserer Dildofee schien das ganz gut zu gefallen, und sie vergaß für einige Augenblicke sogar, uns auf die Sonderangebote in ihrem Sortiment aufmerksam zu machen, wie zum Beispiel den Massagestab *Lilofee*, der einer kleinen Elfe nachempfunden war und als Einsteigermodell vom Hersteller empfohlen wurde. Auch Melanie fiel es auf, wie sehr unsere Freundin Anja sich der Dildofee an den Hals warf.

»Ich glaub es nicht. Hast du unsere Anja beobachtet?«, fragte sie mich und schüttelte dabei lachend den Kopf.

»Meinst du, Matthias würde es stören, wenn seine Frau mit einer anderen kuschelt?«

»Ach was. Solange sie mit ihm Golf spielt, regt ihn nichts auf. Im Gegenteil! Ich glaub, der wäre sogar ganz froh, wenn seine Frau mal wieder ein bisschen Spaß hätte, was meinst du?« Melanie schien sich hinsichtlich des nicht vorhandenen Liebeslebens von Matthias und Anja ziemlich sicher zu sein. Wahrscheinlich hatte sich Anja bei ihr vor kurzem ausgeheult, und sie war auf dem neuesten Stand. Vielleicht sollte ich Anja und Matthias ins Studio einladen, damit sie mir davon berichteten, wie eine Dildofee ihr Sexleben wieder angekurbelt hatte. Und was hatte Melanie mir vorhin von einem neuen Verehrer gestanden? Ich hatte nicht so richtig zugehört, weil ich mich gleich darauf auf *Black Beauty* konzentriert hatte und mir im Geiste meinen letzten Kontoauszug ins Gedächtnis rief. Aber ich konnte mich beim besten Willen nicht mehr daran erinnern, ob vor den 250 Euro ein Plus oder ein Minus gestanden hatte. Dabei würde ich diesen schwarzen Zauberstab nur zu gern in meine Spielzeugsammlung einreihen.

»Sag mal, Melanie, was hast du vorhin von einem neuen Mann in deinem Leben erzählt? Der hat was mit Tanzen zu tun? Ein Künstleragent, der Tänzer vermittelt?«

»Ja, so was Ähnliches.« Melanie schien sich auch nicht so ganz sicher zu sein, mit was ihr Neuer sich beruflich beschäftigte. Immerhin musste er einiges an Geld verdienen, ansonsten hätte er sich die kostspieligen Akupunkturbehandlungen bei Melanie nicht leisten können.«

»Stell ihn mir mal vor, ich tanze doch für mein Leben gern,

und vielleicht kann er uns Karten besorgen für *Cats*. Das Musical soll toll sein, da sollten wir mal hingehen.«

»Was erzählt ihr da von wilden Katzen?« Anja war zu uns gestoßen und hatte ganz rote Wangen vor Aufregung. »Ich habe mir eben von Charlotte den *magic wand* gekauft, diesen gebogenen Zauberstab«, sprudelte sie los, ohne auf unsere Antwort zu warten. »Charlotte meinte, dass der für mich wie geschaffen wäre.«

»Will sie ihn auch mal mit dir ausprobieren?«, zog ich meine Freundin auf. Anja wurde rot.

»Woher weißt du das? Hat sie dir das erzählt?«

Anscheinend hatte ich ins Schwarze getroffen.

»Ne, das hab ich nur vermutet ... so wie du an ihren Lippen hängst.«

»Echt? Fällt das so auf?«, stotterte Anja. Aber dieser neue Flirt schien ihr gutzutun.

»Mädels, ich fass es nicht. Ihr beide seid so erfolgreich und seid neu verliebt, und ich habe immer noch keine passende Frau für mein erotisches Abenteuer.«

Charlotte kam auf uns zu und wedelte mit *Black Beauty* vor meinem Gesicht herum. »Ich weiß genau, dass er dir gefällt«, sagte sie. »Du hast ganz große Augen bekommen, als ich ihn mir umgeschnallt habe. Ich glaube, dieser schwarze Hengstschwanz ist genau das, wonach du suchst.« Charlotte schaute mich triumphierend an, und sie war mir auf einmal richtig unheimlich, denn sie konnte anscheinend in die dunkelsten Ecken meiner Seele schauen. Und sie hatte Recht: *Black Beauty* war genau das, wonach ich gesucht hatte, und ich wollte damit eine Frau beglücken. Wenn sich eine finden sollte, die an meinem Hengstschwanz genauso interessiert war wie an mir. Charlotte gab mir noch ein Tube Gleitgel dazu, das in der Dunkelheit neonfarben leuchtete, und außerdem noch einen Dildoring, der am Penis befestigt wurde und vibrierte. Dafür zückte ich meine

Kreditkarte und konnte nur hoffen, dass es sich bei meinem letzten Kontoauszug um ein *Plus* gehandelt hatte.

Als ich nach Hause fuhr, war ich gut gelaunt und hatte den Kummer des Tages längst vergessen. So schnell änderte sich das Leben! Vor meiner Wohnungstür saß Pascal mit einer Flasche Champagner in der Hand. Den hätte ich heute nicht mehr erwartet, und um ganz ehrlich zu sein, hatte ich auch nicht vorgehabt, ihn heute noch zu sprechen oder geschweige denn zu sehen. Aber wenn Pascal etwas wollte, dann gab er keine Ruhe, bis er es auch bekam.

»Schatz, ich habe dich so vermisst!«, begrüßte er mich überschwänglich und nahm mich in den Arm.

»Ach ja?«, erwiderte ich ziemlich kühl und löste mich gleich wieder aus seiner Umarmung, nachdem ich ihm nur meine Wange zum Kuss hingehalten hatte. »Gestern in der Sauna sah das aber noch ganz anders aus. Hattest du einen schönen Abend mit Dagmar gestern?«, fragte ich spitz. »Vielleicht durftest du ihr noch ein wenig Arnikasalbe auf ihren süßen Po schmieren«, fügte ich sarkastisch hinzu.

»Du kleines Miststück!«, lachte Pascal. »Ich musste die Kleine sofort in die Notaufnahme einer teuren Privatklinik fahren. Der Spaß hat mich einiges gekostet.«

»Geschieht dir ganz recht«, giftete ich ihn an. »Du hast Glück, dass ich überhaupt mit dir rede.«

»Das weiß ich auch sehr zu schätzen, mein Engel.« Pascal ließ die Schultern betreten hängen und schaute mich reumütig an. »Ich habe mir so gewünscht, dass du mir verzeihst. Aber glaub mir, ich hatte keine Ahnung, dass du so aufgebracht sein würdest. Ich hatte dir ja mehrere Nachrichten auf dein Handy gesprochen.«

»Das hast du! Aber woher wusstest du denn überhaupt, dass ich Dagmar in der Sauna treffen will?«

»Na, ich dachte, da könnten wir uns vielleicht alle drei ein wenig näher kommen und gleich feststellen, ob es zwischen uns funkt.«

»Typisch Mann!«, zeterte ich und genoss es, dass ich Pascal endlich mal so richtig die Meinung sagen konnte und er zu sehr in meiner Schuld stand, um sich dagegen zu wehren. Endlich musste er sein loses Mundwerk halten, und ich durfte alles sagen, was ich wollte. Wie Weihnachten! Natürlich erzählte ich ihm nichts von meiner Spezialmassage in der Sauna, und keinesfalls würde ich meinen kleinen Internetorgasmus mit dem bösen Wolf gestehen. Das blieb mein süßes kleines Geheimnis! In Gedanken an meine eigenen erotischen Ausflüge konnte ich Pascal jedoch leichter verzeihen und schloss die Wohnungstür auf. Ich war zu müde, um noch Champagner zu trinken, und wir verabredeten uns für den nächsten Abend, um gemeinsam nach einer neuen Frau zu suchen. Der Sendetermin rückte immer näher, und ich wollte *Black Beauty* nicht unbenutzt in meiner Kommode verstauben lassen.

9. Kapitel

Zur Versöhnung hatte mich Pascal ins *Madagaskar* eingeladen, einen absoluten Nobelschuppen, bei dem es eine Damenkarte gab, auf der die Preise für marinierte Seeteufelchen in roter Kaviargrütze, Pfifferlingssorbet mit Meeresfrüchten, Wildschweincarpaccio mit glasierten Mandeln in Koriandersoße und Elfenbeinmousse mit frischen Datteln nicht angegeben waren. Pascal ließ sich unsere Versöhnung einiges kosten, und das freute mich. Offensichtlich wollte er mich nicht verlieren und tat alles, um wieder in meiner Gunst zu steigen. Ich sorgte dafür, dass sein Konto ordentlich bluten musste, und bestellte mir als Vorspeise ein Granatapfel-Süppchen mit pürierten Trüffeln, als Zwischengang Venusmuscheln in Hummersoße, und eigentlich war ich danach schon satt. Aber das Essen schmeckte einfach zu köstlich, und deshalb entschied ich mich beim Hauptgang noch zu Karpfenbällchen, die in Seetang geröstet waren, und verputzte anschließend noch eine Kugel Himbeereis auf Kokosnussschaum. Ich konnte mich nach dem Essen kaum noch bewegen.

»Hat es dir geschmeckt, mein Engel?«, fragte Pascal, ganz der Gentleman. Er war offensichtlich heilfroh, sich noch mal so schnell aus der geplanten Affäre ziehen zu können. Denn dass er wirklich überhaupt keine eigennützigen Absichten bei Dagmar gehabt hatte, bezweifelte ich. Aber ich war ja auch kein Unschuldsengel und hatte Heimvorteil, denn ich wusste von seinem Fehltritt, während er keine Ahnung hatte, mit wem ich mich vergnügt hatte.

»Ja, das Essen hat hervorragend geschmeckt. Hier sollten wir öfter hingehen«, schlug ich vor und tat so, als ob wir gerade eine neue Pizzeria entdeckt hätten. Pascal zuckte leicht zusammen und verzog schmerzverzerrt das Gesicht. Offensichtlich dachte er an die Rechnung, die er gleich diskret begleichen würde. »Oh … ich finde, einfache Hausmannskost ist auch nicht zu verachten. Was meinst du? Aber ich bin froh, dass du zufrieden warst, und für dich ist mir nichts zu teuer.« Das wollte ich hören!

»Du bist so gut zu mir, Schatz«, flötete ich wieder versöhnlich.

Beim Espresso fragte mich Pascal, was ich in Bezug auf meine erotische Sendung bisher erreicht hätte. Eigentlich wollte er in erster Linie wissen, ob ich noch Interesse an einer Frau für einen Dreier hatte, das spürte ich genau. Aber er war klug genug, das nicht sofort auszusprechen nach der Beinahe-Katastrophe mit Miss Popo.

»Ich dachte mir, wir suchen uns heute zu Hause im Internet eine andere Frau, die passender für uns ist. Was meinst du?«, schlug ich ihm so lässig vor, als ob wir ein neues Sofa für unser Wohnzimmer bestellen wollten.

»Gute Idee«, erwiderte Pascal erleichtert und verlangte nach der Rechnung, die ihm der Kellner in einer roten Ledermappe überreichte. Ich fragte nicht nach, was ihn das Essen gekostet hatte, aber da er drei Hundert-Euro-Scheine aus seiner Brieftasche zog, ging ich davon aus, dass er noch lange an diesen Abend zurückdenken würde.

Bei mir zu Hause machten wir es uns im Bett mit dem Laptop gemütlich und surften nach weiteren Frauen, die für unser Vorhaben infrage kämen. Die meisten fand ich entweder zu dümmlich oder sie waren Pascal zu unerotisch. *Spitzmaus69* hatte ein nettes Profil und wünschte sich ein entspanntes Kennenlernen mit einer Frau. Ein Mann sei kein Hindernis, schrieb sie großzügig.

»Wäre das was für uns?«, fragte ich Pascal.

»Schau dir mal die dicken Beine an«, kritisierte Pascal die nette Spitzmaus. »Die hat Oberschenkel wie ein Baumstamm. Nein, die kann ich mir auf keinen Fall im Bett vorstellen.«

»Wir können Sie ja auch auf der Wiese treffen«, scherzte ich. »Oder in der Sauna …«

»Du kannst es nicht lassen?« Pascal war leicht verärgert. »Ich werde wahrscheinlich den Rest meines Lebens mit Dagmar aufgezogen werden.«

»Meinst du, dass ich es so lange mit dir aushalten werde?«, erwiderte ich süffisant. Ich war im Augenblick eindeutig in der stärkeren Position, und ich kostete meinen Punktesieg genüsslich aus.

»Du *wirst* es mit mir aushalten müssen, weil ich dich nicht mehr loslassen werde. Bis an dein Lebensende!« Pascal schien es heute sehr ernst zu sein mit mir. Was doch ein wenig Zickigkeit alles bewirken konnte. Männer mögen keine Frauen, die einfach nur nett und brav sind, sondern sie wollen auch gefordert werden und um sie kämpfen müssen.

»Na, mal sehen, wie du dich bei unserer nächsten Kandidatin benimmst«, schlug ich vor. Wir klickten einige weitere Profile an und blieben dann bei *Trixi007* hängen, einem scharfen Bondgirl mit großen Brüsten, die sie in einem silbernen Bikini versteckt hielt. »Ich liebe Frauen, Sex und Abenteuer«, schrieb sie in ihrer Beschreibung. Die freche Trixi gefiel uns auf Anhieb, und wir baten sie um ein Treffen. »Hast du Lust, uns bald kennenzulernen? Das Leben ist zu kurz, um kostbare Zeit unnütz verstreichen zu lassen.« Trixi war online und antwortete uns sofort.

»Hallo, ihr Süßen, da habt ihr Recht. Man bereut vor allem die Dinge, die man nicht erlebt hat. Sarah, du gefällst mir gut!«

Holla … endlich mal eine Frau, die nicht in Konkurrenz mit mir treten wollte. Ich fühlte mich geschmeichelt, und wir schrieben ihr sofort zurück.

»Du scharfes Bondgirl, bei deiner Körbchengröße brauchst du bestimmt einen Waffenschein!« Eigentlich hatte Pascal das gedichtet, und ich hätte unser Interesse lieber ein wenig weicher und sinnlicher formuliert. Aber anscheinend fand Trixi unsere Anmache erotisch, und sie schien auch ziemlich klare Vorstellungen davon zu haben, was sie sich von unserer Begegnung zu dritt wünschte.

»Sarah, du wirkst ein wenig dominant auf dem Foto. Das macht mich total an. Ich will, dass du mir sagst, wie ich dich am besten verwöhnen kann. Ich habe schon einen Dildo neben mir liegen und warte nur darauf, dass er zum Einsatz kommt.«

»Wir würden dir gern dabei zusehen, wie du dir damit Lust verschaffst«, schrieb ich zurück. Bei der Wortwahl kam es zwischen mir und Pascal zu einer kleinen Auseinandersetzung, denn er wollte einfach nur schreiben: »Fick dich selbst, du kleines Luder!« Das fand ich aber zu krass, und ich wollte mit meiner neuen Freundin vor allem auch meine weiche und sinnliche Seite ausleben.

»Oh ja … ich will, dass ihr mir zuseht, wie ich gerade auf Erwin sitze.« Wer, zum Teufel, war Erwin? Hatte die Gute etwa gerade Herrenbesuch?

»Was machst du denn grade mit Erwin?«, schrieben wir zurück.

»Na, er steckt in mir drin.«

»Ist das dein Partner? Ist der dann nicht eifersüchtig, wenn du uns triffst?«

»Ach was. Erwin ist nie eifersüchtig. *kicher*«

»Na, du hast aber einen toleranten Freund.«

»Jetzt ist Erwin ganz tief in mir drin, ich habe die Schenkel ganz weit gespreizt und kann nicht genug von ihm bekommen.«

»Können wir dich auch ohne Erwin treffen?«, insistierten wir. Wir wollten schließlich keinen Partnertausch, sondern lediglich einen Abend zu dritt verbringen.

»Och, das ist aber schade. Ich dachte, ihr wolltet mir zusehen.« Trixi schien enttäuscht zu sein, und das wollten wir natürlich auf keinen Fall. »Vielleicht können wir deinen Freund dann bei der nächsten Begegnung kennenlernen«, schlugen wir großzügig vor. Falls es dazu überhaupt kommen sollte.

»Ich werde ihn einfach mal mitnehmen, und dann sehn wir ja, ob es passt.« Offensichtlich schien Erwin eine besondere Bedeutung in Trixis Leben zu haben.

»Wie lange kennst du ihn schon?«, fragten wir neugierig.

»Ich habe ihn vor etwa zwei Monaten erstanden und seitdem komme ich pausenlos.« Erstanden? Seit wann kaufte man sich Liebhaber im Supermarkt. Es sein denn …

»Erwin ist dein Dildo?«

»Erraten! ;-)))«

Trixi hatte offensichtlich Sinn für Humor, und das gefiel uns außerordentlich gut. Sie schien überhaupt die perfekte Frau für uns zu sein. Vor allem war sie ganz offensichtlich nicht so auf Pascal fixiert wie unsere früheren Flirts.

»Sag mir, was ich tun soll, Sarah. Ich will dir gehorchen.« Pascal und ich diskutierten einen Moment, was wir ihr auftragen sollten. Pascal schlug vor, noch ein anderes Foto von ihr anzufordern. Sie sollte eine Aufnahme mit dem Handy machen, wie sie sich mit Erwin vergnügte. Das war eine gute Idee, und jetzt würde sich auch zeigen, ob Trixi wirklich eine Frau war und nicht nur ein *Fake*, einer dieser geilen Männer, die sich überall im Netz herumtrieben.

»Trixi, du nimmst jetzt dein Handy und machst ein Foto von dir und Erwin«, kommandierte ich sie herum. Diese Rolle gefiel mir recht gut, daran könnte ich mich gewöhnen. Das hatte ich ja bereits bei unseren Fotoaufnahmen bemerkt.

»Moment, das dauert ein paar Minuten«, kam prompt die Antwort. Trixi war also wirklich bereit, sich auf uns einzulassen und uns einen weiteren Einblick in ihr Intimleben zu verschaffen.

Pascal füllte unsere Champagnergläser nach. »Auf unsere Frau für gewisse Stunden«, prostete er mir zu.

»Hoffen wir, dass es diesmal klappt«, erwiderte ich, bevor ich einen tiefen Schluck von dem köstlichen eisgekühlten Champagner trank. Wir warteten gespannt auf das nächste Foto von Trixi und schließlich hörten wir ein leises *Pling*, das uns anzeigte, dass eine neue Nachricht eingetroffen war.

»Erwin fickt gut!«, schrieb uns Trixi poetisch, und wir öffneten das Foto, das sie uns im Anhang geschickt hatte. Eigentlich konnte man nicht allzu viel erkennen. Eine Hand mit rot lackierten Fingernägeln hielt einen hautfarbenen Dildo und stopfte ihn in eine unbehaarte Möse. Sehr erotisch kam das Foto nicht rüber, was aber sicherlich auch am Handy lag, das nicht für solche subtilen Nahaufnahmen vorgesehen war.

»Na, zumindest wissen wir jetzt, dass Trixi rasiert ist«, lautete Pascals Kommentar.

»Stimmt. Und Nägel kaut sie auch nicht. Ganz schön mutig, uns so ein Foto zu schicken, das müssen wir ihr lassen.«

»Trixi, du kleines Luder bist wirklich rattenscharf«, schrieben wir ihr zurück. »Wann können wir dich endlich treffen?«

Uns schwirrte längst der Kopf von all den Frauen, die wir im *funclub* angeklickt hatten, und wollten jetzt endlich zu Schandtaten schreiten, anstatt uns nur mental in unserem erotischen Kopfkino auszutoben.

»Habt ihr morgen Zeit?«, fragte Trixi. Offensichtlich konnte sie es kaum erwarten, uns zu treffen. »Mensch, die geht ja ganz schön ran«, meinte Pascal und blätterte in seinem iPhone, um zu sehen, ob er sich morgen für ein erotisches Date mit uns beiden freischaufeln konnte. An seiner gerunzelten Stirn erriet ich bereits, dass dieses Treffen morgen nicht so ganz in seine Wochenplanung passte.

»Mist, ich schaff das morgen nicht«, seufzte er. »Hast du nicht Lust, sie allein zu treffen, mein Schatz? Dann kannst du sie für uns beide checken; du weißt ja, ich bin einfach gestrickt, und was dir gefällt, gefällt mir auch.« Ich musste lachen, als er das sagte. Aber Pascal hatte recht. Was Frauen anbelangte, war ich um einiges anspruchsvoller als Pascal, der es vor allem scharf fand, wenn *ich* mich mit dieser Frau verstand und er uns zusehen konnte.

»O. k., ich mach das. Vorausgesetzt, sie will mich allein treffen«, willigte ich ein.

»Trixi, würdest du morgen auch mit Sarah allein vorliebnehmen?«, schlugen wir vorsichtig vor. »Ihr Frauen könntet euch ein wenig beschnuppern, und beim nächsten Treffen stößt Pascal dann hinzu.« Den Satz hatte natürlich mein Freund geschrieben, denn er konnte seine doppeldeutigen Anspielungen einfach nicht lassen und fand sich äußerst witzig und verwegen. Na, ob Trixi das auch so sah?

»Na klar hab ich Lust auf Sarah allein«, kam schnell die Antwort zurück.« Gott sei Dank war sie nicht so fixiert auf einen Mann und hatte offensichtlich einfach Freude an einem Treffen von Frau zu Frau. Wir waren begeistert. Jetzt mussten wir nur noch den geeigneten Ort finden für unser erstes Rendezvous. Pascal und ich überlegten kurz, was wir ihr vorschlagen sollten.

»Meinst du, Abendessen beim Thai wäre zu viel?«, fragte ich.

»Ja, finde ich schon. Schließlich sollte das Treffen eher in einem erotischen Ambiente stattfinden, und Essen ist zwar sinnlich, aber doch ein wenig zu normal für so ein erotisches Abenteuer, wie wir uns das vorstellen. Ein Café erschien uns auch zu langweilig, und wir überlegten, welche nette Cocktailbar eventuell dafür infrage käme. In der Zwischenzeit erhielten wir bereits eine neue Mail von Trixi.

»Hallo … seid ihr noch da?«

»Na, bist du immer so ungeduldig? Dir kann es wohl nicht schnell genug gehen?« Pascal schmunzelte über seine gelungene Anspielung auf ihre sexuelle Notgeilheit.

»Im Gegenteil, ich hab es gern stundenlang«, schrieb Trixi zurück. »Aber ich muss gleich weg. Und vorher will ich noch mal kommen.« Ziemlich direkt, unsere Trixi. Am besten, wir überließen es ihr, einen geeigneten Ort zum Kennenlernen auszuwählen. Wahrscheinlich machte sie das nicht zum ersten Mal und war bestimmt etwas erfahrener auf dem Gebiet als wir.

»Kennst du einen guten Ort für ein Treffen?«, fragten wir.

»Wie wäre es mit dem Venushügel?« Dem Venushügel? Sollten wir sie gleich in ihrer Wohnung beglücken, oder wie war das zu verstehen?

»Entschuldige, aber könntest du das noch mal näher erläutern, wo Sarah dich treffen soll?«

»Na, im Venushügel. Muss gleich weg.«

»Adresse?« Es dämmerte uns, dass es sich um den Namen einer Bar oder eines Bistros handeln musste.

»Tulpenweg zwölf.« Das hörte sich ziemlich harmlos an, und ich atmete erleichtert auf. Sicherlich ein New-Age-Café oder so was in der Art.

»Bye, bye«, verabschiedete sich unsere unbekannte Schöne.

»Bis morgen! Um acht.«

Den ganzen nächsten Tag war ich ziemlich aufgekratzt und konnte mich während der Arbeit kaum konzentrieren. Zum Glück war es ein Tag, an dem ausnahmsweise einmal alles ziemlich reibungslos verlief, und ich fand sogar ein nettes Paar, das bereit war, über seine erotischen Abenteuer mit Männern und Frauen zu erzählen. Sie waren beide noch recht jung, Ende zwanzig, schienen aber mehr Erfahrung in sexuellen Dingen zu haben als die meisten Menschen in ihrem ganzen Leben. Sie hatten sich auf unsere Anzeige hin gemeldet, und ich war froh, dass wir Kontakt aufgenommen hatten. Sie würden nun in zwei Wochen zu uns in den Sender kommen und bei meiner Erotikshow dabei sein. Damit die Sendung ein wenig kontroverser wurde, wollte ich auch noch ein anderes Paar einladen, das sich nach einem Dreier getrennt hatte und möglicherweise an diesem Abend wieder zueinanderfinden könnte. Herzschmerz verkaufte sich immer gut, und ein wenig Drama konnte nicht schaden. Ich suchte außerdem noch zwei weitere Gäste, die zu dem Thema passten. Aber ich hatte ja noch zwei Wochen Zeit, und ich war es gewohnt, schnell zu arbeiten.

Während ich in meinem Büro saß, schaute ich immer wieder auf die Uhr und konnte es kaum erwarten, mich auf den Weg in diesen geheimnisvollen Venushügel zu machen. Melanie kam auf einen Kaffee vorbei und bemerkte meine Unruhe.

»Sag mal, was ist denn mit dir los, Schätzchen? Du fährst dir alle paar Minuten durchs Haar. Hast du heute was Besonderes vor? Triffst du dich mit deinem Masseur aus dem Wellnesscenter?«

»Ja, ich werde ihm meinen neuen *Black Beauty* zeigen, der mich ein Vermögen gekostet hat«, lachte ich. »Aber woher weißt du das denn überhaupt? Anja habe ich das mit dem Masseur unter dem Siegel größter Verschwiegenheit erzählt.« Ein klein wenig sauer war ich schon auf meine Freundin. Dass die auch immer alles ausplaudern musste.

»Vor mir wirst du doch wohl keine Geheimnisse haben wollen, oder?« Jetzt war Melanie beleidigt. Da ich überhaupt keine Lust darauf hatte, mich kurz vor meinem erotischen Treffen heute Abend mit Melanie zu streiten, wechselte ich schnell das Thema.

»Was macht eigentlich dein Künstleragent? Der mit den Tänzern?«

»Den treffe ich heute Abend. Er will mich einladen«, erzählte Melanie geheimnisvoll. »Wir sehen uns eine Tanzvorführung an.«

»Hört sich aufregend an. Er scheint Geld zu haben und hat offensichtlich an dir Interesse. Bist du verliebt?«

Melanie errötete ein wenig. »So genau weiß ich es noch nicht«, gestand sie. »Aber vom Typ her finde ich ihn sehr attraktiv. Du weißt doch, ich fliege auf gestandene Männer, die schon was vom Leben gesehen haben und die wissen, was sie wollen.«

»Na, hoffentlich ist er noch nicht zu abgeklärt. Du willst doch Kind und Familie und so was.«

»Ach, das wird schon. Er hat mir erzählt, er könnte sich vorstellen, dass ich vielleicht mit ihm zusammenarbeite. Ihm fehle die passende Frau an seiner Seite.«

Ich seufzte. Anscheinend war ich nicht die Einzige, die sich nach der passenden Frau sehnte. Ich schaute auf die Uhr und stellte entsetzt fest, wie spät es war. Hastig verabschiedete ich mich von Melanie. Ich wollte mich auf keinen Fall bei meinem Treffen mit Trixi verspäten, und vorher musste ich noch kurz nach Hause, um zu duschen, mich umzuziehen und so weiter. Wer will schon im Faltenrock flirten?

Kurz vor acht suchte ich verzweifelt in der Tulpenstraße nach einem Parkplatz. In dieser Gegend war ich vorher noch nie gewesen. Alte Häuser aus der Gründerzeit zeigten ihre verschnörkelten Fassaden, und auf der Straße sah ich zwar keine Tulpen, dafür aber eine Allee von alten Linden, die einen wundervollen Duft verströmten, der mich fast schwindlig machte. Ich parkte kurz vor einer Feuerwehreinfahrt und hoffte, dass heute kein Feuer mehr zu löschen war, sonst würde ich mein Auto an diesem Abend sicherlich nicht wiedersehen. Schnell warf ich die Autotür zu und sah mich nach der Hausnummer um. Ich lief die Tulpenstraße hoch bis zur roten Ampel und dann wieder runter und konnte keine Bar entdecken. Ob Trixi sich geirrt hatte oder sich gar einen Scherz mit mir erlaubte? Im Internet war alles möglich.

Aber dann entdeckte ich doch das versteckte Schild: *VENUS-HÜGEL. Eintritt nur für Mitglieder.* Trixi musste wohl schon öfter hier gewesen sein, und ich hoffte, dass ich eingelassen wurde. Einige alte, ausgetretene Stufen führten nach unten, und vor der Eingangstür aus Holz und Glas musste man klingeln, um sich anzumelden. Eine attraktive Frau öffnete die Tür. Sie trug einen langen schwarzen Rock, eine langärmlige weiße Bluse, und darüber hatte sie eine schwarze Korsage angezogen. Ich staunte nicht schlecht und fragte mich, in welch ein Etablissement ich da wohl hineingeraten war.

»Kann ich Ihnen helfen?«, fragte mich die attraktive Dame mit der Korsage.

»Äh … ich bin hier mit einer Bekannten verabredet«, stammelte ich.

»Wie heißt denn Ihre Bekannte?«

»Trixi.« Das war sicherlich nicht ihr richtiger Name, und ich ärgerte mich, dass ich nicht nachgefragt hatte, wie sie in Wirklichkeit hieß.

»Trixi?« Die Empfangsdame dachte einen Augenblick nach. »Ach, wahrscheinlich meinen Sie Sabrina. Die hat immer so verrückte Namen, manchmal. Ich bin übrigens Marianne. Kommen Sie herein.«

Gleich am Eingang fiel mein Blick auf eine riesige Skulptur eines gehörnten Gottes, der sich an einer nackten Frau verging, die ekstatisch den Kopf nach hinten geworfen hatte. Ich war nicht vorbereitet auf das, was mich als Nächstes erwartete, denn Marianne führte mich in ein Kellergewölbe, das fast wie ein privates Wohnzimmer aussah – der einzige Unterschied bestand darin, dass überall an den Wänden erotische Bilder hingen. Wo war ich nur gelandet? Etwa in einem Bordell? Ich war sprachlos und folgte Marianne zu einem kleinen Sofatisch, an dem eine blonde Frau saß, die mir bekannt vorkam. Jetzt durfte ich *Trixi007* live erleben.

»Hallo, du bist Sarah, nicht wahr?«, begrüßte sie mich, stand auf und umarmte mich. Es kam mir fast wie eine Ewigkeit vor, bevor sie mich losließ und sich wieder auf das rote Plüschsofa setzte.

»Und du bist Trixi?« Mehr fiel mir im Augenblick nicht ein. Sabrina, oder auch Trixi, sah ziemlich attraktiv aus in ihrem schwarzen Lederrock und den hochhackigen Stiefeln. Die rote Bluse passte hervorragend zu dem Sofa; wahrscheinlich hatte sie hier schon öfter in dieser Kleiderkombination gesessen.

»Was möchtest du trinken?«, fragte mich Marianne.

Ich war mir nicht so sicher, ob Alkohol eine gute Idee war, denn ich wollte einen klaren Kopf bewahren. Trixi sah ziemlich unternehmungslustig aus und hatte bereits eine Hand auf mein rechtes Knie gelegt.

»Ich hätte gern eine Apfelsaftschorle«, ließ ich Marianne wissen, die mit trippelnden Schritten in Richtung Theke eilte. Größere Schritte waren mit ihrem engen Rock nicht möglich.

Ich sah mich im Raum um. Außer uns hatten noch zwei Paare um einen anderen kleinen Tisch herum Platz genommen, und auf hohen Barhockern saßen seltsam gekleidete Frauen. Die Haare waren ein wenig zu blond, und seit wann saßen Frauen breitbeinig auf einem hohen Barhocker? Es dämmerte mir, dass es sich wohl um Transvestiten handeln musste. In privater Atmosphäre hatte ich noch niemals Männer in Frauenkleidern gesehen, und ich fand das höchst anregend und interessant. Offensichtlich waren hier Menschen jeglicher sexueller Neigung gern gesehen. Jetzt kam eine Frau in die Bar, die ein dunkelblau glitzerndes Abendkleid trug. Trixi verfolgte meinen Blick und drückte sachte ihr Knie an mich.

»Als ich das erste Mal hier war, fand ich auch alles ziemlich aufregend, aber inzwischen erscheint es mir völlig normal, wenn hier Menschen mitten in der Woche im Abendkleid auf den Barhockern sitzen. Hier darf jeder so sein, wie er will.« Trixi beugte sich ein wenig nach vorn und nahm einen Schluck von ihrem Rotwein. Dabei konnte ich nicht anders, als auf ihre wippenden Brüste zu starren, die sie mir in ihrer tief ausgeschnittenen Bluse präsentierte. Ich schluckte, und mein Hals wurde trocken. Diese Frau wusste genau, welche Wirkung sie auf mich hatte.

»Komm, ich zeig dir mal die Bilder«, schlug sie vor, nahm mich an der Hand und zog mich vor eine Zeichnung aus dem 18. Jahrhundert, auf der eine Tänzerin zu sehen war, die ihren Rock hob und dem Betrachter ihre nackte Möse zeigte. Auf einem weiteren Bild beobachteten eine Reihe von Herren ein halbnacktes Dienstmädchen dabei, wie es Kirschen wieder aufsammeln musste, die auf den Boden gefallen waren. Selbstverständlich war das junge Ding nackt und wies dem Betrachter die Kehrseite. Wie selbstverständlich ließ ich mich von meinem Bondgirl *Trixi007* durch die Bar führen und bestaunte ein Holzschränkchen, das sich öffnen ließ; dahinter sah man eine Gruppe Soldaten aus der Französischen Revolution, die gerade mit einigen Frauen ein Picknick veranstalteten. Wenn man auf einen geheimen Knopf drückte, bewegten sich die Soldaten und begannen die Frauen zu vögeln. Köpfe ruckten vor und zurück, und eine Frau schob sich immer wieder eine Mohrrübe unter den Rock.

»Das ist ja irre!«, rief ich begeistert. »So etwas habe ich noch nie gesehen. Das nächste Mal muss ich unbedingt Pascal hierher mitnehmen.«

»Stimmt, Pascal gibt es ja auch noch.« Trixi schien nicht so sehr von dieser Vorstellung begeistert zu sein und zog mich weiter in einen kleineren Raum, in dem mehrere Glasvitrinen standen, in denen die verschiedensten erotischen Skulpturen ausgestellt waren. Ein chinesisches Paar verrenkte sich so sehr, dass man bereits beim Zusehen Rückenschmerzen bekam, und ein kahlköpfiger kleiner Zwerg stieß eine Frau von hinten. Auf einigen Bechern waren indische Kamasutrastellungen abgebildet, und eine kleine Holzfigur zeigte einen Pfarrer, unter dessen Talar eine Frau kniete. Was sie da unten machte, wollte ich gar nicht so genau wissen.

»Das da sind meine Lieblingszeichnungen«, verkündete Trixi und zeigte mir eine Reihe von bunten Federzeichnungen, die nur Frauen darstellten und an Comicfiguren erinnerten. Eine Dame im Hosenanzug hatte den Reißverschluss geöffnet und urinierte auf die Wiese wie ein Mann. Zwei sexy Krankenschwestern vernaschten eine nackte Patientin mit überdimensional großen Brüsten, und eine Amazone in Rüstung küsste eine zierliche Nymphe. Ich war fasziniert von diesen ungewöhnlichen Bildern.

»Du hast Recht. Mir gefallen sie auch«, stimmte ich Trixi zu.

»Warte, bis ich dir die Bilder auf der Toilette zeige«, lachte Trixi. »Aber lass uns erst mal was trinken.«

Das fand ich eine gute Idee. Ich wollte Trixi noch ein wenig mehr kennenlernen, bevor ich entschied, ob es die richtige Frau für unseren besonderen Abend sein könnte. Auf den ersten Blick war sie mir sehr sympathisch. Sie hatte eine hübsche Figur, und ich fand sie anziehend.

»Was macht Erwin?«, fragte ich und wollte sie zum Lachen bringen.

»Ach der? Wenn ich *dich* habe, brauche ich keine Männer«, lachte Trixi. »Weißt du, dass du sehr schöne Augen hast? Ich könnte dich stundenlang einfach nur ansehen?« Trixi hatte mich zu sich auf das Sofa gezogen, und ich spürte ihren leichten Rotweinatem auf meinem Gesicht. Es war mir nicht unangenehm, aber unser Kennenlernen ging mir nun doch fast ein wenig zu schnell voran.

»Was machst du denn beruflich, Trixi?«, fragte ich, um unser Gespräch auf ein unverfängliches Thema zu lenken.

»Ich bin Stewardess, und du?« Während Trixi sprach, nahm sie meine Hand und küsste sie. »Du fühlst dich so weich an«, flüsterte sie mir ins Ohr. Ich war geschmeichelt wegen Trixis Aufmerksamkeiten.

»Ich arbeite beim Fernsehen«, erzählte ich stockend und beobachtete, wie mein Mittelfinger in Trixis Mund verschwand und sie mich dabei lasziv anlächelte.

»Oh, wie aufregend. Da triffst du sicherlich immer sehr interessante Menschen.« Trixi hatte nun bereits zwei Finger von mir in ihrem Mund, und ich war erstaunt, wie geübt sie darin war.

»Ach, es geht«, sagte ich und bemühte mich, so zu tun, als ob es selbstverständlich wäre, dass eine wildfremde Frau meine Finger ableckte. »Man gewöhnt sich daran, und dann ist es auch nur ein ganz gewöhnlicher Acht-Stunden-Job.«

»Trotzdem, ich finde es toll, wenn eine Frau so erfolgreich ist wie du.« Trixi schob nun meine andere Hand unter ihren Rock.

»Ich finde es spannend, durch die Welt zu fliegen, wie du das machst. Da musst du sicherlich auch viele Männer bedienen, die das nicht zu schätzen wissen.« Mir fiel im Augenblick nichts Besseres ein, und ich wünschte, Pascal würde neben mir sitzen und mir helfen, das Gespräch in Gang zu bringen.

»Ich bediene sehr gern. Frauen sind mir allerdings lieber«, sagte Trixi und schaute mich dabei vielsagend an. Meine Finger wurden von ihr unterdessen unter ihren Rock geführt und tasteten vergeblich nach einem Höschen.

»Ja, das kann ich mir denken, dass Frauen einfachere Fluggäste sind. Wir sind einfach nicht so anspruchvoll und können uns besser in eine Stewardess einfühlen.« Ich wusste wirklich wenig Sinnvolles zu unserer Konversation beizusteuern. Die Situation wurde mir immer peinlicher.

»Fühlst du was?«

»Was meinst du?«

»Ich trage kein Höschen.« Trixi kicherte, und ich wurde rot. Langsam gewann ich wieder die Kontrolle über mich, zog meine Hand sachte unter ihrem Rock hervor und setzte mich betont aufrecht auf das Sofa.

»Nein, das ist mir nicht aufgefallen«, sagte ich und nahm stattdessen einen Schluck von meiner Apfelsaftschorle. Mir war das alles ein wenig unheimlich. Wir kannten uns doch gar nicht, und außerdem wollte ich mit ihr auch keine Affäre, sondern ein Treffen zu dritt. Trotzdem spielte ich ein wenig mit, denn natürlich fand ich es auch aufregend, von einer so attraktiven Frau begehrt zu werden. Trixi spürte, dass ich ein wenig zögerlich war und ihre Annäherungsversuche nicht so erwiderte, wie sie es sich wünschte. Auch sie lehnte sich zurück und strich ihren Rock glatt.

»Kommst du öfter hierher?«, fragte ich und versuchte so zu tun, als ob wir eine ganz normale Unterhaltung führten.

»Ich mag diesen Laden. Es ist so herrlich unkonventionell hier«, plauderte Trixi entspannt und schielte dabei wieder auf meinen Busen.

»Ja, die Atmosphäre hier gefällt mir auch«, pflichtete ich ihr bei. »Es hat so gar nichts Aufgesetztes.«

»Den Höhepunkt kennst du aber noch nicht«, flüsterte mir Trixi ins Ohr und beugte sich dazu recht nah zu mir herüber.

»Ich denke schon, dass ich mich auf diesem Gebiet ein bisschen auskenne«, flirtete ich zurück.

»Das wage ich zu bezweifeln. Was ich dir zeigen kann, das hast du noch nie erlebt.« Wieder entstand eine leichte erotische Spannung zwischen uns, und mir wurde ganz heiß. In dieser

Bar gab es leider auch keine Fenster, die geöffnet werden konnten – ein Kellergewölbe eben. Mit der Hand fächelte ich mir ein wenig Luft zu.

»Allein bei der Vorstellung, was ich mit dir erleben könnte, wird mir ganz schwindlig«, gab ich zu. So ein scharfes Bondgirl wie *Trixi007* war mir in der Tat noch nie zuvor begegnet.

»Darf ich dir was ganz Besonderes zeigen?«, fragte Trixi.

»Äh … ja … ich meine, du machst mich neugierig.« Ich stotterte ein wenig und war überhaupt nicht mehr so souverän, wie es normalerweise meine Art ist. Dabei wollte doch Trixi, dass ich sie herumkommandierte und ihr sagte, was sie zu tun habe. Irgendwo hatte ich anscheinend eine Abzweigung bei unserer Konversation verpasst, und mir war die Kontrolle über unser Treffen entglitten. Mein Bondgirl war mir in Sachen Verführung auf alle Fälle überlegen, und ich konnte mit ihrem Tempo schwer mithalten.

»Komm, steh auf!« Trixi zog mich nach oben, und ich fühlte mich so verspannt, dass ich mich kaum von dem gepolsterten Sofa erheben konnte. »Ich zeig dir jetzt was ganz Außergewöhnliches. Du wirst begeistert sein.«

Na hoffentlich! Ich hatte inzwischen einige Bedenken, ob Trixi die Richtige für uns sein würde. Sie steckte mich locker in die Tasche, und wahrscheinlich würde sie sogar Pascal sagen, wo der Hase langlief.

»Ui … da bin ich aber gespannt«, sagte ich und ließ ich mich auf Trixis Entführung ein, als sie mich an der Glasvitrine mit dem erotischen Nippes vorbei hinter sich herzog. Sie bog nach rechts ab in einen kleinen Gang, der zu den Toiletten führte. Ich musste doch gar nicht. Trixi wurde mir immer unheimlicher, und ich war mir unsicher, wie ich reagieren sollte. Trixi merkte mein Zögern und versuchte mich zu beschwichtigen.

»Ich will dir die Malerei auf der Toilette zeigen. So etwas Schräges hast du bestimmt noch nicht gesehen.«

»Ach so.« Ich atmete erleichtert auf. Ich hatte schon Schlimmeres befürchtet.

»Was sagst du dazu?« Trixi hatte die Toilettentür zum Damen-WC geöffnet, und ich schaute mich neugierig um. Sie hatte mir nicht zu viel versprochen, und ich staunte über die lebensgroßen Darstellungen erotischer Kunst an den Wänden. Ein nackter Jüngling stand hinter Gittern und zeigte seinen prachtvollen Ständer einer feinen Dame in einem schicken Kostüm, die ihn neugierig bestaunte.

»Wie findest du das?«, fragte mich Trixi, nachdem ich sprachlos diese ungewöhnlichen Wandgemälde anstarrte.

»Toll!« An diesem Abend war mein Sprachschatz ziemlich eingeschränkt, und ich fühlte mich überwältigt von all diesen neuen Eindrücken.

»Nicht wahr? Ich habe dir nicht zu viel versprochen.« Trixi war stolz auf sich, das merkte man. »Aber jetzt zeig ich dir noch, was sich hinter der Toilettentür verbirgt. Sie zog mich mit ihr zusammen in die Toilette und verriegelte dann von innen die Tür.

»Was sagst du?« Sie deutete auf das Bild einer jungen Frau, die mit nach oben geschobenem Rock auf der Toilette saß und ihre pinkfarbene Möse der Betrachterin entgegenreckte. Davor stand ein attraktiver nackter Mann, der kurz davor war, seinen prallen Ständer in dieser feucht glänzenden Möse zu versenken.

»Wow! Ich bin sprachlos.« So etwas hatte ich wahrhaftig noch nie auf einer öffentlichen Toilette gesehen.

»Macht dich das auch so an?«, fragte Trixi und ehe ich es mir versah, hatte sie wieder meine Hand genommen und unter ihren Rock geschoben. Ich fühlte die nasse Falte ihrer Möse zwischen meinen Fingern, und es erregte mich, ohne dass ich das wollte. Trixi rieb ihren Kitzler an meiner Hand und begann leise zu stöhnen. Gleichzeitig beugte sie sich zu mir und versuchte mich zu küssen. Mein Finger fühlte sich klebrig und feucht an, und ich hatte zum ersten Mal eine Frau zwischen den Beinen angefasst. Gleichzeitig schaute ich auf die weit geöffnete Möse, die uns von der Toilettentür neugierig anstarrte, und den harten Schwanz des jungen Mannes, der auch nicht zu verachten war.

»Lass uns warten, bis Pascal dabei ist«, flüsterte ich Trixi ins Ohr und versuchte meine Hand zwischen ihren Schenkeln hervorzuziehen.

»Noch nicht, ich brauch noch zwei Minuten«, keuchte Trixi und versuchte meine Hand festzuhalten. Ihre Möse fühlte sich ziemlich groß an. »Steck deine Faust rein«, stöhnte Trixi.

Ich war fassungslos!

»Pascal wird das erledigen«, versuchte ich sie zu vertrösten. »Der hat sicherlich einen megaharten Ständer, wenn er uns sieht, und sein harter Schwanz wird dir viel besser gefallen als meine Hand.«

»Mach's mir!« keuchte Trixi.

»Ich will aber auf Pascal warten.«

»Dein Freund interessiert mich nicht. Ich steh überhaupt nicht auf Männer. Ich finde dich superscharf«, stöhnte Trixi und versuchte ihren Mund auf meine Lippen zu pressen.

»Wie? Du hattest nie die Absicht, uns beide zu treffen?« Ich war sprachlos und ärgerte mich maßlos. Das war unfair von ihr, und ich hatte keine Lust mehr, diesem launischen Bondgirl weiterhin Vergnügen zu bereiten. Entschlossen zog ich meine Hand unter ihrem Rock hervor. Ich fand Trixi zwar scharf, und die Situation hatte durchaus eine ziemliche erotische Spannung, aber nicht ohne meinen Freund. So war das nicht ausgemacht. Obwohl Trixi sich lautstark beschwerte, schloss ich die Toilettentür wieder auf, schnappte mir meinen Mantel an der Garderobe und legte Marianne einen Zehn-Euro-Schein auf den Tisch.

»Geht es Ihnen gut?«, fragte Marianne besorgt.

»Oh, alles in Ordnung. Ich muss nur ganz dringend wieder zu meinem Freund nach Hause. Er hat gerade angerufen«, log ich.

»Das verstehe ich.« Marianne lächelte nachsichtig. Ich beeilte mich, die Bar zu verlassen, ehe Sabrina wieder aus der Toilette zurück war. Sicherlich war sie so frustriert, dass sie erst noch eine Runde mit Erwin benötigte, um sich wieder einigermaßen im Griff zu haben.

10. Kapitel

Pascal war noch wach und surfte im Netz, als ich bei ihm eintraf. Während ich ihm die Geschichte von *Trixi007* erzählte, lachte er sich halbtot. Aber gleichzeitig ärgerte es ihn auch ein wenig, dass er diesmal als Mann nicht gefragt gewesen war.

»Du bist mit dem Bondgirl auf die Toilette gegangen?«, fragte er leicht angesäuert und zog mich neben sich auf das rote Designersofa. Die kühle Weichheit des Leders rieb an meiner nackten Haut. Ich hatte nämlich im Auto bereits mein Höschen ausgezogen, denn dazu hatte *Trixi007* mich immerhin inspiriert. »Und wieso war ich nicht mit euch zusammen auf der Toilette?«, insistierte Pascal. »Dann musst du dich ja auch nicht wundern, wenn sie zudringlich wird.«

»Ich wusste doch nicht, dass sie versuchen würde, mich zu vergewaltigen«, kicherte ich. »Sie wollte mir doch nur die Bilder an der Wand zeigen.«

»Und in der Toilette!«, ergänzte Pascal.

»Aber ich muss gestehen, so was habe ich noch nie erlebt, und es war auch ein wenig aufregend, so intim mit einer anderen Frau zusammen zu sein und von ihr angebaggert zu werden.«

»Ich schon«, grinste Pascal.

»Sehr witzig!« Du hast mit Frauen auch mehr Erfahrung als ich.

»Wie hat es sich angefühlt, einer Frau unter den Rock zu fassen?«, fragte Pascal lüstern. Meine Geschichte schien in anzumachen.

»Es war aufregend«, gestand ich. »Erst war ich mir nicht so sicher, wo ihre Klitoris war, und ich betastete nur diese weichen Hautfalten, aber dann fühlte ich die kleine Perle, die unter meinem Finger pulsierte.«

»Du scharfes Luder!« Pascal wurde gierig und zog mich auf seinen Schoß. Er knöpfte meine Bluse auf und begann zärtlich meine Brustwarzen zu lecken. Dankbar richteten sie sich auf, und gleichzeitig begann meine Möse zu pochen.

»Du hast mir gefehlt!«, stöhnte ich.

»Du hast an mich gedacht?« Pascal ließ meine Brustwarzen einen Augenblick los und schaute mir in die Augen.

»Ja, habe ich.«

»Wann? Ich will es genau wissen!«

»Als ich mit ihr auf der Toilette war und auf dieses Bild von diesem nackten Adonis geschaut habe. Dieser harte Ständer hat mich so an dich erinnert.«

»Miststück! Wer hat dir erlaubt, dass du dich an nackten Männern erfreuen darfst?«

»Aber ich habe dabei doch an dich gedacht. Ich wollte in diesem Augenblick von dir gevögelt werden und dich in mir spüren«, versuchte ich ihn zu beruhigen. Dass ich diesen Adonis unter Umstanden auch gern allein zum Nachtisch verspeist hätte, musste ich Pascal nicht unbedingt unter die Nase reiben. Die Vorstellung, dass ich von einem Mann verführt wurde und dabei Trixi berührte, fand ich sehr aufregend. Ich stöhnte, als Pascal mein T-Shirt nach oben streifte und meine Brüste zu lecken begann. Ich fühlte seine Hände überall auf meinem Körper. Sie pressten meinen Busen ein wenig zusammen, so dass Pascal zwischen beiden Knospen hin und her schmuste. Dann fühlte ich, wie mein Rücken sanft massiert wurde und die langsamen Bewegungen immer tiefer nach unten wanderten. Eine Hand war zwischen meine Pospalte gelandet und spielte mit meiner Rosette. Ich stöhnte noch lauter. Gleichzeitig fühlte ich seine fordernde Zunge, die meinen Mund begehrte. Er schien mich in alle Öffnungen gleichzeitig ficken zu wollen. Pascal war ein geborenes Alphatier, und das liebte ich so an ihm. Er strahlte pure männliche Potenz aus, ohne dabei ein Macho zu sein. Er wusste genau, dass ich nicht immer nur mit Samthandschuhen angefasst werden wollte, sondern dass mich seine fordernde Männlichkeit auch ziemlich anmachte und ich mich als Frau begehrt fühlen wollte. Ich spürte, dass seine rechte Hand in einer Ecke des Sofas nach einem Gegenstand tastete. Er schien gefunden zu haben, wonach er gesucht hatte. Jetzt war Pascals Hand zwischen meinen Beinen und legte sich über meinen Lusthügel.

»Du kleine Schlampe! Kein Wunder, dass Trixi so scharf auf dich war, wenn du kein Höschen trägst. Allein deshalb gehört dir eigentlich der Po versohlt. Du unzüchtiges Luder!« Ich mochte es, wenn Pascal uns mit ein wenig *dirty talk* anheizte. »Du bist wohl unersättlich, und ein Schwanz genügt dir anscheinend nicht. Ich wette, du würdest gern mal wissen, wie es sich anfühlt, wenn mehrere Männer gleichzeitig in dich eindringen.« Pascal begann zu keuchen, und ich merkte, dass auch ihn diese Vorstellung erregte, mir beim Sex mit anderen Männern zuzusehen.

»Ich muss gestehen, dass mir dieser Gedanke nicht ganz fremd ich«, reizte ich ihn weiter.

»Würdest du gern mal einen Kerl von hinten spüren und gleichzeitig von mir gestoßen werden?« Pascal öffnete die Hose, und sein harter Schwanz, der mir entgegensprang, unterstrich unmissverständlich seine Worte. Sanft rieb er sich an meiner frisch rasierten Möse, und ich fühlte, wie einige Sehnsuchtstropfen aus seiner Eichel flossen, und er sich die Vereinigung mit mir herbeisehnte. Ich sank auf das weiche Ledersofa zurück, spreizte die Beine, und langsam drang die pralle Eichel in mich ein. Auch aus mir floss der Liebesnektar in Strömen, meine Spalte reckte sich meinem geliebten Freund entgegen, und konnte es kaum erwarten, von ihm ausgefüllt zu werden. Pascal lag über mir, doch irgendetwas hielt er hinter seinem Rücken versteckt. Das merkte ich ganz genau.

»Du machst mich tierisch an«, flüsterte er mir ins Ohr, während er immer tiefer in meine glitschige Höhle hineinglitt.

»Du bist heute ziemlich hart«, stöhnte ich. »An was denkst du?«

»Wie klug du bist, mein Schatz«, lachte Pascal und stöhnte lustvoll auf, als ich seine prallen Eier massierte. »Ich habe noch eine Überraschung heute für dich auf Lager.«

»Oh, wie aufregend. Hast du einen California-Dream-Boy unter deinem Sofa versteckt?«, neckte ich ihn.

»Schlaues Kind!«

»Aber ich wünsche mir einen mit knackigem Hintern und mindestens Sixpacks.

»Jetzt wirst du aber gierig«, sagte Pascal und stieß dabei ziemlich heftig in meine Möse. Die Vorstellung, dass ich gerade an einen anderen Mann mit Waschbrettbauch dachte, schien ihn einerseits zu erregen, andererseits war Konkurrenz in seinen Augen nicht unbedingt erstrebenswert. Plötzlich fühlte ich einen harten Ständer an meinem Oberschenkel. Er fühlte sich weich und biegsam an. Wie konnte das sein? Pascal war bereits mit mir vereinigt, und ich konnte auch keinen anderen Mann neben uns auf dem Sofa entdecken. Es war aber unweigerlich ein Penis, der sich an meine Schenkel schmiegte, so viel war klar.

»Würdest du gern mal einen anderen Schwanz lecken, wenn ich dich dabei vögle?«, fragte Pascal.

Jetzt hieß es vorsichtig sein, denn vielleicht wollte er ja meine Treue auf die Probe stellen, und meine ehrliche Antwort würde ihm unter Umständen missfallen. Andererseits planten wir einen regelrechten Dreier mit einer anderen Frau, die wir bisher allerdings noch nicht gefunden hatten. Wieso sollte ich deshalb mit meiner Lust und meinen erotischen Vorlieben hinter dem Berg halten?

»Diese Vorstellung würde mich durchaus reizen«, flüsterte ich meinem Geliebten verschwörerisch zu und knabberte dabei ein wenig an seinem Ohrläppchen.

»Schließ die Augen«, befahl er mir sanft, und ich gehorchte. Meine Möse weitete sich noch mehr, und ich zog Pascal näher an mich heran. In diesem Augenblick wollte ich von ihm beherrscht werden und mich seiner Männlichkeit voll und ganz hingeben. Ein biegsamer Zauberstab streichelte meine Lippen, und ich begann daran zu lecken.

»Du gieriges kleines Flittchen«, stachelte Pascal mich an. »Du kannst wohl nicht genug bekommen.« Gleichzeitig fühlte sich sein Schwanz in mir noch praller an. Offensichtlich musste er sich sehr unter Kontrolle halten, damit unser erregendes Spiel nicht zu früh beendet war.

»Wie könnte ich jemals von dir gesättigt sein?«, flüsterte ich. »Du machst mir jedes Mal Appetit auf mehr.« Ich öffnete leicht die Lippen und fühlte diesen harten Dildo in meinen Mund gleiten.

»Darf ich die Augen wieder öffnen?«, fragte ich, aber ich behielt sie weiterhin gehorsam geschlossen.

»Noch nicht!«, kommandierte er. »Ich werde dir Bescheid stoßen, wenn du dir dieses Prachtexemplar ansehen darfst. Es macht mich tierisch an, dir zuzusehen, wie du an diesem harten Prügel saugst, und ich stelle mir gerade vor, wie er jetzt am liebsten in dich hineinspritzen würde. Das Sperma würde dir aus deinen Mundwinkeln laufen, über dein Kinn und deine Wangen. Du hemmungsloses Miststück.«

»Aber du müsstest das Sperma dann auflecken!« Ich konnte es mir nicht versagen, ihn ein klein wenig zu ärgern.

»Das Sperma eines fremden Mannes.« Pascal schien empört. »Das würde ich dann doch lieber *Trixi007* überlassen.«

»Ach so, die ist ja auch noch mit im Spiel«, kicherte ich. Jetzt öffnete ich doch ein wenig die Augen und war fasziniert von dem riesigen fleischfarbenen Dildo, dessen pralle Venen an der Seite naturgetreu unter der Haut hindurchschimmerten.

»Ich will *deinen* Schwanz lecken«, stöhnte ich und ließ meine Zunge über dieses Plastikteil schlängeln, das letztendlich doch nicht mit meinem Schatz konkurrieren konnte.

»Das sollst du gleich haben, mein Engel.« Pascal legte sich für einen Moment ganz schwer auf mich und versenkte seinen Penis bis zum Anschlag in meiner Möse. Vor Lust schrie ich auf und schlang die Beine um seine Taille, um ihn noch ein Stück tiefer in mir zu fühlen. Wir küssten uns leidenschaftlich und hielten dann inne in unseren Bewegungen. In der vollkommenen äußeren Stille, strömten Wellen der Lust durch meinen Körper, und ich floss über vor Geilheit. Nachdem wir eine Weile bewegungslos aufeinandergelegen hatten, löste sich Pascal von mir und kniete über mir. Liebevoll streifte sein Blick meinen halb entblößten Oberkörper, dann zog er mir das T-Shirt über den Kopf. Meinen Rock streifte er nach oben, so dass meine nackte Muschi ihm entgegenlächelte. Sein langes Rohr streifte zärtlich über meine Lippen, so wie eben sein Konkurrent aus Plastik. Aber ein echter Schwanz roch eben ganz anders. Der Geruch seines Spermas ließ meine Hormone durcheinanderpurzeln, und ein Schwall von lustvoller Nässe ergoss sich zwischen meinen Schenkeln auf dem teuren Sofa.

»Dein Sofa … ich hoffe, du bist gut versichert«, entfuhr es mir.

»Keine Sorge. Deinen Geruch will ich immer um mich haben, das ist es mir wert. Ich werde jeden einzelnen Fleck von dir zelebrieren und immer daran riechen, wenn du nicht bei mir bist«, flüsterte er zärtlich. Pascal rieb seinen aufgerichteten Penis an meinen Wangen, und ich streckte die Zungenspitze heraus, um an seiner feuchten Eichel zu lecken. Mit seinem männlichen Geruch waren auch meine Körpersäfte vermischt, und ich wusste nun, wie meine Muschi roch und wie sie schmeckte, als ich über seinen harten Schaft leckte. Lecker! Ich wollte alles von ihm in mir spüren. In jeder Öffnung meines Körpers. Konnte nicht genug bekommen von ihm. Seiner Gier. Seiner Geilheit. Und meiner Hemmungslosigkeit!

»Spreiz deine Schenkel noch weiter«, übernahm er wieder die Führung.

»Alles, was du sagst!«, flüsterte ich, und ein dicker Penis tauchte in meine Möse ein.

»Wir brauchen noch nicht einmal Gleitgel, so nass bist du, du geile Fotze!« Pascals animalische Geilheit hatte die zärtliche Verschmelzung abgelöst, und ich wusste nicht, was mir lieber war. Ich liebte einfach die Abwechslung zwischen hemmungsloser Gier und zärtlicher Verbundenheit.

»Du machst mich so scharf«, brachte ich gerade noch hervor, als er mir seinen Penis in den Mund schob. Er zog meinen Kopf ein wenig nach oben, damit ich seinen Schwanz tiefer in mir aufnehmen konnte. Gleichzeitig schob er den samtigweichen Dildo in meine Möse und fickte mich damit.

»Das sieht so geil aus, wie du zwei Schwänze in deinen Öffnungen hast, du hemmungsloses Luder.«

»Ich kann nicht genug bekommen. Ich will ganz ausgefüllt sein.«

»Eigentlich fehlt noch ein dritter Schwanz in deinem Arsch.«

»Der in mich reinspritzt?«

»Genau, das wünschst du dir doch, oder?«

»Gib es mir, ich will dich.«

»Nicht nur mich. Du bist unersättlich.«

»Ich komme gleich«, stöhnte ich. Es machte mich so an, Pascal so erregt zu wissen. Auch er konnte kaum noch an sich halten, und ich fühlte, wie er sich in meinem Mund versteifte und immer praller wurde.

»Du kleines Luder! Du willst von mehreren Typen gefickt werden.«

»So ist es. Einer reicht mir nicht.« Ich wusste, dass ich mich mit dieser Aussage auf gefährliches Terrain wagte, und ich wollte Pascal auch nicht zu sehr verärgern. Eine kleine Prise Eifersucht war allerdings durchaus anregend, wie ich merkte.

»Du bist so unersättlich«, stöhnte er immer lauter und massierte mit der rechten Hand meine Brüste, während er den Plastikschwanz mit der anderen Hand über meine Klitoris rieb, die inzwischen heftig pulsierte. Meine Muschel gierte danach, wieder ausgefüllt zu werden, und ich schob seine Hand nach unten, um ihm zu verstehen zu geben, was ich mir ersehnte.

»Du bist so unglaublich geil. Wie eine rossige Stute.«

»Mein Hengst, fick mich«, brachte ich hervor, denn es war gar nicht so einfach, mit einem Schwanz im Mund zu reden. Aber ich hatte schon ein wenig Übung darin und hielt ihn für ein paar Sekunden mit festem Griff in der Hand, während ich meinen Schatz mit ein paar schmutzigen Bemerkungen noch heißer machte.

Pascals Bewegungen mit dem Dildo beschleunigten sich, und der Plastikpenis glitschte mit unglaublicher Geschwindigkeit in meine Muschi hinein.

»Luder!«, feuerte Pascal mich an. »Du willst drei Männer in dir fühlen und kannst nicht genug von diesen geilen Schwänzen bekommen!«

»Ja, ich will gefickt werden«, keuchte ich und massierte Pascals Schwanz immer noch in meiner rechten Hand.

»Darf ich dir ins Gesicht spritzen?«, rief Pascal fragend. Er tat das nicht oft, und anscheinend hatte er leichte Schuldgefühle und war sich nicht so sicher, ob das politisch korrekt war und er mir das zumuten durfte.

»Ja, ich will, dass dein Sperma über mein Gesicht läuft!« Es gibt Zeiten, da bin ich so geil, dass ich alles für meinen Liebsten tun würde. Es ist mir gar nicht mal so wichtig, was er mit mir anstellt, denn seine Erregung wird dann zu meiner. Ich fühlte seine Gier, die in allen Zellen meines Körpers pulsierte und mich in ein wildes Tier verwandelte, auf der Suche nach ekstatischer Lust.

»Ja, ich will, dass du mich besamst, und dein Sperma soll in hohem Bogen auf mich spritzen«, setzte ich noch nach. Jetzt war Pascal nicht mehr zu halten. Ein cremiger Fluss von Sperma ergoss sich über meinem Gesicht, und ich genoss diesen Augenblick, in dem ich diese weiße Flüssigkeit aus ihm herausschießen sah. Ein geiler Kernreaktor mit Überdruck. Sein Sperma schmeckte nach wilden Kräutern und irgendwie gesund. Als ob ich eine Ladung Proteine abbekommen hätte. Genüsslich ließ ich mir den kostbaren Saft im Mund zergehen und leckte meine Lippen. Und auch ich wollte unbedingt jetzt kommen. Ich war so rattenscharf wie selten. Ich zog Pascal zu mir heran und drehte uns mit einem Ruck um, so dass ich auf seinem schönen Körper zum Sitzen kam. Meine Möse pochte und wollte sich der Lust hingeben. Hatte ich schon erwähnt, dass Pascal ein sehr potenter Liebhaber war? Einmal war keinmal. Sobald seine Eichel meine nasse Fotze spürte, versteifte er sich wieder wie zuvor, und ich setzte mich ganz auf ihn und ließ mich von seinem Speer genüsslich aufspießen. Ich ritt diesen harten Prügel wie eine wilde Hexe, warf die langen Haare zurück und stieß ein lustvolles Kampfgeheul aus. Ein ekstatischer Wirbel hatte von meinem Körper Besitz ergriffen, und Wellen der Lust durchfluteten mich. Spiralförmig kreiste ich mit dem Becken und legte den Kopf in den Nacken. Wilde Freiheit! Ekstase!

Ja.

Ich komme!

Benommen sank ich auf die Brust meines Geliebten und ruhte mich dort aus. Pascal fuhr liebevoll durch meine verschwitzen Haare und küsste zärtlich meine Stirn. Es kam mir wie eine Ewigkeit vor, dass wir so übereinanderlagen und den Herzschlag des anderen fühlten, der einem wie der eigene vorkam. Gleichklang der Herzen … So kitschig sich das anhörte, auf einmal verstand ich, was damit gemeint war. Nach einer Weile löste sich Pascal aus meiner Umarmung.

»Komm neben mich, mein Engel, du bist ein wenig zu schwer.« Hatte ich zugenommen? Gleich bekam ich Gewissensbisse. Ich finde es manchmal nicht so leicht, eine Frau zu sein. Immer müssen wir auf unser Aussehen achten. Männer tun sich da meistens viel leichter.

»Findest du mich zu dick?«, platzte ich heraus.

»Spinnst du? Du bist perfekt, so wie du bist«, beschwichtigte mich mein Geliebter. »Wage es nicht, auch nur ein Gramm deines göttlichen Körpers zu verlieren. Ich wäre todunglücklich.« Zur Bekräftigung seiner Worte klemmte er eine kleine Bauchfalte zwischen seinem Daumen und dem Zeigefinger ein und kniff mich zärtlich.

»Hör auf!« Ich war empfindlich auf diesem Gebiet, aber ich lachte gleichzeitig, weil er mich überall kitzelte. Das liebte ich so an meinem Freund: Von einer Sekunde auf die andere konnte sich die Stimmung zwischen uns völlig verändern. Mit Pascal wurde mir niemals langweilig.

»Hast du Lust auf was Süßes?«, fragte mein Schatz und steckte mir einen grünen Weingummipenis in den Mund, ohne meine Antwort abzuwarten.

»Wo hast du denn so versaute Köstlichkeiten her?«, kicherte ich.

»Aus dem gleichen Laden, in dem ich meinen neuen Freund gekauft habe.« Pascal zog den Dildo aus einer Sofafalte hervor, und ich studierte das Prachtexemplar männlicher Schönheit mit unverhohlener Neugierde.

»Wirst du nicht neidisch, wenn ich mich an diesem prallen Schwanz aufgeile?«, neckte ich ihn. »Immerhin ist er einige Zentimeter länger als du.« Wenn Pascal nicht so sehr von seiner männlichen Ausstrahlung überzeugt gewesen wäre, hätte ich ihn natürlich nicht auf diese Weise geärgert.

Er kaute an einem roten Gummipenis und dachte nach. »Ja, das habe ich mich in der Tat auch gefragt, als ich heute in diesem Erotikshop für Frauen war. Erst wollte man mich nicht hineinlassen. Aber als ich gefleht habe, dass ich einer besonderen Dame meines Herzens eine Freude machen will, hatte die Besitzerin Erbarmen mit mir und ließ mich ein.«

»Die Überraschung ist dir gelungen«, gab ich zu. »Das hat mich ziemlich angemacht. Aber so ganz geheuer war es dir doch nicht, als du auf einmal einen zweiten Penis in mir gesehen hast, oder?«

»Stimmt. Ich kann dich jetzt auch ein wenig besser verstehen und weiß, wie mutig du bist, was unseren Dreier angeht. Ich verspreche dir auch, dass ich ganz brav sein werde und du die Führung übernehmen darfst bei unserem Treffen mit der passenden Frau für uns.«

»Ich wünschte, wir hätten sie bereits gefunden«, seufzte ich.

»Du hast also nach wie vor an diesem lustvollen Spiel zu dritt Interesse?«, fragte Pascal hoffnungsvoll. Was führte er als Nächstes im Schilde?

»Ja, natürlich«, sagte ich entschieden. »In zehn Tagen soll die Sendung stattfinden, und ich will wissen, wovon ich rede. Das kommt auf alle Fälle ganz anders bei den Zuschauern rüber, als wenn ich nur in einer neutralen Moderatorenrolle wäre. Ich möchte, dass diese Erotiksendung der absolute Knaller wird und alle bisherigen Einschaltquoten der anderen Sendung weit übertrifft.« Meine Stimme überschlug sich fast, so aufgeregt war ich. Ich wusste, dass es für das Fernsehen ungewöhnlich war, wenn eine Moderatorin sich auf dem Gebiet der Erotik auskannte und aus dem Nähkästchen plauderte, aber genau das war es, was ich mir für die neue Sendung vorstellte. Allerdings hatte ich bis jetzt noch immer keinen blassen Schimmer, wie ich die Liebe zu dritt vorher austesten konnte.

»Als du unterwegs warst mit *Trixi007*, habe ich noch mal ein wenig im Netz gesurft«, druckste Pascal herum.

»Und?«

»Stell dir vor, ich habe die absolut passende Frau für uns gefunden. Sie ist supernett, sieht umwerfend aus, und weißt du, wie sie heißt?«

»Nein, keine Ahnung. Emanuelle?«, scherzte ich.

»Woher weißt du das?« Jetzt war es an Pascal, verblüfft zu sein. »Hast du mir hinterherspioniert, als ich auf der Toilette war? Oder hast du von Trixi die Kunst des Gedankenlesens gelernt?«

»Weder noch. Ich hab es einfach geraten.« Auch ich war erstaunt, dass mir dieser Name über die Lippen gekommen war. Anscheinend konnte ich wirklich manchmal eine Idee erahnen, bevor sie jemand aussprach. Das sollte mir im Laufe des Abends ein weiteres Mal passieren. Sicherlich ein gutes Zeichen! Alles deutete darauf hin, dass der Himmel uns in letzter Minute doch noch die passende Frau geschickt hatte. Gott sei Dank!

»Willst du sie sehen?« Pascal konnte es kaum abwarten, mir seine neueste Eroberung vorzustellen, und angelte nach dem Laptop. Er drückte auf ein paar Tasten und zeigte mir dann stolz das Profil der verführerischen Emanuelle. Das Foto zeigte eine junge Frau um die dreißig auf einer Blumenwiese. Sie saß nackt im Gras und hatte das Gesicht verträumt der Sonne zugewandt. In der Hand hielt sie eine Rose, die an ihrem Busen streifte und ihre Brustwarzen zu streicheln schien. Emanuelle war die Verführung pur. Es fehlte nur noch ein roter Apfel, in den sie herzhaft hineinbiss.

»Schau dir mal die Brüste an«, stellte Pascal stolz fest. Die sind so prall wie die einer Zwanzigjährigen. Die würdest du bestimmt gern mal anfassen. Hab ich Recht?«

Ich merkte, wie sich in mir schon wieder ein kleiner Funke Eifersucht regte, aber ich war ehrgeizig genug, um meine privaten Gefühle für mein Projekt zurückzustellen. Ich wollte einen Dreier mit einer Frau. Basta! Und Emanuelle sah hinreißend aus und machte mir Lust. Wenn Pascal dabei auch noch auf seine Kosten kam, dann sollte mir das recht sein. Immerhin war ich großzügig genug, meine Lust mit ihm teilen zu wollen.

»Hast du ihr schon geschrieben?«, fragte ich neugierig.

»Ja, habe ich. Sie hört sich nett an, und ich denke, wir werden auch nicht schreiend davonlaufen, wenn sie den Mund aufmacht.«

»Was macht sie denn beruflich? Hoffentlich keine Stewardess?« Die Erinnerung an *Trixi007* saß noch tief in meinen Knochen.

»Ach was. Bestimmt nicht. Ich glaube, sie arbeitet als Sekretärin für einen Autohersteller. Aber so genau weiß ich das nicht. Ist ja auch egal. Hauptsache, sie ist gut im Bett.« Pascal leckte sich über die Lippen, und sein Schwanz regte sich schon wieder.

»Mistkerl!«, fauchte ich. »Du schaffst es immer wieder, mich zu ärgern.« Ich spielte die Eifersüchtige, weil es mir Spaß machte, ein wenig Drama zu inszenieren, aber eigentlich war ich ziemlich zufrieden mit seiner Wahl.

»Wollen wir sie anrufen?«, schlug ich vor.

»Klar, wieso nicht?« Pascal war ein wenig überrascht über meine Initiative, aber er hatte sein Telefon bereits in der Hand und die Nummer offensichtlich schon eingespeichert. Männer! Wenn sie was wollen, sind sie überaus schnell und erfinderisch.

»Hallo, Emanuelle«, sprach er in den Hörer. Er hatte das Telefon laut gestellt, so dass ich ihre Antwort hören konnte.

»Hallo, mit wem spreche ich?«, fragte eine weiche Stimme zurück.

»Oh, entschuldige, ich habe mich noch gar nicht vorgestellt.« Pascal war offensichtlich ein wenig nervös und verhaspelte sich beim Sprechen. »Ich bin Pascal. Wir haben uns vorhin geschrieben. Erinnerst du dich? Meine Freundin und ich wollten dich gern treffen.«

»Ach ja. Deine Freundin war noch unterwegs vorhin.«

»Stimmt.« Pascal war erleichtert, dass Emanuelle ihn aus all ihren vielen Verehrern anscheinend wiedererkannt hatte.

»Hast du Lust, uns kennenzulernen? Am liebsten wäre es uns, wenn das ganz bald stattfinden würde.« Ich schüttelte missbilligend den Kopf. Allzu bedürftig sollten wir keinesfalls wirken. »Wir finden dich nämlich so sexy und können es kaum erwarten, dich zu treffen«, fügte Pascal schnell hinzu, um seinen Fauxpas ein wenig auszugleichen.

»Wie schnell denn?«, kam die Antwort, und ich hörte Emanuelle am anderen Ende der Leitung kichern. Pascal schaute mich fragend an, und ich versuchte ihm mit hastigen Handbewegungen zu verdeutlichen, dass höchste Eile geboten war.

»Wie wäre es mit jetzt gleich?«, fragte Pascal mutig. Keiner von uns rechnete damit, dass unsere Traumfrau heute Abend noch in unserem Bett liegen würde, aber wer wagt, gewinnt. Emanuelle sagte nämlich zu.

»O. k., das geht in Ordnung. Wo wohnt ihr?«

Pascal und ich sahen uns sprachlos an, denn mit so viel Glück hatten wir nicht gerechnet. Wir gaben Emanuelle unsere Adresse, und sie versprach, in einer halben Stunde bei uns zu sein. Inzwischen war es bereits 22 Uhr und eigentlich schon recht spät für ein erstes Kennenlernen. Wir fanden es ziemlich mutig von Emanuelle, sich gleich in die Höhle des Löwen zu stürzen und uns zu Hause zu besuchen. Andererseits waren wir entzückt. In wenigen Minuten würden wir mit unserer Traumfrau die Bettlaken zerwühlen, und meine Mission würde erfolgreich sein. Ich würde die beste Erotiksendung der Welt moderieren und in ganz Deutschland berühmt werden.

»Stell schon mal den Champagner kalt«, wies ich meinen Freund an. »Ich spring derweil unter die Dusche.«

»Beeil dich. Ich will auf unsere neue Traumfrau einen guten Eindruck machen und mich vorher rasieren«, maulte Pascal, bevor ich ins Bad verschwand.

Stimmt, rasieren musste ich mich auch noch schnell. Es kam bei der sinnlichen Emanuelle sicherlich nicht so gut an, wenn ihr beim Cunnilingus meine nachwachsenden Mösenhaare das Gesicht zerkratzten. Ich stellte die Dusche auf heiß, und der harte Strahl prasselte mir auf den Rücken. Das tat richtig gut, und ich entspannte mich ein wenig. Was für ein aufregender Tag! Erst das absurde Treffen mit *Trixi007*, dann die heiße Nummer mit Pascal und jetzt noch unsere Traumfrau. Ich konnte es kaum erwarten, unsere sinnliche Emanuelle zu verführen …

Wenn Pascal nervös war, stopfte er noch mehr Weingummiteile in sich hinein als sonst.

»Hast du noch was anderes zu Hause, was wir Emanuelle zum Naschen anbieten können?«, fragte ich.

»Was hast du gegen meine exotischen Weingummipenisse? Das ist doch was Besonderes, und damit kommen wir dann auch schon gleich zur Sache.

»Was heißt hier ›zur Sache‹? Immerhin war das mal meine Idee, und ich sollte heute Abend mit Emanuelle im Mittelpunkt stehen«, warnte ich Pascal.

»Stimmt, du hast Recht. Wir sollten noch mal kurz unsere Taktik durchsprechen. Nicht, dass was schiefgeht. Wo wollen wir uns denn hinsetzen?«

Pascal war ein Stratege und wollte immer alles genau planen.

Insgeheim lächelte ich ein wenig über seinen Eifer, aber ich gab ihm Recht. Wir sollten uns zumindest einen Plan ausdenken, wie wir zur Sache kommen wollten. Ob es dann so hinhaute oder ob wir in der Situation improvisieren mussten, das würde man sehen.

»Wie wäre es mit dem Sofa? Du könntest dich auf den Sessel setzen, und wir zwei Mädels nehmen dir gegenüber Platz«, schlug ich vor.

»Und dann?«

»Wir bieten ihr was zu trinken an, und sie soll erst mal ein wenig auftauen, und wir quatschen ein wenig.«

»Wie gehen wir weiter vor? Wer sagt, wann wir mit ihr ins Schlafzimmer gehen?«

»Keine Ahnung.« Ich dachte einen Augenblick nach. »Ich denke, das wird sich ergeben. Wir könnten ja ein Codewort ausmachen.«

»Ein Codewort?«, fragte Pascal neugierig.

»Ja.« Ich war stolz, dass mir das eingefallen war, und ich kam mir sehr verwegen und professionell vor. »Das habe ich irgendwo mal gelesen. Wie wäre es mit ›Vollmond‹.«

»Hä? Wie stellst du dir das vor? Wir sitzen hier und unterhalten uns vielleicht über den neuen Film von Woody Allen oder die Nahostpolitik oder von mir aus auch über Germany's Next Topmodel, und dann unterbrichst du die Unterhaltung und rufst ›Vollmond, Vollmond‹?«

»Idiot!« Ich musste lachen, als ich mir die Situation ausmalte. »Das muss man natürlich kreativ in die Unterhaltung einflechten. Du könntest zum Beispiel erzählen, dass du bei Vollmond immer schlafwandelst und fragen, ob ihr das auch so geht. So was in der Art halt. Dann weiß ich Bescheid und kann mich drauf einstellen.«

»O. k. Das hört sich nach einer guten Idee an. Wir brauchen eine Möglichkeit, um uns zu verständigen. Gibt es eigentlich etwas, was ich auf keinen Fall darf? Ich meine, ich will dich diesmal nicht wieder verärgern, mein Engel. Das wäre es mir nicht wert.«

Ich war gerührt. Pascal machte sich Gedanken darüber, was mich verletzen könnte. Ich dachte nach. Aber in diesem Augenblick fühlte ich mich meinem Schatz so nahe, dass mir nichts einfiel, was mich eifersüchtig machen könnte. Ich wollte die Erfahrung ja ebenso sehr wie er und war neugierig darauf.

»Ach, weißt du, sei einfach so, wie du bist«, schlug ich großzügig vor. »Versuch dich in mich hineinzufühlen, und dann wirst du schon das Richtige tun.« Ich setzte mich auf seinen Schoß und saugte an seiner Unterlippe.

»Mmh. Du machst mich schon wieder scharf«, flüsterte mir Pascal ins Ohr. »Hör auf, oder ich hab später für Emanuelle keine Kraft mehr.«

Ich kicherte und musste zugeben, dass ich diesen Gedanken recht amüsant fand. Dann würde Pascal eben einfach nur zusehen, und ich hätte auf keinen Fall etwas zu befürchten.

»Wo bleibt denn unsere sexy Emanuelle?« Pascal sah nervös auf die Uhr. »Die halbe Stunde müsste doch längst um sein.«

»Vielleicht hat sie uns eine SMS geschrieben«, schlug ich vor. »Sieh doch mal nach.«

Pascal drückte einige Tasten seines iPhones, auf das er so stolz war wie ein kleiner Junge auf sein Piratenschiff von Playmobil. »Du hast Recht. Eine Nachricht von Emanuelle.«

»Hoffentlich sagt sie uns nicht ab!« Ich befürchtete das Schlimmste. »Was schreibt sie?«

»Keine Bange. Die kommt. Darum wette ich mit dir.« Pascal schien sich da sehr sicher zu sein.

»Aber was ist denn nun? Warum ist sie noch nicht hier?« Ich war ungeduldig.

»Musste meinen Sohn noch ins Bett bringen und auf den Babysitter warten. Bin gleich bei euch. Kuss Emanuelle.«

»Unsere Traumfrau hat einen Sohn?« Irgendwie passte das nicht in das Bild, das ich mir von unserer scharfen Verführerin gemacht hatte.

»Wieso denn nicht? Die meisten Frauen haben in dem Alter Kinder. Tut doch nichts zur Sache, oder?«

»Du hast Recht. Aber ich wollte, sie wäre endlich da.« Ich seufzte und stopfte mir noch ein paar Gummipenisse in den Mund. »Hast du nicht noch Erdnussflips? Oder irgendwas anderes außer diesem eklig klebrigen Zeug, das ich mir ständig in den Mund schiebe?«, beschwerte ich mich.

»Ja, ja. Reg dich ab. Ich hab noch ein paar Wasabi-Nüsschen und Reiscracker.«

»Das macht auf alle Fälle einen besseren Eindruck«, lobte ich ihn. Die Reiscracker hatten wir fast alle aufgegessen, als es schließlich doch noch an der Tür schellte.

»Machst du auf?«, fragte mich Pascal nervös.

»Wenn du meinst. Aber komm du auch mit.« Ich freute mich, dieser bezaubernden Frau nun endlich gegenüberzustehen. Ich rief mir noch mal die nackte Schönheit auf der Blumenwiese ins Gedächtnis, die wir vor wenigen Stunden im Internet bewundert hatten.

»Hallo, ihr zwei! Schön, dass ihr so spontan seid.« Eine Frau Ende vierzig stand vor der Tür und drängte sich an uns vorbei ins Wohnzimmer. Wir waren viel zu verblüfft, um zu reagieren. Sie nahm unaufgefordert auf dem Sofa Platz, schlug die Beine übereinander und sah uns herausfordernd an. »Na, wie gefall ich euch?«

Ich bewunderte insgeheim, wie sie sich in ihrem engen weinroten Lederkostüm überhaupt hinsetzen konnte. Bei jedem Atemzug befürchtete ich, dass einer ihrer Knöpfe abspringen würde. Die Absätze ihrer schwarzen Stiefel waren so hoch, dass ich mich damit niemals auf die Straße getraut hätte, aber Emanuelle lief darin so geübt, als ob es flache Ballerinas wären. Das

Haar hatte sie streng zu einem Pferdeschwanz zusammengebunden, und für Make-up war offensichtlich keine Zeit mehr gewesen. Insgesamt wirkte sie mindestens zehn Kilo schwerer als auf dem Foto und fünfzehn Jahre älter.

»Äh … auf deinem Profil wirktest du ein wenig … anders.« Pascal hatte als Erster die Sprache wiedergefunden.

»Stimmt! Auf Fotos komme ich immer etwas anders rüber. Aber ich glaub, das ist normal, oder?« Wenn Emanuelle lachte, dann gackerte sie wie ein Huhn und das klang alles andere als sexy.

»Möchtest du etwas zu trinken haben, Emanuelle?« Ich hatte auch meine Fassung wiedergefunden und suchte nach einem Grund, um in die Küche zu gehen und kurz mit Pascal unter vier Augen zu reden.

»Ja, gerne. Was gibt es denn zu trinken? Hochprozentiges wäre mir am liebsten. Ich muss mir doch ein wenig Mut antrinken mit euch beiden Süßen.« Emanuelle kicherte wieder, und wenn mich nicht alles täuschte, war mir bereits bei der Begrüßung an der Tür eine leichte Alkoholfahne entgegengeweht. Offensichtlich hatte sie schon vor ihrer Ankunft auf uns angestoßen.

»Wodka, Whiskey, Gin? Was darf's denn sein?« Pascal bemühte sich, den charmanten Gastgeber zu mimen und Haltung zu bewahren.

»Am liebsten wäre mir ein ›Hütchen‹.« Emanuelle wieherte diesmal wie ein Pferd; vielleicht war sie auf einem Bauernhof groß geworden – so perfekt, wie sie das beherrschte. »Wisst ihr, was das ist?«

»Du meinst Cola und Whiskey? Na klar kann ich dir das mixen. Bin gleich wieder da. Sarah kann dir inzwischen Gesellschaft leisten.« Und somit war meine Chance dahin, mit Pascal unter vier Augen zu reden und zu beratschlagen, wie wir Emanuelle am geschicktesten wieder loswerden könnten. Da ich nicht völlig unhöflich sein wollte, versuchte ich ein wenig Konversation zu betreiben.

»Machst du das öfter? Ich meine, dass du beim ersten Treffen gleich zu jemandem nach Hause gehst?«

»Ach, das kommt nicht so oft vor. Aber bei euch beiden wusste ich ja, dass das in Ordnung geht. Ihr habt gleich im Profil einen netten Eindruck gemacht.«

»Da fühle ich mich aber geschmeichelt. Ich meine, ich weiß nicht, ob ich so mutig wäre wie du. Immerhin könnte mein Freund ja auch ein Vergewaltiger und Mörder sein.«

»Ach, davor hätte ich keine Angst. Wieso sollte der mich denn vergewaltigen wollten? Der bekommt meine Muschi doch gleich ganz freiwillig.«

Pascal kam wieder ins Zimmer und hatte Emanuelles Longdrink in der Hand.

»Redet ihr beiden schon von Muschis? Wie aufregend. Hier, ich habe euch einen extra starken Drink gemixt.« Pascal zwinkerte mir zu, und ich fragte mich allmählich, ob er Emanuelle etwa scharf fände. Aber wahrscheinlich war er einfach nur höflich, so wie ich.

»Lasst uns anstoßen, Ladies.« Pascal hob das Glas, und wir prosteten uns zu. »Sag mal, Emanuelle, ich habe gerade gehört, über was ihr euch unterhalten habt, und ich finde das auch sehr mutig von dir. Einfach so hereinzuschneien, ohne uns zu kennen. Du machst das sicherlich nicht zum ersten Mal. Was war denn dein aufregendstes Erlebnis, wenn du zu einem Fremden gegangen bist?«

»Ach, wisst ihr …« Emanuelle wurde es anscheinend bei unserer Unterhaltung heiß, und sie knöpfte sich die enge Lederjacke auf, unter der sie ein weit ausgeschnittenes Spitzentop trug. »Das finde ich ja gerade so aufregend. Ich weiß niemals so genau, wie ich dran bin, und das macht mich scharf.«

»Ach ja? Erzähl uns mehr.« Pascal schien sich für Emmanuelles Abenteuer sichtlich zu interessieren und warf mir einen vieldeutigen Blick zu. Fand er sie denn etwa hübsch? Wir hatten zwar ein Codewort ausgemacht, wie wir unseren Aufriss ins Schlafzimmer abschleppen wollten, aber keines für den Fall, dass wir ihn wieder loswerden wollten. Emanuelle war nun voll in ihrem Element.

»Da hatte ich mal ein ganz aufregendes Abenteuer mit einem Geschäftsmann. Stellt euch vor, der hat mich in sein Hotel bestellt.«

»Hoffentlich ein Fünf-Sterne-Hotel?«, fragte ich ein wenig sarkastisch nach, aber Emanuelle war offenbar zu naiv, um meinen Unterton zu bemerken.

»Nein, nein. Das war ein ganz normales Hotel am Bahnhof. Aber ich mache das ja auch nicht für Geld, sondern will einfach nur was Aufregendes erleben«, plapperte sie munter drauflos. »Jedenfalls stellt euch vor, was der von mir wollte?«

»Einen Blow Job in der Tiefgarage?« Ich konnte mein vorlautes Mundwerk nicht halten, und Pascal warf mir einen warnenden Blick zu. Er mochte es nicht, wenn ich zu Gästen unfreundlich war.

»Einen was? Nein, was auch immer. Ich sollte einfach nur vor seiner Hotelzimmertür auf ihn warten.«

»Auf dem Gang?« Auch Pascal konnte sich die Situation nicht so recht vorstellen.

»Ja, auf dem Gang vor dem Zimmer. Und wisst ihr, was ich dann noch machen sollte?« Emanuelle hatte das Zeug zur Märchenerzählerin und wusste immer im rechten Augenblick die Spannung zu steigern. Das musste ich ihr lassen.

»Nein, keine Ahnung? Du hast einen Handstand ohne Höschen gemacht?« Ich wurde hysterisch und merkte, wie ich in dieser absurden Situation die Fassung verlor.

»Woher weißt du das mit dem Höschen?« Emanuelle schaute mich enttäuscht an, wie ein Kind, dem man das Spielzeug weggenommen hatte. Anscheinend war heute der *Unten-ohne-*Tag für mich. Erst Trixi und dann noch Emanuelle.

»Das habe ich doch nur so dahergesagt«, beruhigte ich sie wieder. »Komm, erzähl uns deine Geschichte zu Ende.«

»Stellt euch vor, dieser Geschäftsmann wollte mich als seine Sklavin abrichten, und ich sollte ohne Slip vor seiner Hotelzimmertür warten und noch dazu mit einer Augenbinde. Das war geil, sage ich euch. Das war der aufregendste Tag in meinem Leben.« Emanuelle schaute uns erwartungsvoll aus ihren großen blauen Kulleraugen an.

»Hey, das ist ja ein Ding. Und wenn da jemand anders vorbeigekommen wäre?«, fragte ich rhetorisch nach.

»Das war doch der Reiz bei der Sache«, belehrte mich Emanuelle. »Es hätte auch schiefgehen können. Ein Mann hätte mich berühren können, und ich hätte nicht mal gewusst, wer das ist. So nass wie damals war ich noch nie.«

Pascal und ich sahen uns ratlos an. Was sollten wir anfangen mit einer Frau, die gern die Hauptrolle in dem Film »Die Geschichte der O« gespielt hätte?

»Darf ich noch mal duschen, bevor wir zusammen ins Bett gehen?«, fragte Emanuelle unschuldig. So bescheiden und demütig wie die O. war Emanuelle nun doch nicht, und sie schien uns in der Hand zu haben. Weder Pascal noch ich reagierten sofort, als sie aufstand, um ins Bad zu gehen. Pascal hatte als Erster seine Fassung wiedergewonnen. »Das wird nicht nötig sein, Emanuelle.«

»Echt? Ihr seid süß. Aber es ist mir lieber, wenn ich mich kurz frischmache.« Emanuelle wollte sich nicht aufhalten lassen.

»Wir haben ja auch nicht geduscht«, log ich.

»Dann lasst uns doch zusammen duschen. Dann können wir uns gegenseitig den Rücken einreiben. Ich mag es, wenn alles so schön glitschig ist«, kicherte unsere Emanuelle.

»Ich bin schüchtern«, log ich ein weiteres Mal und warf Pascal verzweifelte Blicke zu. Wie konnten wir diese Frau nur wieder loswerden? Da fiel mir unser Codewort ein, und ich hatte eine Idee. »Bei *Neumond* dusche ich außerdem niemals. Bei *Neumond*!«

»Bist du jetzt völlig durchgeknallt? Was hat deine Reinlichkeit mit den verschiedenen Mondphasen zu ...« Jetzt dämmerte es Pascal, worauf ich hinauswollte. Wenn *Vollmond* das Zeichen für eine sexy Nacht war, dann konnte *Neumond* nur das Gegenteil bedeuten. »Stimmt, du hast Recht, mein Schatz! Bei Neumond können wir unmöglich duschen. Tut uns leid, Emanuelle.« Pascal zuckte bedauernd mit den Schultern. Emanuelle schaute von einem zum anderen, und allmählich kam sie zu dem Entschluss, dass wir entweder völlig gaga waren oder hochgradig gefährlich und pervers.

»Ihr seid aber komisch. Heute Nacht ist doch Vollmond. Was redet ihr denn da? Ich glaube, mit uns wird das doch nichts.« Pascal und ich nickten erleichtert.

»Ja, wir sind einfach zu abergläubisch.« Ich stand erleichtert auf, um Emanuelle zur Tür zu bringen. »Bei Neumond duschen wir nicht, bei Vollmond ist uns Sex verboten, wenn der Mond noch nicht aufgegangen ist, dürfen wir keinen Alkohol trinken ...«

»Es ist einfach schwierig mit uns«, stimmte Pascal mir zu und war aufgestanden.

»Seid ihr in einer religiösen Sekte?« Emanuelle konnte jetzt nicht schnell genug ihre Lederjacke wieder zuknöpfen, nicht ohne zuvor allerdings in einem Zug ihren Whiskey-Cola auszutrinken.

»Ich weiß nicht, ob man das so sagen kann?« Jetzt, wo wir Emanuelle gleich loswerden würden, begann mir das Spiel Spaß zu machen. »Wir versammeln uns einmal im Monat auf dem Friedhof und halten eine schwarze Messe ab. Dafür brauchen wir dann immer eine Jungfrau, die sich für die Zeremonie der heiligen Hure zur Verfügung stellt und allen anwesenden Männern dient.« Hätte ich das besser nicht erzählt! Denn bei meinen Worten begannen Emanuelles Mundwinkel leicht zu zittern, und sie setzte sich wieder auf das Sofa.

»Erzählt mir mehr. Das ist genau das, was ich suche. Ich muss das nächste Mal unbedingt dabei sein. Ich bin eure heilige Hure. Eine willigere Dienerin werdet ihr nicht finden. Ich wusste, dass ich meine Meister gefunden habe.«

11. Kapitel

Wir lagen in Melanies Wohnung auf dem organisch biologischen Schafsfell vor dem Fernseher und kauten auf getrockneten Bananenscheiben herum, die mit Honig und dunkler Schokolade überzogen waren. Ich erzählte den Mädels die Geschichte von Emanuelle, und Anja verschluckte sich fast vor Lachen.

»Das gibt's doch nicht. Wie seid ihr denn diese Verrückte wieder losgeworden?«

»Das war genau das Problem. Fast war sie schon an der Tür, da konnte ich es nicht lassen und habe ihr von dieser erotischen Sekte erzählte. Sie ging ab wie eine Rakete. Wir mussten versprechen, dass wir ihr Bescheid geben, wenn wieder ein Treffen auf dem Friedhof stattfinden würde.«

»Was ihr alles erlebt. Aber das ist nichts gegen das, was mir in den letzten Tagen passiert ist.« Melanie wirkte den ganzen Abend schon so quirlig und überdreht; offensichtlich hatte sie uns einiges zu erzählen. Ob es etwas mit ihrer letzten Eroberung zu tun hatte? Irgendwie schien es anders gelaufen zu sein als erwartet.

»Was gibt es denn Neues von deinem Freund? Auf der Dildo-Party hast du mir doch von ihm erzählt. Dem Agenten für Künstler. Oder Tänzer. Was ist mit ihm?«, fragte ich.

Melanie wirkte ein wenig verlegen und bestätigte damit mein Gefühl, dass etwas mit ihrer neuen Beziehung nicht ganz in Ordnung war. Jetzt schaltete sich auch Anja in das Gespräch ein.

»Genau. Was ist aus deiner Bekanntschaft geworden, Melanie? Hat er dich jetzt endlich zu einer Tanzvorstellung mitgenommen? Du hast aber auch ein Glück. Wahrscheinlich wirst du demnächst zwischen dem Broadway und der Royal Opera hin und her jetten.«

»Wollt ihr die Geschichte von Alain wirklich hören? Es ist unglaublich, und ihr werdet es nicht fassen, was ich euch zu berichten habe.« Melanie biss zur Stärkung in eines der Lachsbrötchen, die sie für uns aufgetischt hatte.

»Spann uns nicht so auf die Folter. Wir brennen darauf, von deinem neuen Glück zu hören«, meinte Anja.

»In welcher Vorführung wart ihr denn?«, hakte ich nach. »William Foresight soll ein neues Ballett choreografiert haben, über die Vergeblichkeit der Kommunikation. *Heterotopia* heißt es, glaube ich.«

»Und ich habe von einem ausgefallenen Choreographen aus Berlin gehört, Felix Ruckert heißt er, glaub ich. Der hängt seine Tänzer mit Seilen auf und behandelt sie wie ein Vieh auf dem Bauernhof. Das Stück *farm* soll die Entmenschlichung unserer Gesellschaft zeigen, und die Presse hat sich das Maul darüber zerrissen, dass auf der Bühne sogar uriniert wurde.« Anja seufzte und strahlte Melanie bewundernd an, als ob sie das große Los gezogen hätte. »Ich wünschte, Matthias würde sich auch so für Kultur interessieren wie dein neuer Freund Alain.«

»Also gut, ich erzähle euch von Alain«, sagte Melanie und nahm noch einen Schluck Prosecco, bevor sie loslegte. »Er lud mich letzten Samstag ein, mit ihm eine besondere Tanzvorführung zu besuchen, und ich war natürlich mächtig aufgeregt …

Den ganzen Tag hatte ich damit verbracht, mich für ihn schönzumachen. Am Morgen war ich bereits bei der Kosmetikerin und ließ mir eine verjüngende Gesichtsmaske auftragen. Anschließend ging ich zu meiner Thai-Masseuse Suvadee und gönnte mir eine Ölmassage, um meinen angespannten Nacken ein wenig zu lockern. Anschließend fühle ich mich immer wie neugeboren, und die Haut ist so weich wie Samt. Ich setzte mir selbst noch ein paar Akupunkturnadeln, um mich mental auf den Abend einzustimmen und mein drittes Auge ein wenig anzuregen. Ich stellte mir vor, wie wir uns zusammen diese Tanzshow ansahen und elfengleiche Ballerinas über die Bühne schwebten. Natürlich zog ich mich mindestens zehn Mal an diesem Abend um, weil ich mich nicht entscheiden konnte, ob ich lieber klassisch-elegant im Abendkleid aufkreuzen sollte oder doch eher im schlichten schwarzen Cocktailkleid. Ich entschloss mich für ein puristisches Kleid von Karl Lagerfeld, das ganz gerade geschnitten ist und seidig glänzt. Ganz in Schwarz kam ich mir ein wenig trist vor, und deshalb kaufte ich mir schnell noch vor Geschäftsschluss eine silberne Halskette, mit der ich schon lange geliebäugelt hatte. Eigentlich konnte ich es mir nicht leisten, aber Alain war schließlich eine gute Investition, denn er hatte bereits den Wunsch angedeutet, seine Zukunft mit mir gemeinsam zu verbringen, und da wollte ich einen guten Eindruck machen und nicht billig wirken. Weil ich so nervös war, trank ich vor meinem Treffen noch einen kleinen Piccolo, bis es endlich an der Tür klingelte und Alain mich abholte.

›Mensch, siehst du klasse aus! Du hast richtig Stil und weißt, was einem Mann gefällt‹, begrüßte er mich galant und drückte mir einen Kuss auf die Wange. Sein Aftershave roch dezent nach exotischen Hölzern, und ich atmete tief ein, weil ich nicht genug davon bekommen konnte. Natürlich war ich geschmeichelt und erwiderte sein Kompliment.

›An deiner Seite lass ich mich gern sehen, Alain.‹ Das war auch nicht gelogen, denn Alains federnder Gang strahlte Selbstbewusstsein und Souveränität aus. Ich glaube, er würde sogar in einer Jogginghose und Gummistiefeln elegant aussehen. Seine Vorfahren kommen nämlich aus Frankreich, müsst ihr wissen, und deren Charme scheint er bereits mit der Muttermilch aufgesogen zu haben.

›Ich werde dich jetzt gleich meinen besten Mädchen vorstellen, und ich glaube, du wirst sie liebgewinnen, *ma chérie.*‹

›Deine Mädchen?‹ Ich war ein wenig verwirrt.

›Na klar. Meine Tänzerinnen.‹ Alain lächelte geheimnisvoll. ›Ein paar Männer sind auch in meiner Truppe. Keine Sorge, du wirst auch einige ausgesprochen attraktive Kerle zu sehen bekommen.‹

›Wo findet denn die Veranstaltung statt?‹, fragte ich nach einer Weile. Ich hatte angenommen, dass wir in Richtung Oper fahren würden, aber an der waren wir längst vorbei.

›Lass dich überraschen, *ma chérie.*‹ Alain liebte es, immer so geheimnisvoll zu sein, und ich genoss es, mich in seine Hände zu begeben und ihm einfach die Kontrolle zu überlassen. ›Ja. Mach du mal. Ich liebe Überraschungen.‹ Ich lehnte mich entspannt im Sitz zurück und schloss die Augen. Aus dem Radio drang die Musik von ›Frankie goes to Hollywood – The Power of Love‹. Das Leben hätte nicht schöner sein können. Bald würde ich mit meinem neuen Freund in einem Theater in der ersten Reihe sitzen und mich von den eleganten Pirouetten seiner Tanztruppe verzaubern lassen. Als wir endlich anhielten, war ich zunächst ein wenig verwirrt.

›Wo sind wir hier, Alain? Hier ist doch der Bahnhof. Fahren wir noch mit dem Zug heute Nacht?‹

Alain lachte. ›Du bist schon eine süße Maus, *ma belle*. Deshalb liebe ich dich so. Die anderen Mädels sind alle so abgebrüht. Aber du bist so anders. Speziell eben!‹

Alain half mir aus dem Wagen, einem roten Sportflitzer, und ich hatte Mühe beim Aussteigen, weil die Sitze so niedrig waren und ich schier darin versank. Gott sei Dank heiße ich nicht Britney Spears oder Madonna, sonst wäre ich von Paparazzi umstellt gewesen und hätte in meinem kurzen Kleid sicherlich beim Aussteigen keine so gute Figur gemacht. Aber einige Männer in schwarzen Lederjacken standen trotzdem um uns herum und starrten auf meine nackten Beine. Alain klopfte ihnen auf die Schulter. Er konnte aber auch wirklich mit jedem Menschen gut. Das fand ich bewundernswert, obwohl er selbst eigentlich überhaupt nicht in diese Gegend zu passen schien. Alain war eher so ein eleganter Mann mit Stil und Manieren. ›Hey, alles klar?‹, begrüßte er einen türkisch aussehenden Jungen, der wahrscheinlich jede freie Minute im Fitnessclub verbrachte und Gewichte stemmte. ›Das hier ist Melanie. Komm mal raus, *ma chérie,* und begrüß meine Mannschaft.‹

Ich war ganz geschmeichelt, dass mich Alain gleich vorstellen wollte, und reichte dem türkischen Mann mit der Lederjacke artig die Hand. Aber ein wenig unheimlich war mir schon in dieser Gegend. Ob hier die Agentur von Alain war? Vielleicht nahm er mich auf ein Casting zum Vortanzen für ein neues Musical mit. Ich hatte mal im Fernsehen gesehen, wie bei dem neuen Tarzan-Musical in Hamburg die beiden Hauptdarsteller gesucht wurden. Das war eine Show, ich sag's euch. Die armen Mädels und Jungs mussten zuerst mal ein Fitnesstraining absolvieren wie beim Militär, ich bekam schon Schweißausbrüche allein vom Zusehen. Hundert Liegestütze waren erst der Anfang, und dann haben die sogar mit echten Affen trainiert, um die Bewegungen im Dschungel möglichst naturgetreu nachzuahmen. Ich war richtig aufgeregt, jetzt bei so einer Castingshow dabei zu sein. Vielleicht durfte ich sogar mit in der Jury sitzen. Und eventuell hatte Alain einen Vertrag mit einem Fernsehsender, und dann würden wir international bekannt werden. All diese Gedanken gingen mir durch den Kopf, als ich die schmalen Treppen nach unten stieg in ein schummriges Kellergewölbe. Aber das erstaunte mich nicht so sehr, denn diese Talentschuppen sind ja oft im Verborgenen und nicht auf den ersten Blick zu erkennen. Leider durfte in diesem Keller geraucht werden, und ich musste gleich als Erstes husten.

›Hey, *ma chérie.* Du rauchst wohl nicht?‹

›Nein. Noch nie probiert.‹

›Komm, wir setzen uns auf das schwarze Ledersofa, von dort hast du einen guten Blick auf die Bühne. Was magst du trinken?‹

›Äh … eigentlich vertrage ich nicht so viel Alkohol.‹ Ich hatte mich vorher schon mit einem Glas Sekt beruhigt, und nun, ich wollte keinen Schwips kriegen. ›Vielleicht einen frisch gepressten Orangensaft? Der wäre gut für das Immunsystem.‹

Der Saft wurde von einer jungen Thailänderin auf einem silbernen Tablett serviert und schmeckte eisgekühlt und einfach erfrischend. Ich schaute mich ein wenig um. Von innen sah der Club ziemlich schick aus, muss ich sagen. Er war recht groß, und über der Tanzfläche hingen schwere Kronleuchter, die dem Raum ein fast barockes Ambiente verliehen. Offensichtlich durfte sich hier in den Pausen auch das Publikum bewegen, und das gefiel mir. Ich liebe es ja zu tanzen, und Alain schien einen sehr geschmeidigen Körper zu haben. Im Hintergrund war eine Bühne aufgebaut, und in der Mitte waren zwei Pole in die Tanzfläche gerammt. Vielleicht sollten auch einige akrobatische Verrenkungen vorgeführt werden. Ich hatte noch eine andere Idee und fand mich selbst fürchterlich schlau. Vor einigen Jahren war mir ein Buch über heidnische Bräuche in die Hände gefallen; darin waren Fotos abgebildet von den sogenannten Fruchtbarkeitsritualen der Kelten. Man tanzte im Frühjahr um lange Holzpfähle, die tief in die Erde gerammt waren. Das war eine Art Penissymbol, müsst ihr wissen. Auch heute noch werden am ersten Mai Pole aufgestellt, das ist so ein Relikt aus vergangenen Zeiten. Ich hatte Alain gar nicht für so spirituell gehalten. Aber er erstaunte mich immer wieder wegen seiner Vielseitigkeit.

›Du interessierst dich für die Kelten, Alain. Das ist ja toll.‹

›Ne, die meisten Mädels kommen aus Thailand. Die Asiatinnen sind Naturtalente an der Stange.‹

›Ach so. Wie viele Frauen tanzen denn um den Pol?‹

›Ach, das ist unterschiedlich. Ich habe zehn festangestellte Tänzerinnen und ab und zu auch Aushilfen. Alle paar Monate lass ich Neue antanzen, sonst wird es meinem Stammpublikum zu eintönig.‹

›Ja, ich verstehe. Ich wusste übrigens nicht, dass es heutzutage noch Orte gibt, an denen diese alten Rituale so lebendig sind.‹ Alain hatte nur mit halbem Ohr hingehört, denn er winkte der Kellnerin und machte ein wenig Druck, dass die erste Vorführung jetzt endlich anfangen solle.

›Wann beginnt denn der Tanz um den Pol?‹, fragte ich. ›Ich kann es kaum erwarten, dieses Fruchtbarkeitsritual endlich auch mal live mitzuerleben.‹

›Fruchtbarkeitsritual!‹ Alain fand meine Idee anscheinend sehr amüsant und grinste schelmisch. ›Du bist ja überhaupt nicht so unschuldig, wie ich dachte, und anscheinend kennst du dich bestens aus.‹

Ich hatte nicht das Gefühl, dass ich auch nur einen blassen Dunst hatte von dem, was hier abging, aber ich hielt den Mund und wartete auf die erste Darbietung. Als ich mich im Club umschaute, fiel mir auf, dass das Publikum in erster Linie aus Männern bestand.

›Du, Alain, wieso sind eigentlich kaum Frauen bei dieser Aufführung dabei?‹

›Ja, das finde ich auch schade.‹ Alain zuckte bedauernd die Achseln. ›Aber später tanzen auch Männer, und da ist das Publikum dann gemischter.‹ Jetzt wurde die Musik leiser gestellt, und ein Mann betrat die Bühne, um die erste Tänzerin anzusagen.

›Ladies and Gentlemen. Ich freue mich, euch heute mit

einem neuen Programm begrüßen zu dürfen. Die verführerische Tanja wird euch heute tüchtig einheizen und tiefe Einblicke verschaffen … Applaus für unsere Tanja!‹ Die anwesenden Herren klatschten begeistert, und eine junge Frau mit hohen Wangenknochen und schwarzen Locken trat auf die Bühne und begann sich vor dem Publikum zu verrenken, so wie ich es bisher noch nie gesehen hatte. Sie trug einen silbernen Bikini und nachdem sie zu der Musik von Katy Perrys song ›Hot'n' cold‹ einige Male energisch über die Bühne geschritten war, hielt sie sich an der Stange fest und begann ihren Unterkörper lasziv daran zu reiben. Dann kletterte sie wie ein Äffchen an der Stange hoch, umklammerte den Pol mit den Schenkeln und ließ sich kopfüber runterhängen.

›Wie findest du Tanja?‹, fragte Alain stolz. ›Ist sie nicht irre?‹

Ich wartete die ganze Zeit, dass noch andere Frauen auf die Bühne traten, mit Tanja gemeinsam um den Pol tanzten und ein keltisches Ritual abhielten. Stattdessen legte sich Tanja breitbeinig auf die Bühne, zog mit geübten Griffen das silberne Höschen aus und zeigte dem johlenden Publikum ihre rasierte Möse. Ich war sprachlos, und allmählich dämmerte es mir, dass ich da wohl etwas gründlich missverstanden hatte. Table Dancing hatte wohl nichts mit keltischen Reigentänzen zu tun.

›Alain, wir sind hier in einem Stripclub?‹

›Aber klar doch. Wo denn sonst, *ma chérie?*‹

Melanie schaute uns verlegen an, und wir waren einen Augenblick sprachlos. Anja hatte als Erste die Fassung wiedergefunden.

»Du willst uns also erzählen, dass du die ganze Zeit in einen Nachtclub-Besitzer verliebt warst und nicht wusstest, was Table Dancing ist?« Anja begann zu lachen.

»Macht euch nur über mich lustig, Mädels.« Melanie klang verschnupft und tat mir leid. »Ich hatte wirklich keine Ahnung.

Alain war seit Monaten ein Stammkunde in meiner Praxis und kam manchmal sogar drei Mal die Woche, um sich von mir Nadeln setzen zu lassen. Er hatte offensichtlich großes Interesse an mir, und ich fand ihn so unheimlich männlich. Ich kenn mich doch mit solchen Clubs nicht aus.«

»Das ist ja 'ne irre Nummer, Melanie.« Auch ich konnte nicht mehr an mich halten und schüttelte mich vor Lachen. Das sah unserer Freundin ähnlich. Melanie war einfach immer so naiv, und das machte es Männern leicht, sie um den Finger zu wickeln. »Und wie ist der Abend dann weiter gegangen?«, fragte ich neugierig.

»Tja, und jetzt wird's spannend, Mädels.« Melanie klang ganz geheimnisvoll, und wir waren natürlich schrecklich neugierig auf die Fortsetzung des Abends.

»Nachdem mir klar war, wo ich gelandet war, fiel ich erst mal in ein tiefes Loch. Ich hatte schon so gehofft, in Alain endlich den Mann fürs Leben gefunden zu haben, und wieder war ich einem Charmeur aufgesessen, der zwar äußerst charmant und attraktiv war, aber er konnte doch nicht allen Ernstes erwarten, dass ich die Ehefrau eines Stripclub-Besitzers werden würde …

›Ich glaube, du brauchst jetzt etwas Stärkeres zu trinken‹, entschied Alain, dem es nicht entgangen war, wie ich in mich zusammengesackt war. ›Ein doppelter Whiskey für die Dame, bitte‹, signalisierte er der Bedienung unaufgefordert. Ich war so von den Socken, dass ich dagegen nicht mal protestierte. Wann trink ich schon mal so Hochprozentiges? Aber in diesem Augenblick war es in Ordnung und entspannte mich gleich ungemein. Nach dem zweiten Glas war ich dann sogar richtig gut drauf und habe mich damit getröstet, dass ich wenigstens in Alain einen richtig guten Freund haben würde und ich diese verrückte Geschichte eines Tages meinen Kindern und Enkelkindern erzählen könnte … falls sich in diesem Leben doch noch ein Mann finden würde für mich, mit dem ich diese Kinder bekommen könnte. Inzwischen war die Musik lauter geworden, und die Tänzerinnen hatten eine Pause. Das Publikum war aufgestanden, um zu tanzen, und inzwischen war auch eine Gruppe von Frauen erschienen, die sich köstlich amüsierten. Die Stimmung war bombastisch, und ich begann mich richtig wohlzufühlen.

›Tanz doch einfach ein wenig‹, ermunterte mich Alain. ›Ich muss hinter der Bühne mal nach dem Rechten sehn, ob alles in Ordnung ist mit den Mädchen.‹

›Geht klar‹, erwiderte ich kichernd, und ich war schon ziemlich angeheitert, als ich mich unter das rhythmisch stampfende Publikum wagte. Mit geschlossenen Augen überließ ich meinen Körper der Musik und wiegte mich zu den Klängen von Polarkreis 18 ›Allein, Allein‹. Es war mir auf einmal völlig egal, ob ich jemals einen festen Partner finden würde oder nicht, denn ich war in diesem Augenblick zutiefst glücklich, ganz mit mir allein. Frei wie ein Adler streckte ich die Arme zur Decke und tanzte mir die Seele aus dem Leib. ›Wir sind allein … allein, allein‹, sang ich den Text mit und fühlte mich auf einmal so leicht und sorglos wie schon ganz lange nicht mehr. Während ich noch die Arme hin und her wiegte und den Kopf dabei leicht in den Nacken legte, fühlte ich auf einmal, wie sich ein fremder Tänzer von hinten an mich schmiegte. Er umfasste meine Taille und drückte sanft seinen Oberkörper an mich.

›Seit wann ist so eine schöne Frau allein?‹, flüsterte er mir ins Ohr.

Normalerweise hätte ich mich wahrscheinlich erschrocken umgedreht und mich davon überzeugt, dass ich keinem Gewaltverbrecher in die Arme gefallen war. Aber ich war so entspannt, dass ich einfach mit ihm weitertanzte und sein erotisches Spiel mitmachte.

›Seit sie auf der Suche nach dem Traumprinzen ist, den es nicht gibt‹, lachte ich beschwipst und drückte meinen Po ein wenig gegen meinen Tänzer. Gesehen hatte ich ihn immer noch nicht, aber seine Stimme klang so sexy und machte mich an. Sie kam mir sogar irgendwie bekannt vor, doch ich konnte sie nicht genau einordnen, wo ich sie schon mal gehört hatte.

›Wer sagt, dass Traumprinzen ausgestorben sind?‹, flüsterte mein Tanzpartner mir ins Ohr, und seine Wange streifte dabei ganz sanft meinen Hals.

›Kennst du noch so ein vom Aussterben bedrohtes Exemplar?‹, flirtete ich und tastete nach hinten, um den Körper meines Tanzpartners zu erfühlen, der mich rhythmisch durch den nächsten Song dirigierte. DJ Ötzi sang davon, dass er auch noch in 100 000 Jahren bei mir und hinter mir sein würde. Selbst in 100 000 Jahren würde die Sehnsucht nie vergehn, versicherte mir DJ Ötzi. Oder waren das die Worte meines unbekannten Tänzers, die er mir eben ins Ohr flüsterte?

›Wer bist du?‹, fragte ich ihn. ›Woher kenne ich dich?‹ Sanft streichelten seine Hände über meine Schultern, und dann hielt er mich ganz fest.

›Wir kennen uns bereits recht gut. Du weißt sogar, wie ich morgens aufstehe und was ich als Erstes mache, wenn ich die Augen aufschlage.‹

›Echt?‹ Irgendwie hatte ich gerade ein Blackout. War mir da ein One-Night-Stand entfallen? Und dann dämmerte es mir … Olaf!«

Melanie errötete, als sie seinen Namen erwähnte, und Anja und ich starrten sie sprachlos an. Natürlich erinnerten wir uns an den leckeren Sportlehrer, den Melanie für die Gesundheitssendung interviewen musste, und an das Vorgespräch am Telefon, das sie uns in der Kantine gebeichtet hatte. Melanie hatte uns nach der Sendung vorgeschwärmt, wie toll dieser Mann doch sei, aber zu ihrem Bedauern war es zu keinem weiteren Treffen gekommen.

»Du meinst, du hast deinen Interviewpartner im Stripclub wieder getroffen?«, fragte Anja ein wenig erstaunt. »Geht er da häufig hin?«

»Ach was«, verteidigte Melanie ihren Schwarm. »Er wurde von seinem besten Freund zu einer Junggesellenparty eingeladen, und vor der Hochzeit am nächsten Tag wollten sie noch mal richtig feiern.«

»Wieso hat dich Olaf denn nicht mehr angerufen nach der Sendung?«, fragte ich.

»Er hatte sich damals gerade von seiner Freundin getrennt und war einfach noch nicht offen für eine neue Beziehung, hat er mir gesagt. Aber als er mich dann im Club wiedersah … da konnte er einfach nicht anders, als mit mir zu tanzen. Unser erstes Telefonat hatte er wohl auch nicht vergessen.« Melanie strahlte uns an, und egal wie lange ihr Glück diesmal dauern würde, so war sie doch voll und ganz davon beseelt, und wir beneideten sie ein wenig wegen ihrer Verliebtheit.

»Wie ging das denn dann noch weiter?«, fragte ich.

Melanie lachte. »Mädels, ich glaub, ihr denkt, ich bin total verrückt, aber das wurde noch 'ne richtig tolle Nacht. Und die Stripshow fand ich auf einmal auch ganz irre … auf dem Schoß von Olaf. Da gab es zum Beispiel diesen dunkelhäutigen Tänzer, der als Feuerwehrmann verkleidet auf die Bühne trat. Mit den Händen strich er über seinen Overall und öffnete langsam den Reißverschluss. Atemlose Stille herrschte im Club, als er mit wiegenden Bewegungen lässig den Overall nach unten gleiten ließ und dann nur noch mit einem Stringtanga bekleidet – und zum Greifen nah – vor uns stand.

›Wow, diese Muskeln‹, stöhnte ich, als mir Olaf sanft den Rücken massierte. Der exotische Tänzer begann lasziv die

Hüften vor und zurück zu rollen, so als ob er eine Frau vögeln würde.

›Glaubst du, dass Afrikaner potenter sind als deutsche Männer‹, fragte Olaf, während er zärtlich in meinen Nacken biss.

›Potenter als du? Sicherlich nicht‹, kicherte ich.

Bitte denkt daran, Mädels, ich war ein wenig beschwipst nach den zwei doppelten Whiskey, die mir Alain eingeflößt hatte. Der halbnackte Feuerwehrmann drehte uns nun seine Kehrseite zu und rieb sich mit den Händen über den Knackarsch. Einige kreischende Frauen steckten ihm zusammengerollte Dollarscheine in den Slip und durften ihm für einen Augenblick an die Wäsche gehen.

›Möchtest du auch ein paar Scheine an seinem Körper verstecken?‹, fragte Olaf.

›Wenn *du* dich jetzt auf der Bühne ausziehen würdest für mich, dann würde ich dir hundert einzelne Dollarscheine in deinen Slip schieben‹, kicherte ich. So vorlaut war ich, glaub ich, selten in meinem Leben, aber der Alkohol hatte meine Hemmschwelle ziemlich weit heruntergeschraubt. Langsam zog unser heißer Feuerwehrmann den Slip nach unten, und ich wartete gespannt darauf, wie lang sein Löschfahrzeug wohl sein würde. Jetzt stand er nackt vor uns, und wir durften seinen durchtrainierten Rücken bewundern. Aber viel lieber hätte ich seinen dunkelhäutigen Schwanz gesehen. Er drehte sich langsam zu uns um. Jetzt! Ich erhaschte noch einen kurzen Blick auf sein langes Rohr. Es war mächtig, die Adern traten an der Seite hervor, und selbst im halb erigierten Zustand wirkte er unheimlich sexy. Und dann ging das Licht aus. Erst fand ich das ziemlich schade, denn ich hätte gern noch mehr gesehen, aber schließlich war es der Junggesellenabend von Olafs Freund, dem seine Kumpels noch ein besonders aufregendes Erlebnis vor seiner Hochzeit schenken wollten. Und jetzt sollte der Höhepunkt des Abends stattfinden … mit Nola!

Die Frau, die als Nächste die Bühne betrat, war atemberaubend schön, und so eine erotische Ausstrahlung hatte ich bisher noch nie gesehen. Sie war eine Asiatin mit glatten tiefschwarzen Haaren, die ihr fast bis zum Po reichten und ihre nackten Brüste bedeckten. Ihre schwarzen Lackstiefel gingen bis zu den Schenkeln und bildeten einen reizvollen Kontrast zu ihrer nackten Haut und dem winzigen roten String, den sie trug. Sie bewegte sich mit der Geschmeidigkeit eines Panthers. Jeder ihrer Tanzschritte war grazil und trotzdem kraftvoll. Königlich schritt sie auf ihr Publikum zu und fixierte uns mit einem durchdringenden Blick, der mir durch den Körper schoss wie eine Feuerwerksrakete. Langsam näherte sie sich der Tanzstange und schmiegte ihren Körper an den glatten Stahl, wie eine verführerische Schlange. Ein Bein hatte sie um die Stange geschlungen, und dabei hielt sie sich mit der rechten Hand fest. Ihren biegsamen Körper ließ sie nach hinten hängen, bis ihre schwarzen Haare den Boden berührten. Der Mund war leicht geöffnet, und sie schien sich der Musik und ihren langsamen Bewegungen ganz hinzugeben. Dann löste sie sich wieder von der Stange und glitt auf den Boden. Sie kniete vor uns und ein Wirbelwind schien von ihrem Körper Besitz zu ergreifen. Sie verbog sich in alle Richtungen, schien für einen Augenblick alle Zuschauer vergessen zu haben und sich ihrer eigenen Ekstase hinzugeben. Sie erschien mir wie in einer sinnlichen Trance. Was für eine exotische Liebesgöttin …«

Während uns Melanie ausführlich erzählte, wie Olafs Freund anschließend auf die Bühne geführt wurde und sich auf einen Stuhl setzen musste, schweifte meine Fantasie ab, und stattdessen sah ich mich an seiner Stelle, wie ich von dieser exotischen Schönheit verführt wurde. Mit gespreizten Beinen stand Nola vor mir und ließ die Hände lasziv über ihre Brüste gleiten. Dabei schaute sie mir fest in die Augen und leckte sich mit der

Zunge über die Lippen. Kurz setzte sie sich auf meinen Schoß und rieb ihre Brüste an mir. Ihr animalischer Geruch raubte mir fast den Verstand, und ich dachte, mein Herz würde aufhören zu schlagen. Ihr Mund näherte sich meinem Gesicht, und dann küssten mich weiche Lippen, sanft und unwiderstehlich. Ich umschlang ihren warmen Körper und fühlte ihre Haut, die mir so fremd war und sich doch so bekannt anfühlte. Ich hatte solche Sehnsucht nach ihrer Berührung und wollte den Kopf in ihrem seidigen Haar vergraben, ihr ganz nah sein. So eine Frau hätte ich mir eigentlich für unseren Dreier gewünscht!

12. Kapitel

»Na, haben Sie schon was Aufregendes erlebt, was Sie in unserer Sendung zum Besten geben können?«, fragte mich mein Chef augenzwinkernd, als er am nächsten Morgen mit einem Kaffee bei mir in der Tür stand.

»Mein Leben ist Aufregung pur«, erwiderte ich cool und versuchte mir meine Verzweiflung nicht anmerken zu lassen. »Sie werden staunen, was ich den Zuschauern in der Sendung alles zu erzählen habe.«

»Das hört sich vielversprechend an, Sarah! Und denken Sie daran, dass es auch gut bei den Zuschauern ankommt, wenn Sie Ihnen ein paar praktische Tipps geben, wie die Liebe zu dritt noch besser gelingen kann. Aus dem Mund einer erfahrenen Moderatorin wirkt solch ein Praxisbezug besonders gut. Über so ein heikles Thema ohne Hemmungen zu sprechen ist ein besonderes Talent, und meines Wissens wären Sie damit auch die erste Frau im deutschen Fernsehen, die sich zu ausgefallenen sexuellen Themen so autobiografisch äußert. Respekt!«

Ich wollte meinen Chef auf keinen Fall enttäuschen und ihm erzählen, dass ich bisher noch wenig Erfahrung mit ausgefallenen Sexspielen hatte. Zumindest nicht, was einen Dreier betraf. Aber ich konnte diese Erfahrung nicht herbeizwingen, obwohl ich bisher alles versucht hatte, was in meiner Macht stand. Aber seit unserem Treffen mit Emanuelle hatten Pascal und ich keine Lust mehr auf Internet Dating. All unsere Bemühungen hatten uns zwar ein paar Treffen mit willigen Frauen eingebracht, aber ansonsten waren wir genauso unerfahren wie zuvor. Ich konnte meinen Zuschauern durchaus einige Tipps geben, was sie bei der Suche nach einer passenden Frau für einen Dreier vermeiden sollten. Vielleicht sollte ich meine Sendung ja eher darauf aufbauen. Während ich noch darüber nachdachte, wie ich meine erste Erotikshow doch noch zu einem Knaller machen könnte, kam Melanie in mein Büro.

»Du strahlst ja so«, stellte ich fest. »Gibt es einen Anlass?«

»Ach, nicht der Rede wert«, winkte Melanie bescheiden ab. »Aber ich habe vorgestern im Stripclub so aufregende Dinge erlebt, und die Geschichte mit Olaf wird immer intensiver.«

»Schön für dich«, seufzte ich. »Wie hat denn Alain reagiert, als er das mitbekommen hat?«

»Weißt du, ich habe mich doch nicht in ihm getäuscht. Alain hat wie ein echter Gentleman reagiert und freut sich einfach für mich, dass ich einen Mann gefunden habe, mit dem ich glücklich sein kann. Er kommt nach wie vor zu mir in die Praxis, und wir sind gute Freunde.«

»Das freut mich sehr!« Ich umarmte Melanie und meinte das auch ganz im Ernst. Sie hatte viel Pech mit Männern gehabt, und ich wünschte ihr so sehr, dass sie endlich den Richtigen gefunden hatte. Falls es so etwas wie den »Richtigen« überhaupt gibt. Aber zumindest tat Olaf ihr gut. Nur mit Mühe konnte ich meine eigenen Gefühle zurückhalten.

»Was ist denn los? Du siehst ja aus, als ob du gleich in Tränen ausbrechen würdest. Stress gehabt?« Melanie war immer wahnsinnig mitfühlend, und wahrscheinlich würde sie gleich wieder ihr Akupunkturkästchen auspacken und mir ein paar Nadeln für mein seelisches Gleichgewicht in die Haut rammen.

»Ich habe alles versucht, aber ich finde keine passende Frau für Pascal und mich. Du weißt doch … wegen meiner neuen Sendung. Da wollte ich doch aus dem Nähkästchen plaudern und zeigen, dass ich als Sexpertin schon allerhand erlebt habe.«

»Willst du dieses Abenteuer nur wegen deiner Sendung, oder hast du wirklich Lust auf einen Dreier?«, fragte mich Melanie streng. Ich dachte einen Augenblick nach, und sie hatte Recht. Ich war in der Vergangenheit wirklich ein wenig zu ehrgeizig gewesen, und ich sollte meine berufliche Karriere mehr von meinem Sexleben trennen. Aber das war schwer, wenn einem der Ruf als Sexpertin vorauseilte.

»Gib mir eine ehrliche Antwort«, wiederholte Melanie.

Ich dachte aufrichtig über diese Frage nach. Würde ich die Erfahrung mit Pascal und einer anderen Frau auch machen wollen, wenn es keine Sendung gäbe? War ich wirklich neugierig, wie es sich anfühlte als Paar eine andere Frau zu verführen und einen weiblichen Körper zu entdecken?

»Ja. Ganz im Ernst. Ich liebe es, das Leben immer wieder neu zu entdecken und mich beim Sex von einer anderen Seite kennenzulernen. Ich würde diese Erfahrung auf alle Fälle machen wollen. Auch ohne eine Erotiksendung.« Ich schaute Melanie in die Augen, und meine Antwort schien sie überzeugt zu haben.

»Ich glaube, du bist wirklich eine außergewöhnliche Frau, Sarah. Dich treibt deine Neugierde auf das Leben, und das berührt mich. Du warst immer für mich da, wenn ich mich vor lauter Liebeskummer nur noch von Rotwein und Schokolade ernährt habe. Du hast mich getröstet, wenn ich mal wieder auf einen Aufreißer hereingefallen war, der sich mit den Worten ›Ich ruf dich an!‹ verabschiedet hatte. Du hast immer an mich geglaubt und mir Hoffnung gemacht, dass ich beim nächsten *Double Latte* im Starbucks auf Mr. Right treffen könnte. Ohne dich wäre das Leben nur halb so schön, und ich hab dich echt total lieb!« Melanie machte eine kleine Pause und schniefte leise. Auch mir kamen fast die Tränen, und ich suchte in meinem Schreibtisch hektisch nach einem Taschentuch.

»Ich will mich bei dir revanchieren für all die Nächte, denen du mir geduldig zugehört hast, weil ich nicht verstehen konnte, wieso mal wieder ein Typ mit mir Schluss gemacht hatte. Ich hab eine Idee, wie du doch noch zu deinem Abenteuer kommen könntest. Aber du musst mir versprechen, dass du keine Fragen stellst und alles so machst, wie ich es dir sage …«

Zwei Tage später saßen Pascal und ich in einer schwarzen Limousine, die Melanie für uns organisiert hatte. Ein schlanker junger Mann hatte sich als unser Chauffeur vorgestellt.

»Hallo, ich bin Tom, und ich habe Anweisung erhalten, Sie zu einem bestimmten Ort zu bringen, der als Überraschung für Sie gedacht ist. Deshalb muss ich Ihnen jetzt die Augen verbinden.« Er setzte uns zwei Augenmasken aus weichem Leder auf, und meine Welt versank in tiefer Dunkelheit. Neben mir saß Pascal und hielt meine Hand, und ich hatte ein Déjà-vu-Erlebnis.

»Vor genau einem Monat saßen wir auch schon in einem Wagen mit verbundenen Augen. Erinnerst du dich, Schatz?«, flüsterte ich Pascal zu.

»Und wie ich mich daran erinnere. Aber damals wussten wir wenigstens, wo wir hinfahren. Ich hoffe, du kennst deine Freundin Melanie gut genug, um sicherzugehen, dass wir nicht gekidnappt und als Sexsklaven nach Dubai exportiert werden.«

»Wäre das so schlimm? Du würdest dort sicherlich als Eunuch arbeiten dürfen. Stell dir vor, von welch hübschen Frauen du dann jeden Tag umgeben wärst.«

»Als Eunuch? Sehr witzig. Dann schon lieber als Gast einer arabischen Prinzessin.«

»Ich glaube, die dürfen zwar weibliche Gespielen haben, aber ob da auch ein Mann dabei sein darf, das wage ich zu bezweifeln«, lachte ich.

»Ach, ich denke schon. Sie wird sich langweilen mit all diesen Frauen und einen potenten Liebhaber herbeisehnen.«

»An Minderwertigkeitsgefühlen hast du noch nie gelitten«, kicherte ich etwas nervös. Die ganze Situation war absurd, und wir hatten keine Ahnung, was sich Melanie für uns ausgedacht hatte. Sie hatte uns nur angedeutet, dass wir frisch geduscht und in angemessener erotischer Kleidung ab 19 Uhr bereit sein sollten für ein Abenteuer, das keiner von uns jemals vergessen würde. So kannte ich Melanie gar nicht; seit sie Alain und Olaf begegnet war, hatte sie sich stark gewandelt. Sie war viel mutiger als früher, und insgeheim fürchtete ich mich ein wenig vor dem, was sie wohl für uns ausgeheckt hatte. Würde ich so offen sein für ein Abenteuer, wie sie dachte? Meine Hände fühlten sich klamm an, und am liebsten hätte ich jetzt zusammen mit Pascal auf seinem Designersofa gekuschelt und mir einen Woody-Allen-Film angesehen. *Match Point* vielleicht. Den kannte Pascal noch nicht, und Scarlett Johansson fand er genauso verführerisch wie ich.

»Wie fühlst du dich?«, fragte ich Pascal, um mich von meiner Nervosität ein wenig abzulenken.

»Ich habe darüber nachgedacht, was uns heute Abend erwartet.«

Typisch Mann! Ich hatte nicht danach gefragt, was er dachte, sondern was er fühlte! »Bist du aufgeregt?«, fragte ich weiter.

»Natürlich.«

»Melanie weiß ja, dass wir ein Abenteuer mit einer anderen Frau suchen. Damit muss dieses geheimnisvolle Projekt bestimmt zu tun haben.«

»Genau. Meinst du, Melanie serviert uns ein Vier-Gänge-Menü, und wir dürfen sie dann zum Nachtisch vernaschen? Die Idee fände ich nicht schlecht«, meinte Pascal.

»Hilfe! Das käme für mich auf keinen Fall infrage. Aber genau das habe ich mir auch schon überlegt. Ich weiß nicht, was ich in diesem Fall machen würde, denn ich mag Melanie so gern und will sie nicht verletzen, aber sie ist meine Freundin und nicht meine Geliebte. Ich kann nicht mit einer Freundin ins Bett gehen.«

»Schade. Das würde vieles vereinfachen«, seufzte Pascal.

»Oh Gott. Vielleicht hast du Recht, und das war Melanies Plan.« Jetzt bekam ich erst recht Panik und überlegte mir im Kopf bereits meine Rede. Falls Melanie sich uns als sinnliches Dessert in sündigen Dessous anbot, würde ich ihr ein liebevolles Küsschen auf die Wange geben, eine Magenverstimmung vortäuschen und nach einem Taxi verlangen.

Der Wagen verlangsamte seine Fahrt und schien in eine Tiefgarage einzufahren. Erstaunlich, wie hellhörig man mit verbundenen Augen wird. Diese Erfahrung hatte ich ja bereits bei unserem *Blind Dinner* im Schloss gemacht. Jetzt öffnete Tom die Tür und half uns vorsichtig hinaus.

»Ich werde in der Mitte zwischen euch gehen und euch an den Ort führen, der mir genannt wurde«, erklärte er uns geheimnisvoll. Melanies Haus hatte keine Tiefgarage, stellte ich schon mal erleichtert fest. Aber vielleicht hatte sie ein Hotelzimmer für unser Vorhaben reserviert. Mir war ganz schwindlig vor Aufregung, und das lag nicht an dem Aufzug, der uns in großer Geschwindigkeit nach oben beförderte. Waren wir in einem Penthouse gelandet? Wir fuhren ziemlich lange, und schließlich öffnete sich die Tür des Aufzugs, und wir traten nach draußen. Ein weicher Teppich. Romantische Gitarrenmusik. Von irgendwo her wehte ein angenehm kühler Lufthauch, und es roch nach frischen Limonen und einer Brise Minze. Ich kam mir vor wie bei einem Abstecher in eine Hacienda auf Ibiza.

»So, hier wären wir.« Tom öffnete eine Tür und führte uns in einen weiteren Raum. Ich hatte keine Ahnung, wo wir uns befanden. Behutsam geleitete er uns zu einem Sofa. Oder war es ein großer Futon? Ich fühlte weiche Kissen um mich herum, und dann roch ich an dem Cocktail, den mir Tom vorsichtig in die Hand drückte. Ein fruchtiger Duft von Ananas und Kokosnuss stieg mir in die Nase. Herrlich! Ich nahm einen tiefen Schluck und fühlte mich sofort ein wenig entspannter. Alles hier wirkte sehr stilvoll und durchdacht.

Lass dich fallen, Sarah!, redete ich mir selbst zu. Du wolltest ein Abenteuer, und jetzt wartet es nicht länger auf dich und will dich verführen.

»Ich werde euch später wieder abholen«, versprach uns Tom zum Abschied. »Ihr werdet einen unvergesslichen Abend haben.«

Einen Moment saßen Pascal und ich schweigend da und lauschten auf jedes Geräusch. Außer uns war noch eine weitere Person im Raum, denn wir hörten leise Atemzüge, und ein besonderer Duft stieg mir in die Nase. Eine würzige Note, die meine animalischen Instinkte wachrief. Ob Melanie sich nun zu erkennen geben würde? Ich war gespannt. Ein zarter Finger strich über meine Wange, und ich hielt einen Augenblick die Luft an. War das Pascal? Nein, seine Haut fühlte sich rauer an. Ich wagte nicht zu sprechen und wartete ab, was als Nächstes geschehen würde. Die Unbekannte, denn ich ging davon aus, dass die dritte Person im Raum eine Frau war, sprach kein Wort. Ich suchte nach Pascals Hand. Aber ich konnte sie nirgendwo auf dem Futon entdecken. Vergnügte er sich etwa bereits mit dieser unbekannten Schönen? Eine Welle von Eifersucht überkam mich, doch bevor ich Zeit hatte, darüber nachzudenken, was Pascal in diesem Augenblick anstellte, fühlte ich, wie zarte Hände mich berührten. Ich hatte ein schwarzes Satinkleid an, das mir nun jemand sanft über den Kopf zog. Darunter trug ich Nylons und sündhaft teure Wäsche, die mich einen halben Monatslohn gekostet hatte. Ich hoffte, dass dieser Unbekannten mein roter String aus feinstem Satin gefiel. Der passende BH war so raffiniert geschnitten, dass meine

Brüste darin etwas nach oben gepusht wurden und zum Anbeißen aussahen. Unsere Verführerin schien das wohl ebenso zu sehen und bedeckte meinen Busen mit zarten Küssen. Sie holte eine Brust vorsichtig aus dem Körbchen heraus und leckte daran, bis sich meine Brustwarzen steif aufrichteten. Jetzt fühlte ich auch Pascal hinter mir, und er begann meinen BH zu öffnen und meinen Rücken zu streicheln. Ich stöhnte leise und gab mich diesen sanften Berührungen hin, die mich in ein Reich der Sinne entführten.

Wer war diese Frau? Ihr würziger Duft stieg mir in die Nase, und ich vergrub das Gesicht in ihren Haaren. Sie fühlten sich seidig glatt an und umrahmten ihr Gesicht. Es konnte nicht Melanie sein. Gott sei Dank! Meine Freundin hatte kürzere Haare. Vorsichtig tastete ich die feinen Wangenknochen ab, berührte ihre Nase und strich sanft mit dem Mittelfinger über ihre Lippen. Eine feuchte Zunge leckte über meinen Finger und saugte immer gieriger an ihm. Er war nun fast vollständig in ihrem Mund verschwunden, und ihre Unersättlichkeit erregte mich. Ich wollte ihr zu gerne zusehen, wie sie mich verschlang, denn ihr Appetit kannte offenbar keine Grenzen. Ich malte mir bereits aus, wie sich ihre Zunge an anderen Stellen meines Körpers anfühlen würde. Mit den Zähnen hielt sie mich spielerisch in ihrem Mund gefangen, und ich konnte meinen Finger nicht mehr zurückziehen. Das Lächeln ihrer Lippen konnte ich trotzdem fühlen, und dann küsste ich sie. Jetzt waren meine Hände wieder frei, ich umfasste damit ihr Gesicht und zog es zu mir heran. Ihre Lippen fühlten sich so viel sanfter an, als ich es bei einem Mann bisher kennengelernt hatte. Sie schmeckten saftig und erinnerten mich an eine frische Mango, in die ich so gern an heißen Sommertagen hineinbiss. Unsere Zungen begegneten einander so selbstverständlich, als ob sie sich schon ewig kannten. Jetzt presste sie den Mund fester auf den meinen und streichelte gleichzeitig meine Brüste. Oder war das Pascal? Ich konnte es nicht mehr genau unterscheiden, von wem ich an welcher Stelle meines Körpers berührt wurde. Ich strich ihr über den Kopf und über diese seidig glatten Haare, die ihren Rücken bedeckten. Solche langen Haare hatte ich noch nie gesehen, oder doch? Auf einmal ahnte ich, wer mich gerade so leidenschaftlich küsste. Nola! Melanie musste diese sagenhaft verführerische Stripperin für uns beide engagiert haben. Jetzt hielt ich es nicht länger aus und wollte in diese gefährlich schönen Augen schauen und mich an ihrem Anblick erfreuen. Langsam zog ich die Augenbinde ab. Sie schien mich zu kennen, denn ihre Augen lächelten mir zu, während sie mich weiterhin leidenschaftlich küsste. Ob Melanie ihr ein Foto von mir gezeigt hatte? Pascal hatte sich bis jetzt ziemlich im Hintergrund gehalten, und ich war ihm dankbar dafür. So hatte ich genügend Zeit, mich an diese Situation zu gewöhnen, und musste keine Angst haben, dass ich meinen Geliebten an eine andere Frau verlieren würde. Aus den Augenwinkeln heraus bemerkte ich, dass er seine Augenbinde auch schon abgenommen hatte und sich an unserem Liebesspiel erfreute. Zwei Frauen beim Küssen zuzusehen, war sicherlich ein außergewöhnlich schöner Anblick.

Ich war in diesem Moment so glücklich, dass ich ihn an meiner Freude und an meiner Lust teilhaben lassen wollte. Kein Funke Eifersucht war in mir, als ich ihn zu uns heranzog, und wir uns zu dritt zu küssen begannen. Drei Zungen berührten sich gleichzeitig, und unsere Münder schienen miteinander zu verschmelzen. Ich wusste nicht mehr, welche Lippen ich küsste; es war, als ob unsere liebevolle Zärtlichkeit größer wurde als wir selbst. Sie schien sich im Raum auszubreiten wie ein warmer Sommerhauch und erfüllte jede Zelle unseres Seins. Nola verstand es wunderbar, mir Vergnügen zu verschaffen und gleichzeitig auch Pascals lustvolle Annäherungen zuzulassen. Ermutigt durch unseren verschmelzenden Kuss, berührte Pascal nun auch Nolas wunderschönen Körper. Er spielte mit ihren Brustwarzen, und der Anblick erregte mich. Gleichzeitig küsste er mich leidenschaftlich, und das war ein sehr ungewohntes Gefühl für mich. Seine Hand wanderte über Nolas Rücken nach unten, und ich ahnte, womit seine Finger nun spielten. Ich konnte es an Nolas Stöhnen erkennen, die plötzlich die Augen geschlossen hielt und ihre Lippen leicht geöffnet hatte. Kurz zuckte ich zusammen bei der Vorstellung, dass Pascal nun vor meinen Augen einer anderen Frau mit dem Finger Lust verschaffte, aber es schmerzte mich nicht. Im Gegenteil. Ich genoss diesen Moment und musste gestehen, dass es mich anmachte, einer anderen Frau in ihrer Lust zuzusehen und sie dabei zu berühren. Während Pascals Hand sich von hinten zwischen die Schenkel unserer Geliebten geschoben hatte, begann ich ihre Brüste zu streicheln. Ihr Busen war mädchenhaft klein und fühlte sich fest an. Ihre Brustwarzen reagierten sofort auf meine Berührung mit dem Zeigefinger. Neugierig machte ich mich daran, sie genauer zu erforschen, und nahm ihre rechte Brustwarze zwischen meine Lippen. Es war ein interessantes Gefühl, einer Frau Lust zu verschaffen, und ich wusste nun, wie viel Vergnügen einem Mann der weibliche Körper machen musste. Es kam mir vor, als ob ich in diesem Augenblick Mann und Frau gleichzeitig war. Unsere Kommunikation funktionierte ohne Worte, unsere Körper schienen sich verselbstständigt zu haben und mühelos von einer Position in die andere zu gleiten. Mit beiden Händen berührte ich nun Nolas Brüste. Sie fühlten sich wie zwei reife Äpfel an, die mich dazu verlockten, in sie zu hineinzubeißen. Ich knetete sie ein wenig, und Nola begann etwas lauter zu stöhnen. Ich hatte noch nie zuvor die Brüste einer Frau berührt, es kam mir ganz ungewohnt vor, aber gleichzeitig erregte es mich ungemein. Pascal streichelte Nolas Rücken, und ich bewunderte seinen nackten Körper, der sich so geschmeidig bewegte, wie der eines

Tänzers. Die Erregung war ihm anzusehen, und seine riesige Latte streifte Nolas Po, als er sich über sie beugte, um ihren Kopf an den langen Haaren ein wenig nach hinten zu ziehen. Ich fühlte mich innerlich so beschwingt und bemerkte Pascals leichtes Zögern. Seine Augen suchten nach einem Gummi, den er sich überstreifen wollte. Dann schaute er mich an, um meine Zustimmung dafür einzuholen, dass er seine Lust mit diesem fremden Körper auslebte. Es war nicht nur Nolas Schönheit, die ihn erregte, sondern auch das Unerhörte dieser Situation, das spürte ich. Hier lag er mit seiner Freundin im Bett, die ihn dabei beobachtete, wie er gleich in eine andere Frau eindringen würde.

Ich hielt seinem Blick stand und zog Nola auf mich. Mit gespreizten Beinen lag ich auf dem Futon, in den Armen hielt ich Nolas nackten Körper und begann sie wieder sanft zu küssen. Pascal sah mich liebevoll an und streifte einen Gummi über seinen harten Ständer. Mit beiden Händen zog er Nolas Pobacken auseinander, und ohne mich aus den Augen zu lassen, glitt er in sie hinein. Nola stöhnte in meinen Armen; ihre Erregung schien sich wie ein lustvoller Energiestrom auf mich zu übertragen. Pascal stieß jetzt immer tiefer in sie hinein und genoss das Bild, das sich ihm darbot. Er fickte eine andere Frau, während ich ihm dabei zusah und gleichzeitig dabei große Lust verspürte. Pascal stöhnte selten, und meistens hielt er beim Sex den Mund geschlossen. Ich fühlte, wie sich die Erregung immer mehr in ihm aufbaute und ein Ventil suchte. Er bewegte das Becken, und sein Blick wanderte genüsslich über Nolas nackten Po und über meine gespreizten Schenkel, bis er wieder nach oben zu meinem Gesicht glitt. Normalerweise war ich es von Pascal gewohnt, dass er seine Lust lange hinauszögern konnte, aber was sich ihm in dieser Nacht an erotischen Eindrücken bot, war einfach eine Überdosis für seine Sinne, und er konnte sich nicht lange zurückhalten. Einige

Male stieß er tief in Nola hinein, vergrub dabei die Finger in ihrem Po und ergoss sich in ihr, während er mir dabei in die Augen schaute. Es war ein intimer Akt der absoluten Hingabe. Selten war mir Pascal so nah wie in diesem Augenblick gewesen. Sicher lag es daran, dass ich ihn in diesem Augenblick in aller Freiheit lieben konnte. Ich war über mich selbst hinausgewachsen und bestand nur noch aus Liebe und lustvoller Erregung. Einige Momente verweilte Pascal noch in Nola, dann zog er sich langsam aus ihr zurück, verknotete den benutzten Gummi und ließ ihn taktvoll in einen bereitstehenden Eimer fallen. Aber Nola und ich waren jetzt erst so richtig aufgeheizt, und während sich Pascal neben uns auf den Futon legte, drehte ich unsere Geliebte auf den Rücken und legte mich zwischen ihre gespreizten Schenkel. Ich vergrub die Nase in ihrem Schoß; sie roch genauso verführerisch, wie sie aussah. Etwas würzig, und trotzdem wehte mir ein Hauch von Vanille entgegen. Mit beiden Händen öffnete ich ihre winzigen Schamlippen, die mich an die Blüte einer halb geöffneten Rosenknospe erinnerten. Wo war jetzt noch mal bei einer Frau der Kitzler? Ich konnte auf einmal die Unsicherheit meiner männlichen Liebhaber verstehen, denn es brauchte eine Weile, bis ich mich in der weiblichen Anatomie eines fremden Körpers zurechtfand. Aber dann ging es ganz einfach. Ich probierte aus, welche Teile von Nolas zarter Blüte am empfindlichsten auf meine Zungenspitze reagierten, und ihr Stöhnen wies mir den Weg zu ihrer Lust. Bald wollte ich erkunden, wie sich meine Zunge in ihrer Möse anfühlte. Sie schmeckte anders als alles, was ich bisher in meinem Mund gehabt hatte. Ein unbeschreiblicher Geschmack von cremiger Süße mit einem Spritzer Champagner. Ich schleckte in ihr wie ein hungriges Kätzchen, das nicht genug bekommen konnte. Meine Zunge wanderte wieder nach oben, wo ich ihre Perle entdeckte, die in einer kleinen Hautfalte gleich oberhalb der Lustlippen verborgen war. Es war ein irres Gefühl, so aktiv einer anderen Frau Lust zu verschaffen, und ich leckte sie wie ein Weltmeister. Würde ich es schaffen, sie zum Höhepunkt zu bringen? Bei Pascal war sie nicht gekommen, und ich war ja völlig unerfahren, was den Körper einer anderen Frau betraf. Aber ich kannte meinen eigenen dafür umso besser, und instinktiv wusste ich, wie viel Druck ich mit der Zunge ausüben musste, wie ich meine Geschwindigkeit zu steigern hatte und was ihr gefallen würde. Nolas Becken bäumte sich unter mir auf, und sie drückte meinen Kopf fest an sich heran. Sie begann immer heftiger zu stöhnen, und dann geschah es. Ich fühlte, wie sich ihre Möse eng zusammenzog und mehrmals heftig zuckte, während ich sie immer noch leckte. Wenn auch vorsichtiger, denn ich wusste aus Erfahrung, wie sensibel eine Frau ist, wenn sie gekommen ist. Ihr Zucken kam mir wie eine Ewigkeit vor, und die Lust schien durch ihren ganzen Körper zu strömen.

»Oh Darling! Sarah, du bist klasse«, flüsterte Nola erschöpft, als ich meinen Kopf auf ihrem Bauch ausruhte. Woher kannte Nola meinen Namen? Melanie musste ihn ihr erzählt haben. Wie viel sie Nola wohl für diese Nacht bezahlt hatte? Nola schien meine Gedanken zu erahnen und strich mir zärtlich über den Kopf. »Ich bin ganz freiwillig hier. Melanie hat mir nur von deinem Wunsch erzählt, und ich habe ein Foto von dir gesehen. So unschuldig und aufreizend. Ich mag Frauen, weißt du. Ich wollte dich verführen.« Nola lachte leise. »Ich habe Alain gebeten, ob er mir deine Adresse verschaffen kann, und dann hatte Melanie die Idee, euch hier einfach zu überraschen. Wenn man lange vorher plant und sich verabredet, verfliegt oft der Zauber des Augenblicks, und das wollte ich nicht.«

»Das war großartig eben«, mischte sich Pascal ins Gespräch. »So was Geiles habe ich noch nie erlebt«. Er kuschelte sich an uns an, und wir lagen zu dritt in einer langen Umarmung zusammen. Dann sah ich mich langsam im Raum um. Wir lagen auf einem riesigen Futon, der mindestens zwei mal zwei Meter groß war. Bodenlange Fenster gaben einen Blick auf eine Terrasse frei, und den Wolkenkratzern nach zu urteilen, auf die wir blickten, waren wir ziemlich weit oben.

»Wo sind wir eigentlich?«, fragte ich neugierig.

»Alain war so nett und hat uns sein Penthouse für heute Nacht zur Verfügung gestellt«, sagte Nola. Ich war schwer beeindruckt. So ein großzügiger Mann! Vielleicht sollte Melanie es sich doch noch mal mit ihm überlegen, denn auf alle Fälle würde er sie nach Strich und Faden verwöhnen. Er schien sich mächtig für sie ins Zeug zu legen, wenn er sogar dafür sorgte, dass ihre Freundin glücklich war. Und glücklich war gar kein Ausdruck.

»Ich fühle mich ekstatisch«, sagte ich. Nola lachte und strich mir sanft über die Wangen.

»Du bist süß, Darling. Ich liebe es, wenn du so redest.«

»Machst du so was öfter?«, fragte ich.

»Was meinst du? Mit einem Paar zusammen zu sein? Oder mit einer Frau?«

»Beides. Ich meine, du scheinst viel Erfahrung zu haben, und in deinem Job bekommst du sicherlich jeden Tag ein Angebot für eine Nacht zu dritt.«

»Ich weiß, das können sich die Leute immer nicht so richtig vorstellen«, stöhnte Nola, »aber ich habe eigentlich wenig Sex. Weißt du, wenn man jeden Tag vor anderen Menschen tanzt und ihnen vermittelt, dass man superscharf ist, dann hat man privat meistens nur noch Lust auf ein weiches Bett und eine Tasse Tee. Nola lachte wieder, und ich fühlte, wie dabei ihre Brüste leicht hin und her schaukelten. Sie machte mich einfach an, und ich war noch lange nicht satt.

»Können wir weitermachen?«, fragte ich und küsste dabei neckisch ihren Bauchnabel.

»Davon gehe ich aus, und wir sind noch lange nicht fertig«,

lachte sie. »Ob Pascal allerdings so schnell mithalten kann, ist fraglich.«

»Täuscht euch da mal nicht, Ladies«, sagte Pascal und deutete dabei auf seine beachtliche Latte, die sich offensichtlich äußerst schnell wieder erholt hatte und bereit war für neue Schandtaten. Ich hatte in den letzten Wochen so viele Fantasien gehabt, was ich mit unserer Traumfrau alles anstellen wollte, war mir jedoch nicht sicher gewesen, ob ich mein Kopfkino jemals in der Wirklichkeit würde umsetzen können. Aber das Liebesspiel mit Nola und Pascal war so entspannt und selbstverständlich, dass ich mich an eine meiner ausgefalleneren Fantasien heranwagen wollte.

»Würdest du mir einen Gefallen tun?«, fragte ich Nola.

»Aber Darling, natürlich. Was wünschst du dir?«

»Vertraust du mir?«

»Ich habe viel erlebt in meinem Job, das kannst du mir glauben, und ich weiß ziemlich genau, wem ich mich hingeben darf und wem nicht. Du darfst mit mir anstellen, was du willst.«

»Was ich will?«, fragte ich lüstern. »Bist du dir da ganz sicher?«

»Ganz sicher«, lachte Nola. »Ich vertraue dir.« Ich grinste Pascal an, und er hielt den Daumen nach oben gereckt. »Ich pass mich dir ganz an, Schatz. Du darfst die Führung übernehmen und mit uns alles machen, was dir in deinem süßen Kopf herumspukt.«

Ich griff nach der Augenbinde und legte sie Nola um.

»Jetzt will ich, dass *du* uns nicht mehr sehen kannst und dich unserer Lust fügst.« Sachte zog ich sie in die Höhe und ließ sie aufstehen. Vorsichtig führte ich sie an der Hand durch das Zimmer. Pascal sah uns fasziniert zu, als ich nach einer langen Feder griff, die ich in meiner Handtasche verstaut hatte. Nola stand bewegungslos vor mir, als ich sie abwechselnd mit der Feder streichelte und küsste. Ich winkte Pascal und gab ihm zu verstehen, dass auch er Nolas nackten Körper berühren durfte. Und ich hatte noch eine weitere Überraschung vorbereitet. Ich führte Nola vorsichtig an die Wand und ließ sie dort breitbeinig stehen. Mit gestreckten Armen berührte sie die Wand. Wir küssten ihren Körper an allen intimen Stellen, die uns reizten. Sie stand wehrlos vor uns und genoss es offensichtlich, dass sie nicht wusste, wer von uns an ihren Brustwarzen zog oder sie zwischen die Schenkel küsste. Jetzt packte ich eine kleine Schachtel aus, in der ich ein weiteres Werkzeug der Lust versteckt hatte.

»Wie kommst du denn auf die Idee?«, flüsterte mir Pascal ins Ohr, als er sah, was ich da aus meiner Tasche hervorzauberte.

»Ich hab das in einem Buch gelesen und wollte das schon immer mal ausprobieren«, flüsterte ich zurück. »Keine Angst, es tut nicht weh. Ich hab es schon an meinem eigenen Körper ausprobiert.«

»Bist du sicher?«

»Ja, es ist ein angenehmer Lustschmerz.«

Ich reichte Pascal einige Wäscheklammern und bedeutete ihm, dass er es mir einfach nachmachen sollte, als ich langsam Nolas Körper mit bunten Wäscheklammern bestückte. Nola zuckte leicht zusammen, als ich die erste Klammer an ihrem Oberarm platzierte. Ich wollte ausprobieren, wie empfindsam sie war.

»Nola, wenn dir irgendwas zu viel wird, dann melde dich«, sagte ich. Als Antwort nickte sie stumm. Ich hatte noch niemals Wäscheklammern in meinem Liebesspiel eingesetzt, aber ich war schon immer neugierig darauf gewesen, mit ihnen zu spielen. Und es war ein äußerst erotisches Spiel, das wir mit Nola trieben. Wir wurden immer mutiger und setzten einige Klammern an die Innenseite ihrer Schenkel. Jedes Mal zuckte sie leicht zusammen, aber ihr Stöhnen verriet uns, dass wir keinesfalls damit aufhören sollten und dass diese ungewöhnlichen Sinnesreize sie erregten. Würde Nola auch einen leichten Schmerz an ihren Brustwarzen vertragen? Ich zögerte einen Augenblick, schaute Pascal an und deutete auf ihre Brustwarzen. Pascal zuckte mit den Schultern. Er hatte genauso wenig Ahnung wie ich, und Wäscheklammern wurden in seiner bisherigen Erfahrungswelt in erster Linie zum Aufhängen nasser Kleidungsstücke verwendet. Ich kniff ein wenig in Nolas linke Brustwarze, und da es ihr zu gefallen schien, nahm ich all meinen Mut zusammen und befestigte zwei rote Wäscheklammern an ihren pinkfarbenen Nippel. Sie zuckte wiederum kurz zusammen, aber ansonsten wehrte sie sich nicht, und nach einer Weile zog ich sogar leicht daran.

»Oh, das macht mich so an«, stöhnte sie lustvoll.

»Willst du auch mal?«, flüsterte ich Pascal zu und bedeutete ihm, an der anderen Brustwarze ein wenig zu ziehen.

»Ah … ich bin ganz feucht.«

»Das werde ich nachprüfen«, sagte Pascal und fuhr mit der Hand über ihre Spalte. »Kleines Luder, du bist wirklich ganz nass.« Zur Bestrafung gab er ihr einen Klaps auf den Po, der einen roten Handabdruck auf ihrer glatten Haut hinterließ. Jetzt war es an der Zeit, Nola die Wäscheklammern wieder vorsichtig abzunehmen. Die Reaktion hatte ich an mir selbst schon etliche Male als Kind ausgetestet. Am größten war der Lustschmerz nicht dann, wenn man die Klammern setzte, sondern wenn man sie abnahm. Jedes Mal, wenn ich eine der Klammern entfernte, schien ein leichter Stromstoß durch Nolas Körper zu schießen. Sofort küsste ich die schmerzende Stelle, und das kurze Erschauern wandelte sich augenblicklich in süße Lust. Ich umarmte meine Geliebte und führte sie vorsichtig an der Hand wieder zum Bett. Pascal folgte uns wie ein williger Zauberlehrling, der in die Kunst der sinnlichen Verführung eingewiesen wurde. Ich war selbst erstaunt über mich, mit welcher Selbstverständlichkeit ich mit Nola umging. Ich entdeckte eine neue Seite an mir, der es Freude bereitete, anderen Lust zu verschaffen und dabei die Führung zu übernehmen. Offensichtlich gelang es mir, eine Vertrauensbasis herzustellen, sonst hätte Nola sich von mir nicht so willig an der Hand nehmen lassen und sich mir hingegeben.

Jetzt hatte ich nur noch einen einzigen Wunsch, den ich mir erfüllen wollte. Ich war mir nicht sicher gewesen, ob es passen würde, denn diese Fantasie war ziemlich außergewöhnlich. Aber ich war schon immer der Meinung gewesen, dass man die eigenen Fantasien auch ausleben sollte. Was sollte schon passieren? Pascal könnte sich über mich amüsieren und sich totlachen. Und wenn schon, das war mir das Risiko wert, denn bestenfalls würden wir ein Erlebnis haben, das keiner von jemals vergessen würde. Diese Nacht war sowieso schon kaum mehr zu überbieten an Erotik, aber ich wollte unserer Geilheit noch die Krone aufsetzen.

»Beschäftige dich mit Nola«, flüsterte ich Pascal zu. »Ich muss mich im Bad eben noch schnell umziehen.«

»Kein Problem!« Pascal lächelte und strich unserer zarten Geliebten über den Rücken. »Mir wird da schon was einfallen.«

Das Bad war so groß wie mein Wohnzimmer. Ein riesiger Spiegel hing über einem Waschbecken aus weißem Marmor. In der Ecke neben der runden Badewanne war ein meterhoher Kerzenleuchter aufgestellt, und fünf weiße Kerzen flackerten unruhig, als ich hektisch in meiner Tasche nach dem letzten Spielzeug suchte, mit dem ich uns erfreuen wollte. Zuerst hatte ich Mühe, die Lederschnüre zu sortieren, aber dann hatte ich ihn umgebunden. Meinen schwarzen Strap-on *Black Beauty*. Dazu trug ich hohe schwarze Stiefel und sonst nichts. Ich betrachtete mich im Spiegel und war erstaunt über mein neues Aussehen. Ein riesiger Ständer wippte bei jeder meiner

Bewegungen auf und ab, und ich bekam eine Ahnung davon, wie sich ein Mann im Zustand seiner höchsten Erregung fühlen musste. Natürlich war ich mir der Komik dieser skurrilen Situation sehr wohl bewusst, aber meine Geilheit und Neugierde überwog. Ich fühlte mich sehr erotisch mit meinem harten Ständer. Meine weiblichen und männlichen Anteile schienen in mir zu verschmelzen, und jetzt war ich eine Frau in ihrer vollen Potenz. Ich war gespannt, wie Pascal das sehen würde, und natürlich war ich besonders neugierig, wie Nola auf meine Geschlechtsumwandlung reagieren würde. Sie konnte mich wegen der Augenbinde nicht sehen, aber sie würde mich bald spüren. Als ich aus dem Bad trat, bekam Pascal große Augen und grinste. Er machte mir ein Zeichen mit dem Daumen, dass er meinen Ständer super cool fand. Ich liebte ihn dafür, dass er so experimentierfreudig war. Hoch erregt wandte ich mich Nola zu, die auf allen vieren vor Pascal kniete und voller Hingabe seinen Schwanz blies. Langsam trat ich hinter Nola und begann ihren süßen Po zu lecken. Was für eine schöne Frau! Meine Hände wanderten zwischen ihre Schenkel, und mit Genugtuung stellte ich fest, dass sie ziemlich feucht war. Sie schien unser Spiel genauso zu genießen wie wir. Vorsichtig rieb ich meinen Ständer zwischen ihren Beinen. Sie brauchte einen Augenblick, um zu verstehen, was sich geändert hatte, und dann bog sie ihren Rücken leicht durch und streckte mir ihre Möse entgegen. Vorsichtig begann ich in sie einzudringen, und Zentimeter für Zentimeter verschwand meine schwarze Latte in ihrer süßen Spalte. Vorsichtig stieß ich tiefer in sie hinein, und Nola stöhnte leise auf. Pascal biss sich auf die Lippen, er war so erregt, dass er am liebsten gleich wieder gekommen wäre. Ich sah es ihm an. Wir lächelten uns zu, wie zwei Verbündete und genossen es, eine Frau gemeinsam zu vögeln. Nola kniete zwischen uns, Pascals Schwanz in ihrem Mund und meinen Ständer in ihrer Möse. Bei jedem Stoß meinerseits verschwand Pascals Schwanz noch tiefer in ihrem Mund. Dieser Anblick erregte mich. Er war so schamlos. Meinen Geliebten so in seiner Lust zu beobachten und das mit einer anderen Frau, gab mir einen kleinen Stich, aber diese winzige Form von Eifersucht war so wohldosiert, dass sie mich tierisch anmachte. Nola war unsere exotische Sexgöttin, wir hätten uns keine perfektere Geliebte wünschen können. Fast hatte ich das Gefühl, dass mein Ständer lebendig sei und ich mich in Nola ergießen würde. Jetzt begann sie deutlich lauter zu stöhnen, so weit das mit Pascals Schwanz in ihrem Mund möglich war. Sie wand sich vor uns wie eine Schlange, und ich beschleunigte mein Tempo Und stieß immer fester in sie hinein. Mit einem plötzlichen Aufschrei bog sie den Rücken durch, und an ihrem zitternden Po merkte ich, dass sie wieder einen Höhepunkt hatte. Ich war tief berührt und gleichzeitig sehr stolz darauf, dass ich in der Lage war, ihr solche Lust zu verschaffen. Ich verstand in diesem Augenblick, wie sich ein Mann fühlen musste, der eine Frau zum Orgasmus brachte.

Nola kniete immer noch auf allen vieren vor uns. Ich schmiegte mich an ihren Rücken und umarmte sie in dieser Stellung. Auf Pascal hatte ich für einen Augenblick nicht mehr geachtet, aber jetzt spürte ich ihn hinter mir. Sein Schwanz war prall wie selten, und langsam schob er sich von hinten in mich hinein. Die Nacht war zu einem Höhepunkt gekommen, und nach wenigen sanften Stößen ergoss sich mein Geliebter in mir. Ich begann zu heulen vor Rührung. Wir lagen alle drei eng umschlungen aufeinander und waren in dieser Nacht zu wahren Liebenden geworden.

Ich hatte mir unter einem Dreier ein geiles und lustvolles Zusammentreffen von nackten Körpern vorgestellt, aber hier war etwas viel Größeres entstanden. Es war eine Begegnung von drei liebevollen Menschen, die auf einer physischen Ebene miteinander verschmolzen und sich zu einem Meer von Liebe vereinigten. Es war vor allem dieses völlige Fehlen von Eifersucht, was zu diesem tiefen Erlebnis beitrug. Ich hatte mich so sehr vor meinen eigenen zerstörerischen Gefühlen gefürchtet, denn meine Eifersucht war bisher immer mein größter Schwachpunkt gewesen. Aber sie schien in diesem Augenblick bei keinem von uns vorhanden zu sein. Und so entstand ein Liebesspiel, das noch vollkommener war als eine Liebesnacht zu zweit, bei der zwar eine grenzenlose Verliebtheit und Anziehung vorherrscht, die aber gleichzeitig auch etwas Zerstörerisches und Besitzergreifendes haben kann. Die Angst, den anderen zu verlieren, ist immer ein Bestandteil einer Liebesnacht, und sie macht uns unfrei und verletzlich. Ich war mutig und hatte mich dieser Angst gestellt, hatte mich auf ein Erlebnis eingelassen, das durchaus die Gefahr barg, eine Konkurrentin neben mir im Bett zu haben, die mir die erotische Show stehlen würde. Aber so war es nicht, im Gegenteil! Wir würden dieses tiefe Liebeserlebnis für immer in Erinnerung behalten, und nur der Gedanke daran bereitete mir immer wieder von Neuem große Lust.

EPILOG

Die Sendung war ein voller Erfolg. Ich hatte Nola zu uns ins Studio geladen, und sie erzählte dem Publikum von ihrer besonderen Nacht mit einem außergewöhnlichen Paar. Natürlich verrieten wir nicht, dass wir uns kannten, denn alles mussten die Zuschauer auch nicht wissen. Aber auch ich konnte aufgrund meiner Erfahrungen ein wenig aus dem Nähkästchen plaudern und den Zuschauern ein paar praktische Tipps geben, wie sie durch ihre erotischen Fantasien und Wünsche ihr Sexleben aufregender zu gestalten vermochten. Ich fand eine perfekte Mischung aus persönlichen Tipps und einer professionellen Distanz, so dass niemand letztendlich wusste, was ich in allen Einzelheiten erlebt hatte, und diese Form der Moderation war ziemlich ungewöhnlich. Mein Chef war anschließend richtig gerührt und drückte mir einen riesigen Blumenstrauß in die Hand. Auch der Produzent war sehr angetan von der Sendung, und es wurden weitere Folgen von *Böse Mädchen kommen überall* geplant. Ich wusste nun auch, dass ich das Zeug zur Sexpertin hatte und dass ich noch viele weitere aufregende Abenteuer erleben würde. Alles, was mit Liebe und gegenseitiger Achtung geschieht, ist eine wunderbare Bereicherung des eigenen Sexlebens, und ich wollte meine Zuschauer dazu inspirieren, ein wenig mutiger zu werden und ab und zu auch mal etwas Ausgefallenes zu wagen.

Pascal und ich waren durch dieses Erlebnis noch enger miteinander verbunden; es war, als ob wir uns neu ineinander verliebt hätten. Davor hatte ich Angst gehabt, dass eine andere

Frau uns auseinanderbringen könnte, aber das Gegenteil war eingetreten. Wir wussten uns noch mehr zu schätzen und liebten uns auf einer noch tieferen Ebene.

Ich lud Melanie ein paar Tage nach Ibiza ein, denn ihr hatte ich viel zu verdanken. Anja konnte leider nicht dabei sein, da sie mit ihrer neuen Kuschelfreundin ein Wochenende in Paris verbrachte. Mein Aufenthalt mit Melanie in Ibiza war höchst unterhaltsam, und uns kamen einige weitere Ideen für meine Erotiksendung. Manuel, der wilde Latino aus dem *Pascha Club,* ging mir nicht aus dem Kopf, und eigentlich, so dachte ich, wäre es bald mal an der Zeit, Pascal mit einem anderen Mann zu teilen …